MILA

SUMMERS

Ein zauberhaftes Weihnachtsgeschenk

Roman

Deutsche Erstauflage Oktober 2019

Lektorat: Dorothea Kenneweg

Korrektorat: Jil Aimée Bayer.

Covergestaltung: Nadine Kapp

Covermotiv: Shutterstock © ecco
Impressum: D. Hartung
Frankfurter Str. 22

97082 Würzburg

mila.summers@outlook.de

Kapitel 1

Ellie

»Ellie? Ellie! Erde an Ellie!«

»Was? Oh, entschuldige bitte, Holly. Mum hat eben angerufen und ihren Besuch angekündigt.«

Holly setzte ihr Au-Backe-Gesicht auf und spiegelte damit exakt meine innere Unruhe wider.

Mum war wie ein heranbrausender Schneesturm, der in Sekundenschnelle alles unter sich begrub. Sie war laut und von sich und ihrem Lebensstil weit mehr überzeugt, als mir lieb war. Von meiner Art zu leben hielt sie dagegen eher weniger. Um nicht zu sagen: gar nichts.

Wenn ich es recht betrachtete, kam es mir manchmal so vor, als hätte man mich damals in der Klinik vertauscht. Mum war ein Hippie, sehr extrovertiert, sexuell aktiver als ich und mischte sich dabei noch in Dinge ein, die sie in meinen Augen nichts angingen.

Noch immer hielt ich den Hörer meines Fünfzigerjahre-Telefons in Händen. Wie vom Donner gerührt, stand ich da und versuchte, den Schock zu verdauen. Denn Mum kam nicht oft in meinen Tearoom. Eigentlich war sie bisher nur zweimal da gewesen. Das eine Mal bei der Eröffnung und dann vor ein paar Monaten mit einem Date. Beide Male waren ein Fiasko geworden.

Zur Eröffnung im Mai vor zwei Jahren fand Mum meinen Laden viel zu altbacken und pseudo-retro. Unvermittelt hielt sie mir einen ellenlangen Monolog darüber, warum es mit mir und den Männern nicht klappen wollte, und ließ nebenbei kein gutes Haar an meiner Ausstattung, geschweige denn an meinem Sortiment. Beim zweiten Mal kam sie bekifft in den Laden, lachte wie eine Hyäne aus dem *König der Löwen* und benahm sich furchtbar daneben. So sehr, dass einige meiner Kunden den Laden verließen.

Nur Holly fand Mum seit dem ersten Tag toll. Keine Ahnung, warum das so war. Vielleicht lag es ja daran, dass meine Angestellte und gleichzeitig ziemlich beste Freundin mit ihrem türkisfarbenen Irokesen, dem Nasenring und den Tattoos an den Armen das genaue Gegenteil von mir abgab.

Wann immer man Mum über mich reden hörte, dann stellte sie mich wie die Unschuld vom Lande dar. Dabei habe auch ich in meiner Jugend mal an einem Joint gezogen oder einen One-Night-Stand erlebt. Aber das war einfach nicht die Art und Weise, wie ich mein Leben führen wollte.

»Wann kommt sie? Wer hat heute noch reserviert? Vielleicht können wir ja früher schließen?«

Holly war für gewöhnlich die Gelassenheit in Person. Sie trug ihre Springerstiefel und ihre löchrigen schwarzen Strumpfhosen mit so viel Überzeugung, dass ich glaubte, sie würde nie aus dem Gleichgewicht geraten. Bis zum ersten Aufeinandertreffen mit meiner Mum war ich der festen Annahme gewesen, Holly sei unerschütterlich. Tja, wie man sich doch irren konnte. Denn Mum lehrte sogar Holly das Fürchten.

»Sie meinte, so gegen sechzehn Uhr. Und die Tische sind alle belegt. Früher schließen fällt also definitiv flach.« Ich seufzte und sah hinaus zu den ersten Schneeflocken des Jahres.

Sonst war ich immer ganz aus dem Häuschen, sobald der erste Schnee fiel. Ich war so von dieser Jahreszeit fasziniert, dass ich sogar im Sommer Weihnachtsromane las, um mich ein bisschen in die entsprechende Stimmung zu versetzen.

»Mist! Sechzehn Uhr ist echt fies. Da kommt George und setzt sich ans Piano. *Fly Me to the Moon* wird heute eine ganz eigene Note bekommen, fürchte ich, und ich bin mir nicht sicher, ob ich die so gut finden werde.«

Ich konnte Holly nur beipflichten. Aber auf der anderen Seite wusste ich auch um die Entschlossenheit meiner Mum. Carry Willoughby hatte sich in ihrem ganzen Leben von niemandem Vorschriften machen lassen. Wenn ich meiner Granny Glauben schenken durfte, dann hatte nicht einmal sie es geschafft, meiner Mum Anweisungen zu erteilen, die diese umgesetzt hätte.

Meine Mum war ein absoluter Freigeist, jemand, den man weder durch einen Ring am Finger noch mit einem Cottage samt Kamin auf dem Land locken konnte. Sie brauchte ihre Freiheit so sehr, dass ich mich manchmal fragte, wie wohl ihre Reaktion auf den positiven Schwangerschaftstest ausgefallen war, der ihr damals meine Ankunft in neun Monaten signalisiert hatte.

Andererseits tat ich meiner Mum unrecht, wenn ich sie als Rabenmutter darstellte. Sie war immer für mich da gewesen, hatte stets ein offenes Ohr für mich und versuchte, so gut es eben ging, mir Selbstvertrauen und Zuversicht mit auf den Weg zu geben. Als klar wurde, dass sie in all diesen Punkten versagt hatte, schob sie es irgendwann auf die Gene, über die wir nicht weiter sprachen, und damit war das Thema erledigt.

Dabei hätte ich sehr gerne jene Gene thematisiert, die mich zur Hälfte ausmachten und von denen ich nur wusste, dass sie männlichen Ursprungs sein mussten. Mum hütete das Geheimnis über meine Herkunft wie einen Schatz. Jedes Mal, wenn ich darauf zu sprechen kam, endete es im Streit. Also hatte ich irgendwann aufgehört, sie danach zu fragen, auch wenn mir das Thema noch immer sehr am Herzen lag.

Schon als kleines Mädchen hatte ich bei Mums unzähligen Männerbekanntschaften Vergleiche gezogen. Nasen, Augen, Ohren und Haare mit meinen verglichen, aber nie eine Übereinstimmung gefunden. Barnie, Mums bester Freund, hatte mir irgendwann erklärt, dass ihr die Sache mit meinem Vater sehr ernst war. Bei ihm hätte sie sich sogar vorstellen können, ihre Unabhängigkeit ein Stück weit aufzugeben und etwas systemkonformer zu leben. Aber dann verschwand er unerwartet und ließ sie allein zurück. Na ja, nicht ganz. Schließlich war sie da bereits mit mir schwanger. Mehr wusste Barnie leider auch nicht darüber.

Und ich glaubte Barnie, schließlich war er ein warmherziger und liebevoller Ersatzpapa gewesen, auch wenn Mum und er nie ein Paar geworden waren. Wobei ich bis heute ganz sicher bin, dass er ernsthaft etwas für sie empfand, es allerdings nicht wagte, mit ihr offen darüber zu reden. Mum konnte, wie schon gesagt, sehr resolut sein.

»Du kannst heute gerne früher Schluss machen, wenn du willst«, bot ich Holly an.

»Kommt nicht infrage! Wir stehen das gemeinsam durch! Einer für alle und alle für einen.«

Ich musste schmunzeln. Holly war wirklich ein sehr eigenwilliger Punk. Aber im Grunde war es total egal, wie Holly aussah. Das Einzige, was zählte, war, dass sie meine Freundin war und ich immer auf sie bauen konnte.

»Ich kann dir aber nicht versprechen, dass wir den heutigen Nachmittag überleben werden. Mum hat von der Sache mit meiner Wohnung Wind bekommen.«

Holly ließ sich schwer auf einen der Barhocker direkt an der Theke neben der Glasvitrine mit den Kuchen sacken. »Du hast ihr erzählt, dass du dir eine Eigentumswohnung kaufen willst?«, fragte sie für meine Verhältnisse eine Spur zu laut. Ein paar der Gäste sahen sich bereits interessiert zu uns um.

»Pst! Nicht so laut. Reicht schon, wenn Mum später den Laden aufmischt.«

In Gedanken versuchte ich, mich vor dem zu wappnen, was heute noch wie eine Schneelawine über mich hereinbrechen würde. Aber dafür gab es keine geeigneten Maßnahmen. Außer einem Schnaps vielleicht, und den vertrug ich nur sehr schlecht.

»Denk jetzt bloß nicht an den Limoncello, den uns Mrs Benson vorbeigebracht hat. Der Likör ist dir schon im letzten Jahr ganz schlecht bekommen.«

Mrs Benson war eine Stammkundin der ersten Stunde. Sie kam oft vorbei, hörte George bei seinem Klavierspiel zu, trank Tee und aß Scones dazu. Very British! Im letzten Jahr hatte uns Mrs Benson als kleines Weihnachtspräsent einen Limoncello von ihrem Italienurlaub mitgebracht, und Holly und ich hatten an diesem Abend nichts Besseres zu tun gehabt, als ihn zu probieren. Fataler Fehler!

Bis heute fehlte mir jede Erinnerung an das, was danach geschah, und der Tag darauf war die Hölle auf Erden gewesen. Holly ließ hin und wieder ein paar Andeutungen fallen, die mir auch ein Jahr danach furchtbar peinlich waren. So soll ich beispielsweise vollkommen gegen meine Art heftig mit dem Türsteher geflirtet, mich ihm regelrecht an den Hals geworfen haben, um ins *Good Times*, eine Szenedisco in Kensington, zu gelangen. Bis heute mied ich diesen Ort und umging ihn großflächig.

»Erinnere mich bitte nicht daran«, bat ich. »Ich weiß ja auch nicht, was mich geritten hat, ausgerechnet Mum von der Wohnung zu erzählen. Vielleicht habe ich mich gefreut und wollte mein Glück mit jemandem teilen. Wärst du gestern Abend auf deinem Handy erreichbar gewesen, dann hätte ich unter keinen Umständen bei ihr angerufen.«

Holly sprang so energisch von ihrem Stuhl auf, dass ihr Nasenring heftig wackelte. »Willst du jetzt etwa behaupten, ich sei schuld daran, dass du deine Mum angerufen und ihr von deiner Investmentanlage erzählt hast?«

Ich ruderte zurück. »Natürlich nicht! Ich wollte nur erklären, wie es so weit hatte kommen können.«

Hollys angesäuerte Miene klarte wieder auf, während ich mich bereits auf das Schlimmste gefasst machte. Mum war alles andere als sesshaft. Sie würde nie und nimmer verstehen, dass ich mir ein eigenes Heim kaufen wollte.

In den achtzehn Jahren, in denen ich bei ihr gelebt hatte, hatten wir sage und schreibe ganze fünfzehn Mal die Wohnung gewechselt. Mal hatten wir in einer Kommune gewohnt, dann bei Barnie – das war übrigens die schönste Zeit in meiner Kindheit gewesen – und dann sogar bei einem gewissen Rodriguez, der immer nackt durch die Wohnung gelaufen war und in meiner Gegenwart seine Blöße lediglich durch ein Feigenblatt bedeckt hatte.

Wäre es nicht so traurig gewesen, dann hätte ich über meine Kindheit bestimmt lachen können. Doch während ich mich sehnsüchtig nach Wurzeln und Beständigkeit gesehnt hatte, konnte Mum nicht schnell genug die Umzugskisten packen und ein viel spannenderes Leben am anderen Ende Londons in Angriff nehmen. Denn wenn überhaupt, so war meine Mutter nur einer Liebe treu geblieben: und das war die Liebe zu ihrer Heimatstadt London.

»Hast du schon Vorkehrungen getroffen? Sollen wir ein Stück von der Zitronentarte zurückhalten? Die mochte sie doch bei der Eröffnung so? Oder vielleicht ein Glas Champagner? In geringen Mengen wirkt der ja auflockernd.«

Ich lachte. »Meiner Mum ein Glas Champagner anzubieten, wirkt ähnlich hochexplosiv, wie direkt neben der Zapfsäule zu rauchen. Die Frau hat auch ganz ohne Alkohol das Selbstvertrauen eines Donald Trumps. Auch wenn die beiden ansonsten grundverschieden sind.«

Nun war es an Holly zu lachen. »Wenn deine Mum Donald Trump begegnen würde, hätte ich große Angst um den Weltfrieden. Die Frau könnte schon mit wenigen Worten den Dritten Weltkrieg anzetteln.«

»Ach, komm schon. So schlimm ist sie nun auch wieder nicht. Schließlich sprichst du hier von meiner Mum.«

»Ich sag nur eins: Sei froh, dass du ganz eindeutig nach deinem Vater kommst.«

Und dabei beließen wir es dann auch. Zumindest für den Moment.

Kapitel 2

Ellie

»Ich frage mich wirklich, was ich in deiner Erziehung nur falsch gemacht habe.«

Am liebsten hätte ich erwidert: »Welche Erziehung?« Aber ich beließ es dabei, Mum die Zitronentarte mit flambierter Baiserhaube zu servieren.

»Du siehst gut aus, Mum«, sagte ich, während ich ihren äußerst eigenwilligen Kleidungsstil musterte. Abgetragene braune Boots, eine dicke blasslila Strumpfhose mit weißen Punkten darauf. Ein langes Wollkleid in Bordeaux, Handstulpen in einem Minzton und die Perlenkette von Granny. Die Kombination war … gewöhnungsbedürftig, aber nichts, was mich vom Hocker riss. Schließlich kannte ich die Frau mir gegenüber nicht anders.

»Ach, jetzt komm mir doch nicht so. Erst rammst du mir ein Messer ins Herz und dann schmierst du mir Honig ums Maul. Entscheide dich mal!«

Schockiert über Mums viel zu laute Worte sah ich mich im Tearoom um. Der *Golden Tearoom* war mitnichten der richtige Ort, um so eine Unterhaltung zu führen. Meine Gäste kamen hierher, um etwas Abstand vom Trubel der Großstadt zu bekommen, unbeschwerte Stunden mit ihren Liebsten zu verleben und alles an Stress und Ärger vor der Tür abzuladen.

Der *Golden Tearoom* hatte sich in den zwei Jahren seines Bestehens einen Namen gemacht. Über fünfhundert Rezensionen im Internet mit einem Durchschnittswert von 4,7 sprachen für uns. Ich mochte mir gar nicht ausmalen, was Mums Auftritt hier in unserer Oase des Friedens und des guten Tees für Konsequenzen nach sich ziehen würde.

Vor einigen Monaten hatte Mum mich in meiner Wohnung besucht, und daraufhin hatte mein Vermieter mich inständig gebeten, meinen Gast nicht noch mal einzuladen. Das war also leider auch keine Alternative gewesen. Natürlich hätte ich mich mit Mum auf neutralem Boden treffen können, aber dazu fehlte mir einerseits der Mut und andererseits die Zeit.

Noch hatte ich die Hoffnung, sie würde sich an die gesellschaftlichen Gepflogenheiten unserer Zeit halten. Schließlich musste sie sich doch auch im Klaren darüber sein, welche Folgen ihr Auftritt für mich haben würde. Aber Mum eckte leidenschaftlich gerne an. Wo andere längst einsahen, dass sie zu weit gegangen waren, nahm Mum erst Anlauf.

Meine Blicke scannten den Raum ab. Noch unterhielten sich meine Gäste angeregt miteinander und nahmen kaum Notiz von uns. Dennoch entschied ich mich, die Reißleine zu ziehen und bugsierte Mum in die viel zu kleine Küche.

»Hey, Finger weg! Ich kann ganz gut allein laufen. Und was zur Hölle machen wir jetzt zwischen Gurkensandwiches und Trüffelpasteten?« Mum war außer sich. Mit fest in die Seiten gestemmten Händen stand sie vor mir und funkelte mich aus ihren blauen Augen an, als hätte ich ihr soeben offenbart, ganz in Weiß heiraten zu wollen. Dabei gab es weder einen Anwärter für den Posten meines Ehemanns noch potenzielle Interessenten. Aber das war eine andere Geschichte.

So aufgebracht hatte ich Mum schon lange nicht mehr erlebt. Das letzte Mal musste eine halbe Ewigkeit zurückliegen. Schemenhaft erinnerte ich mich an meinen Auszug aus einer ihrer Kommunen. Das war ähnlich heikel verlaufen, weil ich in Mums Augen in ein Spießerviertel gezogen war. Und schon damals hatte sie sich inständig gefragt, wie das trotz ihrer Erziehung hatte passieren können.

»Ich bemühe mich darum, meine Gäste aus der Sache zwischen uns herauszuhalten. Schließlich können dir die Leute da draußen auch keine Antwort darauf geben, was in deiner Erziehung schiefgelaufen sein könnte, das mich dazu bewogen hat, mir eine Eigentumswohnung zu kaufen.«

Mum griff sich theatralisch an die Brust. »Dann hast du den Vertrag also bereits unterschrieben, ohne es mit mir zu besprechen?«

Keine Ahnung, woran es lag, aber mit jeder Minute, die ich in der viel zu warmen Küche stand, wurde auch meine Geduld zunehmend auf eine harte Probe gestellt. »Mum, ich bin achtundzwanzig Jahre alt und betreibe meinen eigenen Tearoom. Ich denke nicht, dass ich deine Meinung hätte einholen müssen, was den Kauf der Wohnung anbelangt.«

»So, meinst du das, ja?« Mum sah mich durchdringend an. Wenn Blicke töten könnten, dann stünde ich kurz davor, tot umzufallen. »Hast du dir auch nur für einen winzigen Augenblick überlegt, was deine Shoppingausbeute für mich bedeuten könnte?«

Mum hatte einen Blog, auf dem sie den Konsum verteufelte und zu alternativen Lebensweisen aufrief. Irgendwie verdiente sie damit sogar seit einiger Zeit ihren Lebensunterhalt. Zumindest arbeitete sie nicht mehr in dem kleinen Esoterikladen in der Charlwood Street.

Nun war es an mir, meine Hände in die Seiten zu stemmen. »Willst du damit etwa behaupten, ich würde deine Leser vergraulen?«

»Wenn es das nur wäre! Es ist viel schlimmer. Wie soll ich denn auch nur noch ein Wort auf meinem Blog schreiben, ohne mir wie eine Verräterin vorzukommen?«

Bei Mum und mir prallten Welten aufeinander. Und ich hatte mittlerweile weder die Kraft noch große Lust, ihr zu erklären, dass ich ein eigenständiger Mensch war, der tun und lassen konnte, was er für richtig hielt.

Ehe ich weiterredete, atmete ich tief durch.

»Mum, du bist doch nicht diejenige, die sich eine Wohnung kauft. Und wenn du es nicht an die große Glocke hängst, wird es auch niemand erfahren. Schließlich habe ich nicht vor, mit der Info hausieren zu gehen.«

Mum überlegte kurz, ehe sie unvermittelt das Thema

wechselte.

»Du siehst übrigens grauenvoll aus. Hast du nicht genügend Sex? Und was hast du nur mit deinen Haaren angestellt? Färbst du sie neuerdings? Ich hoffe, es handelt sich dabei um ein Naturprodukt.«

Schlagartig schoss mir die Hitze ins Gesicht, und ich wagte es nicht, mich zu meiner Küchencrew umzublicken. Mum war wirklich die Indiskretion in Person. Wo sie stand, wuchs kein Gras mehr. Und meine Autorität schmolz dahin wie der erste Schnee des Jahres auf den Gehwegen Londons.

»Ich denke nicht, dass das hier der passende Ort ist, um darüber zu sprechen«, versuchte ich, an Mums Vernunft zu appellieren. Fehlanzeige!

»Ich hab mir erst neulich einen neuen Vibrator zugelegt. Ich kann dir das Schätzchen gerne mal ausleihen.«

»Mum!«, schrie ich. Diese Frau war wirklich noch mein Untergang. »Vielleicht ist es an der Zeit, dass du gehst. Barnie wartet schon viel zu lange vor der Tür auf dich.«

Mein Herz schlug mir bei diesen Worten bis zum Hals. Das war das erste Mal, dass ich meine Mum offen vor den Kopf stieß. Aber es musste sein. Ich musste endlich lernen, mich gegen sie zu behaupten. Und vor allem durfte ich ihr nicht mehr diese Macht über mich geben, mich in ihrer Nähe wie ein kleines Kind fühlen zu lassen, das einen schlimmen Fehler begangen hatte.

Mit Ende zwanzig sollte ich gelernt haben, Mum die Stirn zu bieten. Aber in ihrer Gegenwart schrumpften meine

Vorsätze auf die Größe einer Schneeflocke zusammen.

»Du hast Barnie hergebeten, damit er mich abholt?« Mums Stimme überschlug sich. So entrüstet hatte ich sie definitiv noch nie erlebt.

Ich schwieg, um nicht etwas zu sagen, was mir im Nachhinein leidtun könnte. Meine Hände hatten sich ganz von allein von meinen Hüften gelöst und zu Fäusten geballt. Diese Auseinandersetzungen mit meiner Mutter verlangten mir regelrecht alles ab.

»Du bist wirklich keinen Deut besser als dein Vater.«

Ich schluckte schwer bei Mums Worten. In all den Jahren hatte sie nie auch nur eine Andeutung über meinen Dad gemacht, ganz so, als wäre meine Empfängnis ähnlich unbefleckt abgelaufen wie beim Christuskind.

»Das kann ich leider nicht beurteilen, Mum. Du leugnest ja nach wie vor seine bloße Existenz.«

Ich war es so leid, den Kuschelkurs zu fahren, während sich Mum wie die Axt im Wald aufführte. Sie war nicht die Einzige mit Prinzipien. Und nur weil meine anders aussahen, hieß das noch lange nicht, dass sie weniger wert waren als ihre.

So etwas wie Wehmut zeichnete sich in Mums Augen ab. Sie seufzte und band sich das rote *Che Guevara*-Tuch um den Hals.

»Ich sollte Barnie nicht länger warten lassen, wenn er sich schon die Mühe macht, quer durch die Stadt zu fahren, um mich abzuholen.« Dann erhob sie mahnend ihren Zeigefinger. »Die Sache ist noch nicht vom Tisch, Ellie. Glaube ja nicht, dass ich mich damit abfinden werde.«

Ich verdrehte genervt die Augen, als sie endlich durch die Schwingtür nach draußen in den Tearoom abgedampft war.

»Ich möchte nicht, dass auch nur ein einziges Wort dieser Unterhaltung nach draußen dringt.« Hilfe suchend blickte ich mich zu Matthew, meinem Küchenchef, und seinen Gehilfen Rose und Mrs Fisher um.

In Mrs Fishers Gesicht konnte ich so etwas wie Mitleid erkennen, während Matthew sich gab, als hätte er von dem ohrenbetäubenden Lärm nichts mitbekommen. Und Rose? Die hatte womöglich tatsächlich kein Wort vernommen, da sie mal wieder mit Ohrenstöpseln dastand.

»Und?«, fragte Holly erwartungsvoll, als ich zurück in den Tearoom kam.

»Frag besser nicht«, winkte ich ab.

»So schlimm?«, hakte sie nach.

»Noch schlimmer. Sie hat Andeutungen gemacht, dass ich nicht besser sei als mein Vater.«

Holly verzog ihren Mund zu einem O und schob die Augenbrauen dabei fest zusammen. »Das hört sich gar nicht gut an.«

»Zumindest räumt sie mittlerweile ein, dass es einen Erzeuger gibt. Ein Fortschritt, findest du nicht?« Ich lachte, wie um mich selbst zu bekräftigen. Eigentlich war mir vielmehr zum Heulen zumute.

Holly richtete eine Etagere für einen *Traditional Afternoon Tea*. Sandwiches mit geräuchertem Lachs, Frischkäse und

Dill sowie Thunfisch mit Mayonnaise und schwarzem Pfeffer hatten die Gäste gewählt. Dazu gab es die obligatorischen Scones mit Clotted Cream und Erdbeermarmelade. Eine kleine Auswahl an Kuchen, Macarons und Cupcakes durfte dabei nicht fehlen. Der *Lavender Earl Grey* rundete das Arrangement perfekt ab.

»Nimm es dir nicht so zu Herzen! Du wusstest, dass sie sich über das Thema furchtbar aufregen würde. Vielleicht ist es ja an der Zeit …« Mitten im Satz brach sie ab und griff nach der Etagere.

»Für was?«, wollte ich wissen und hielt sie davon ab, zu den Gästen zu gehen.

»Da deine Mum ohnehin schon sauer auf dich ist, könntest du dich doch endlich auf die Suche nach deinem Dad machen. Wir wissen beide, wie wichtig dir das ist. Schieb es nicht zu lange hinaus. Irgendwann könnte es zu spät sein.«

Dann ging sie an mir vorbei zu einem älteren Ehepaar, lächelte die Gäste freundlich an und wünschte ihnen einen guten Appetit, während ich zurückblieb und ins Grübeln kam.

Kapitel 3

Ellie

»Barnie, du kennst Mum doch schon eine Ewigkeit.«

Alles, was ich bisher unternommen hatte, um etwas über meinen Vater herauszubekommen, war im Sand verlaufen. Was nicht weiter verwunderlich war, schließlich wusste ich rein gar nichts über ihn. Und dennoch hatte ich es mir nicht nehmen lassen, trotz Schnee und Eis die alten Kommunen und Freunde meiner Mum aufzusuchen, um sie nach meinem Dad auszufragen. Doch leider wollte oder konnte mir niemand etwas sagen. Es war hoffnungslos.

Meine letzte Chance war Barnie, den ich leider nicht persönlich angetroffen hatte. Er hielt sich allerdings bisher ziemlich bedeckt. Offenbar wollte er meiner Mum nicht in den Rücken fallen. Wir wussten beide, dass Mum ihm das nie verzeihen würde. Und dennoch.

»Ich denke nicht, dass das eine gute Idee wäre. Wenn sie so weit ist, wird sie dir von ihm erzählen.«

Es war gar nicht nötig gewesen, ihm zu sagen, worum es mir ging. Barnie hatte ein untrügliches Gespür dafür, was mir auf dem Herzen lag. Er kannte mich einfach zu gut.

Ich schnaubte. »Barnie, ich habe ein Recht darauf, endlich zu erfahren, wer ich bin.«

Er lachte väterlich. »Schatz, du weißt, wer du bist. Und ich weiß es auch. Was sollte die Bekanntschaft mit einem

Mann, der nie für dich da war, daran ändern?«

Barnie war stur und loyal. Es hatte keinen Zweck, ihn weiterhin zu bedrängen. Er würde mir ja doch nichts verraten.

»Dennoch hätte ich gerne gewusst, wer er ist. Vielleicht laufe ich tagtäglich an ihm vorbei, oder er kommt regelmäßig in meinen Tearoom. Die Vorstellung ist furchtbar. Und dann frage ich mich, ob er überhaupt weiß, dass es mich gibt. Ob er mich vielleicht gerne kennengelernt hätte, als ich noch klein war, und ob Mum es ihm womöglich verboten hat.«

Es war an der Zeit, ganz offen über meine Bedenken zu sprechen. Holly hatte mir gut zugeredet, und ich wusste, dass sie recht hatte. Also hatte ich mich am späten Nachmittag in den winzigen Aufenthaltsraum neben der Küche verkrochen, um Mums besten Freund anzurufen.

Barnie seufzte, und ich spürte, wie er mit sich rang. »Er weiß, dass es dich gibt, und er wollte nie etwas mit dir zu tun haben. Und damit habe ich schon mehr gesagt, als gut für mich ist.«

Ich schluckte. »Er wollte nie etwas mit mir zu tun haben?«

Diese wenigen Worte trafen mich mitten ins Herz. Wie konnte ein Vater nur so herzlos sein und keinerlei Interesse an seinem eigenen Fleisch und Blut zeigen? Diese Tatsache stimmte mich traurig. Und mittlerweile war ich mir auch nicht mehr sicher, ob es wirklich so klug gewesen war, alte Geschichten ans Tageslicht zu zerren. Manchmal war es vernünftiger, die Vergangenheit ruhen zu lassen, weil man nur dann eine Chance hatte, der Mensch zu werden, der man sein wollte.

Plötzlich kam mir ein ganz anderer Gedanke. Vielleicht hatte Mum sich über meinen Erzeuger ausgeschwiegen, um mich zu schützen. Unweigerlich musste ich mich fragen, wie meine Kindheit wohl verlaufen wäre, wenn ich gewusst hätte, dass mein Vater mich nicht gewollt hatte.

»Ellie-Schatz, nimm dir das bitte nicht so sehr zu Herzen. Auch wenn du mit deiner Mum nicht immer einer Meinung bist, kannst du dennoch ganz sicher sein, dass sie dich über alles liebt. So sehr, dass sie alles für dich tun würde. Wirklich alles. Das musst du mir glauben.«

Schwer ließ ich mich auf den Stuhl an dem kleinen Tisch fallen, auf dem Matthew seinen Pausensnack – bestehend aus zwei Sandwiches und einem Minikuchen – vorbereitet hatte. Bevor das Abendgeschäft begann, nahm er sich seine zwanzig Minuten, um etwas herunterzukommen und neue Kraft zu tanken.

Ich nickte, wie um mich selbst zu bestätigen. Barnie konnte es ja schließlich nicht sehen. »Wahrscheinlich hast du recht.«

Ich hörte, wie sich Erleichterung am anderen Ende der Leitung breitmachte.

»Das ist meine Ellie.«

Wenigstens einer, der wusste, wer ich war. Mir wollte das einfach nicht gelingen.

In der Schule hatte ich ein Schattendasein gefristet.

Manchmal fragte ich mich, ob meinen Mitschülern überhaupt aufgefallen war, dass ich mit ihnen im Klassenzimmer gesessen hatte. Mit Männern hatte ich so meine Schwierigkeiten. Während ich etwas Beständiges suchte, waren die meisten meiner Verehrer nur auf Sex aus. Leider hatte ich das in der Vergangenheit oft erst viel zu spät kapiert und war dabei nicht selten mit einem gebrochenen Herzen zurückgeblieben.

Freunde hatte ich bis auf Holly keine. Als ich noch klein war, passte ich mit meiner Hippie-Mum einfach nicht ins Bild der perfekten englischen Kleinfamilie. Und später fiel es mir schwer, Anschluss zu finden.

Das, was mir in meinem Leben bisher wirklich gut gelungen war, konnte ich an einer Hand abzählen. Besonders stolz war ich auf den Erfolg des *Golden Tearooms*. Da Mum sich mit der Anerkennung für meine Leistung eher bedeckt hielt, hatte ich insgeheim gehofft, es gäbe da draußen noch irgendjemanden, der das, was ich tat, gutheißen würde.

Doch so einfach war es offenbar nicht.

»Wie war Mum vorhin drauf, als du sie abgeholt hast?«, wechselte ich unvermittelt das Thema. Es brachte nichts, noch mehr Salz in die Wunde zu streuen.

Abermaliges Seufzen am anderen Ende der Leitung verriet nichts Gutes. »Du kennst deine Mum«, lenkte Barnie ein. »Sie wird sich schon wieder beruhigen. Gib ihr etwas Zeit, sich an die veränderten Gegebenheiten zu gewöhnen! Es ist nicht leicht für sie.«

»Und was ist mit mir?«, platzte es viel zu wütend aus mir

heraus. »Vielleicht ist das alles auch nicht immer leicht für mich. Vielleicht habe ich inzwischen auch keine Lust mehr darauf, die theatralischen Tobsuchtsanfälle meiner Mutter zu ertragen. Vor allem deshalb nicht, da sie so lächerlich sind. Jede andere Mum würde sich für ihre Tochter freuen, wenn sie ihr von einer neuen Wohnung erzählen würde. Bei meiner Mutter hingegen muss ich Angst haben, dass sie mich verstößt.«

Zu meiner grenzenlosen Verwunderung lachte Barnie. »Wenn ihr beiden nur wüsstet, wie ähnlich ihr euch seid.«

»Bist du sicher, dass du Mum und mich meinst?«, fragte ich mit hochgezogenen Augenbrauen.

Matthew kam in diesem Augenblick in den Raum. Offenbar hatte er nicht bemerkt, wie ich hineingegangen war. Dementsprechend verwundert sah er mich an.

»Ich muss jetzt leider Schluss machen«, beendete ich das Gespräch mit Barnie, das mich leider nicht vorangebracht hatte.

Wenn ich es recht bedachte, dann hatte es mich sogar um Lichtjahre zurückgeworfen. In eine Vergangenheit, die oft sehr traurig und herzlos gewesen war und von der ich hoffte, sie längst verwunden zu haben. Offenbar gab es doch noch so einige offene Baustellen in meinem Leben, die ich lediglich mit einem losen Brett bedeckt hatte, um drübergehen zu können. Ein Provisorium. Keine Lösung von Dauer.

Matthew hob abwehrend die Hände in die Höhe.

»Ich wollte dich nicht stören. Wenn du möchtest, komme

ich später wieder. Ich wollte nur kurz mit Madeleine telefonieren, weil Zoey krank ist und sie vorhin mit ihr beim Kinderarzt war.«

Auch wenn ich es meinem Koch gegenüber nie zugeben würde, beneidete ich ihn um seine kleine heile Welt. Er hatte geschafft, was mir bisher nicht gelungen war: Er hatte eine Frau und eine Tochter, die ihn über alles liebten, ein kleines Reihenhaus in Bayswater und einen Job, der ihn über die Runden kommen ließ.

Dass ich zu diesem Familienidyll meinen Beitrag leistete, änderte nichts daran, dass ich kein Teil davon war und es auch nie sein würde.

»Und?«, fragte Holly wieder einmal neugierig, als ich zurück im Tearoom gekommen war.

George spielte gerade *My Way* von Frank Sinatra. Im Raum herrschte eine angenehme Stimmung. Die Leute unterhielten sich nur sehr leise miteinander, viele lauschten Georges Klängen am Klavier, während wieder andere beim Genuss von Roses Küchlein dahinschmolzen. Ich liebte diesen kleinen, ja wundervollen Ort, der nun aufgrund der vielen Kerzenleuchter in einem gemütlichen Licht erstrahlte und mir das Gefühl von zu Hause vermittelte.

»Barnie weiß auch nichts. Zumindest behauptet er das.«

Ich brachte es einfach nicht über mich, meiner einzigen Freundin anzuvertrauen, was Barnie mir offenbart hatte. Es war das eine, nicht zu wissen, wer man war, aber etwas ganz anderes, einem Dritten gegenüber eingestehen zu müssen, dass man nicht gewollt war.

Holly legte ihre Hand auf meine Schulter und sah mich verständnisvoll an.

»Kopf hoch! Da ist bestimmt noch nicht das letzte Wort gesprochen. Irgendwann wirst du erfahren, wer er ist. Wahrscheinlich genau dann, wenn du nicht im Traum damit rechnest. Bis dahin«, sagte sie und warf mir dabei einen Lappen zu, »könntest du Tisch Nummer vier sauber machen.«

Ich grinste. »Du weißt, wie man jemanden aufbaut, der am Boden ist.«

Nun grinste auch Holly. »Nein, ich weiß, dass die Cumberlands in vier Minuten da sein werden und gerne einen sauberen Tisch hätten.«

Kapitel 4

Max

»Wie bitte? Wie ist das denn zu verstehen? Ich kann nicht glauben, was Sie mir da soeben berichtet haben, Mr Hobbs. Ist das überhaupt rechtens?«

Als der Notar den letzten Willen des Earls of Cunningham verlesen hatte, war zunächst alles so verlaufen, wie ich es mir im Vorhinein bereits ausgemalt hatte. Ich erbte den Titel und das Herrenhaus, *Rosehill Manor*, in der Nähe von Brighton. Das Erbe bestand neben dem Anwesen und den Ländereien zudem aus einer beachtlichen Summe an Geld.

Der untersetzte ergraute Mann mittleren Alters zog seine Brille ein Stück die Nase herunter und studierte den letzten Willen des Earls eingehend. Es vergingen einige Minuten, bis er mir antwortete.

»Zum jetzigen Zeitpunkt ist die Bedingung, die an Ihr Erbe geknüpft ist, rechtens, zumindest, was die Form anbelangt. Da ich in meinem bisherigen Berufsleben noch keine derartige Formulierung in einem der unzähligen Testamente, die ich verlesen habe, vorfand, muss ich erst prüfen, inwieweit der Earl dazu berechtigt war, solch ein dauerhaftes Wohnrecht auszusprechen. Schließlich verliest man nicht alle Tage den letzten Willen eines Earls«, bemühte er sich, seine Unwissenheit zu rechtfertigen.

Nachdem ich vom Tod meines entfernten Onkels erfahren hatte, fasste ich einen Entschluss. Wie ein Wink des Schicksals war es mir vorgekommen, dass ich genau in dem Moment erben sollte, da ich mich in solch einer hoffnungslosen Lage befunden hatte.

Am liebsten wäre ich noch heute mit Sack und Pack in das Haus meiner Kindheit eingezogen. Oft hatte ich mit meiner Mum die Sommer auf *Rosehill Manor* verbracht, wenn mein Vater mal wieder geschäftlich im Ausland tätig gewesen war. Und es waren mit die glücklichsten Monate meines Lebens gewesen.

Wenn es mir irgendwo gelingen sollte, neu anzufangen, dann dort. Aber dazu brauchte ich meine Ruhe. Ich musste meinen Kopf wieder freibekommen und etwas Abstand zu allem und jedem gewinnen. Eine mir unbekannte Person, die ein Anrecht darauf hatte, in meinem Haus ein und aus zu gehen, wie es ihr beliebte, war mitnichten das, was ich mir vorgestellt hatte. Es war schlichtweg unmöglich.

»Wie lange wird das dauern?«, bohrte ich nach.

Mr Hobbs fuhr sich mit der Hand über die kahle Stelle an seinem Kopf. »Das kann ich im Moment noch nicht abschätzen, aber natürlich werde ich alles mir Mögliche in die Wege leiten, um schnellstmöglich für Klärung zu sorgen. Bis dahin …«

»Bis dahin werde ich mich damit abfinden müssen, in meinem eigenen Haus mit einem Gast zu rechnen, der dort hereinspazieren kann, wann er möchte?«

Eleonore huschte durch meine Gedanken und forderte

mich mit ihrem charmanten Lächeln dazu auf, ein bisschen nachsichtiger mit dem armen Mr Hobbs zu sein. Sie hatte recht, und ich versuchte, mich ihr zuliebe zu beruhigen.

Mr Hobbs zuckte mit den Schultern. »Sieht ganz danach aus.«

»Wer ist denn diese Person, haben Sie etwas über sie in Erfahrung bringen können?«

»Bedaure, ich weiß nicht einmal, ob es sich um einen Mann oder eine Frau handelt«, erwiderte Mr Hobbs, und ich konnte in seinen Augen einen Hauch Schuldbewusstsein ausmachen. »Meine Sekretärin hat das Päckchen und den Brief bereits verschickt. Sie ist ein bisschen übereifrig, müssen Sie wissen, und wollte wohl sicherstellen, dass das Geschenk noch rechtzeitig vor Weihnachten beim Empfänger eintrifft.«

»Geschenk?«, fragte ich irritiert.

»Der Earl hat einen Teil seines Nachlasses in Weihnachtspapier einpacken lassen. Passend zur Jahreszeit, wenn man so will. Ganz so, als hätte er geahnt, wann er das Zeitliche segnen würde.«

So sentimental hatte ich meinen entfernten Onkel nicht in Erinnerung. Aber es waren mittlerweile Jahrzehnte vergangenen, seit ich ihn das letzte Mal gesehen hatte. Menschen änderten sich.

Brighton also. Noch vor wenigen Monaten wäre ich nie auf den Gedanken gekommen, in den Süden Englands zu ziehen. Und dann auch noch aufs Land. Ich hatte immer in großen Städten wie Edinburgh, London oder Dublin gelebt und gearbeitet, auch wenn ich meinen Job als freier Journalist überall ausüben konnte. Das war ein großer Vorteil und wahrer Luxus in der heutigen Zeit.

Im Prinzip war ich nach dem Erbe gar nicht mehr darauf angewiesen, je wieder zu arbeiten. Aber ohne eine Aufgabe im Leben würde ich mir schnell nutzlos vorkommen. Noch mehr als ohnehin schon.

»Kann ich Ihnen noch einen Tee anbieten, Lord Cunningham?« Mr Hobbs saß mit zum Gebet gefalteten Händen vor mir. Eine einzelne Schweißperle bahnte sich der Schwerkraft folgend ihren Weg über seine Stirn, entlang seiner Schläfen über sein Gesicht nach unten.

Es war ausgesprochen warm in dem kleinen Büro, dessen Wände von unzähligen Akten und Büchern bedeckt waren. Doch das war nicht der Grund für Hobbs' innere Unruhe. Er befürchtete, ich könne ihn aufgrund seiner Ahnungslosigkeit in Misskredit bringen, seinen guten Ruf zerstören.

Wieder einmal war es bezeichnend, was uns Menschen wichtig im Leben war: eine gute Stellung im Beruf, Anerkennung durch Familie und Kollegen. Dabei war das alles so nichtig im Hinblick auf die wahren Werte des Lebens.

Ich erhob mich schwungvoll von meinem Platz und angelte mir meinen schwarzen Wintermantel, den ich auf dem Stuhl neben mir abgelegt hatte. Man hatte ihn mir am Empfang abnehmen wollen, aber ich gab ihn nur ungern aus den Händen. Schließlich hatte Eleonore ihn mir geschenkt. Auch wenn ich wusste, dass mein Verhalten kindisch war, konnte ich einfach nicht aus meiner Haut.

»Nein danke, Mr Hobbs. Ich muss leider weiter. Schließlich wartet nun einiges an Arbeit auf mich. Ein Umzug muss geplant werden. Und das kurz vor Weihnachten.«

Meine Stimme klang gestresst. Dabei war genau das Gegenteil der Fall. Ich war erleichtert, beinahe euphorisch. Endlich würde ich den Schmerz der letzten Monate hinter mir lassen können, hatte eine Aufgabe, auf die ich mich stürzen konnte. Und vielleicht würde ich dabei sogar ein wenig vergessen.

Nun erhob sich auch der Notar. »Aber sicher doch. Ich verstehe. Sobald ich neue Erkenntnisse habe, das Wohnrecht betreffend, melde ich mich umgehend bei Ihnen.«

Ich nickte. »Das klingt gut.« Dann streckte ich ihm meine Hand entgegen. »Ich danke Ihnen für alles, Mr Hobbs. Falls wir uns nicht mehr sehen oder hören sollten, wünsche ich Ihnen und Ihrer Familie ein frohes Weihnachtsfest.«

»Das wünsche ich Ihnen und Ihrer Frau …« Dann stockte er. Er wusste es. Natürlich wusste er davon. Jeder wusste es. Schließlich waren die Schlagzeilen auf unzähligen Titelblättern zu sehen gewesen.

Ich nickte abermals, krallte mich in dem Stoff meines Wintermantels fest und ging zur Tür.

Ein Ende konnte ein Anfang sein, so sagte man. Noch blieb abzuwarten, ob der Anfang besser werden würde als das Ende.

Kapitel 5

Ellie

Schneeflocken rieselten langsam auf mich herab und verschluckten den Lärm um mich herum wie durch Zauberhand. Wie eine kleine, heile Winterwunderwelt lagen die sonst eher kargen Londoner Straßen im Außenbezirk vor mir: Gezuckerte Autos am Wegrand, Zweige, die sich durch die Schneemassen weit herunterbogen, und das herrlich schmatzende Geräusch, das der Schnee unter meinen Schuhsohlen hervorrief.

Ich mochte den Winter. Besonders die besinnliche Zeit kurz vor Weihnachten. Auch wenn Mum nicht besonders viel von dem Fest der Liebe hielt und ich durch den frühen Tod meiner Granny nie wirklich Weihnachten gefeiert hatte.

Für Mum waren das ganze Geschenkekaufen, Baumschmücken und Plätzchenbacken nichts weiter als Instrumente des Kapitalismus. Und damit hatte sich die Sache für sie erledigt.

Während andere Familien bei Kerzenschein zusammensaßen, Lieder sangen und sich gegenseitig zeigten, wie wichtig sie einander waren, hatte Mum nichts Besseres zu tun gehabt, als mir Jahr für Jahr Weihnachten und das ganze Drumherum madigzumachen.

Weihnachtsfilme waren bei uns verboten. Als ich *Der*

kleine Lord mit Anfang zwanzig das erste Mal gesehen hatte, musste ich das Gefühl unterdrücken, meine Mutter furchtbar zu hintergehen. Bis heute wusste sie nichts von meiner Vorliebe für diese Art von Filmen, und ich würde mich hüten, ihr davon zu erzählen.

Der Weihnachtsmann war in unserem Heim eine Persona non grata gewesen. Schließlich war er eh nur eine Erfindung des US-amerikanischen Getränkeherstellers *Coca-Cola*, um den Konsum anzukurbeln. Es gab ihn gar nicht wirklich. Genauso wenig wie das Christkind, Engel, Gott und all die Sagengestalten, die in den Augen meiner Mum die Menschen in ihren Freiheiten beschnitten.

Sosehr ich diese Jahreszeit liebte, so einsam fühlte ich mich auch. Das Einzige, was ich von Weihnachten zu erwarten hatte, war eine kleine Tanne, die ich in meiner Wohnung aufstellen würde. Natürlich, ohne dass Mum davon Wind bekam. Während die anderen kaufwütigen Londoner durch die Geschäfte hetzten, um noch ein besonders gutes Schnäppchen zu schlagen, lief ich zu meinem Tearoom. Schließlich brauchte ich nur ein Geschenk für Holly, und das hatte ich bereits seit vier Wochen.

In den Augen vieler meiner Mitmenschen war meine Ausgangslage sicher beneidenswert. Aber ich gäbe wirklich alles dafür, nur ein einziges Mal Weihnachten mit Menschen, die mich liebten und die ich liebte, feiern zu können.

»Hey Holly«, begrüßte ich meine Freundin mit einem Küsschen auf die Wange, als ich im *Golden Tearoom* angekommen war. »Du bist früh dran.«

Für gewöhnlich war ich diejenige, die den Laden aufschloss. Holly kam morgens nur sehr schwer aus den Federn. Dafür blieb sie abends oft länger. Wir waren wirklich ein eingespieltes Team.

»Meine Mutter hat mich um sechs Uhr dreißig aus dem Bett geklingelt. Sie wollte bis ins letzte Detail von mir wissen, was ich meinen Geschwistern schenken werde. Und nachdem ich ihr den Gefallen getan und gehofft hatte, sie würde mich endlich in Ruhe lassen, wollte sie unbedingt noch die Abfolge ihres Menüs mit mir. Um sechs Uhr dreißig! Ist das zu fassen? Diese Frau macht mich noch wahnsinnig. Vor Weihnachten dreht sie regelmäßig durch, aber so schlimm wie dieses Jahr war es noch nie.«

Ich lachte und ertappte mich dabei, wie gerne ich diesen Anruf um sechs Uhr dreißig entgegengenommen hätte.

»Du Ärmste! Hast du schon gefrühstückt? Ich wollte Wasser für einen Tee aufsetzen und ein paar Sandwiches machen. Oder lieber Scones?«

Holly winkte ab. »Der Hunger ist mir heute gänzlich vergangen. Mum hat sich ellenlang über das Stuffing des Truthahns ausgelassen. Das sind Dinge, die man definitiv nicht auf nüchternen Magen verträgt.«

»Dann nur Tee?«

»Ja, bitte.«

Holly richtete gerade frische Blumen in den Vasen für die Tische der Gäste an, als ich ihr eine Tasse mit *Chun Mee Superior*, einem besonders erfrischenden Grünen Tee, reichte.

»Ist das mein Weihnachtsgeschenk da in deiner Tasche?«, fragte meine Freundin und war dabei neugierig wie ein kleines Kind.

Ich verstand nicht ganz und folgte schließlich ihrem Blick zu dem Stapel Post, den ich heute Morgen von meiner Nachbarin Mrs Campell erhalten hatte. Der Postbote hatte alles gestern kurzerhand bei ihr abgegeben, als er es nicht in den Briefkasten werfen konnte. Bisher war mir allerdings noch keine Zeit geblieben, wirklich nachzusehen, worum es sich dabei handelte.

Ich war in Eile gewesen. Bei den gegebenen Witterungsverhältnissen konnte man nie wissen, ob die öffentlichen Verkehrsmittel pünktlich fuhren. Also hatte ich die Post bedenkenlos in meinen Jutebeutel gepackt und mitgenommen.

In dem roten Doppeldeckerbus war ich dann so damit beschäftigt gewesen, von oben die Leute auf den Gehwegen zu beobachten, dass ich sie schlichtweg vergessen hatte. Da waren Kinder gewesen, die Schneemänner bauten, zwei junge Frauen, die sich eine erbitterte Schneeballschlacht lieferten, und dann der kurze Blick auf den Weihnachtsmarkt in *Covent Garden*.

Im Tearoom erblickte schließlich auch ich das Päckchen. Es war trotz des Postweges in Geschenkpapier eingewickelt worden. Ich zögerte nicht lange und holte es aus dem Beutel. Die anderen Briefe ließ ich darin zurück.

»Da steht kein Absender drauf«, bemerkte ich, während

ich den rechteckigen Gegenstand von allen Seiten betrachtete. Weiße Sterne auf rotem Papier. Ein goldenes Geschenkband war darum gewickelt.

Holly sah mich erwartungsvoll an. »Nun mach doch schon auf! Vielleicht ist es ja von einem heimlichen Verehrer.«

Ich lachte. »Wo soll der denn plötzlich herkommen?«

»Keine Ahnung«, merkte Holly schulterzuckend an. »Aber vom Weihnachtsmann wird das Päckchen sicher nicht kommen. Also mach es auf, dann wissen wir mehr.«

Ich zögerte. »Ich könnte es auch unter meinen Baum legen und an Weihnachten öffnen.«

»Langweilig«, entschied Holly. »Das sind noch ganze zwei Wochen.«

»Dann habe ich wenigstens etwas, worauf ich mich an dem Tag freuen kann.«

Erst als ich meine Worte laut ausgesprochen hatte, fiel mir auf, wie verbittert sie klangen. Das war nicht meine Absicht gewesen. Und dennoch änderte es nichts an der Tatsache, dass ich das Weihnachtsfest alljährlich allein verbrachte. Neben den Weihnachtsfilmen, die in Endlosschleife liefen, gab es kaum ein Highlight an diesem Tag für mich.

»Du kannst mit zu uns kommen, Ellie. Das weißt du. Meine verrückte Familie würde sich sehr darüber freuen. Mum kocht eh immer viel zu viel, und Dad braucht jemanden, der seine Witze noch nicht kennt. Du siehst: Win-win für alle.«

Holly wurde nicht müde, mich Jahr für Jahr einzuladen. Und Jahr für Jahr sagte ich ihr ab. Schließlich war es ihre Familie. Und nicht meine. Ich würde mich dort nicht wohlfühlen, wollte mich den Shepards nur ungern aufzwingen. So verzweifelt war ich dann doch noch nicht.

»Gib es zu! Du willst nur sehen, was im Päckchen ist«, bemühte ich mich, die betrübte Stimmung mit etwas Humor zu vertreiben.

»Schon möglich«, meinte Holly, während sie ihre Blumenarrangements auf den Tischen von allen Seiten ausgiebig betrachtete.

Ich musste lachen.

»Also schön. Ich mach es auf.«

Holly wandte den Blick unvermittelt zu mir und dem Päckchen in meinen Händen.

»Aber sei bloß nicht zu enttäuscht, wenn es nur die Unterlagen vom Steuerberater sind. Mr Innings hat in letzter Zeit eine merkwürdige Art von Humor. Besonders im Hinblick auf seine außerordentlich hohen Rechnungen.«

Ich plapperte wie ein Wasserfall drauflos, um mir meine Aufregung nicht anmerken zu lassen. Bis zum heutigen Tag hatte mir noch nie jemand ein Weihnachtsgeschenk geschickt. Das war eine absolute Premiere für mich.

Dennoch zog ich das Auspacken schier endlos in die Länge. In aller Seelenruhe löste ich das Band, ehe ich das Geschenkpapier vorsichtig an den Seiten öffnete. Holly neben mir zappelte ganz aufgeregt herum. Am liebsten hätte sie mir das Geschenk aus den Händen gerissen und das Papier in tausend Stücke zerfetzt. Noch hielt sie sich zurück, während ich mich fragte, wer wohl der Absender des Päckchens war.

Ein Hauch von Sorge mischte sich in meine Vorfreude, als ich ein in Leder gebundenes kleines Büchlein in Händen hielt. Es war alt und an den Kanten abgewetzt. Zudem roch es modrig, als sei es in einem feuchten Keller aufbewahrt worden.

»Wirklich in Unkosten hat sich dein Verehrer nicht gestürzt«, kommentierte Holly das Geschenk.

Während ich an den vergilbten Rändern des Buches mit meinen Fingern entlangfuhr, nahm meine Freundin das Papier vom Tresen und wollte es in den Papierkorb werfen, als ein weißes Kuvert zu Boden segelte. Ein Brief landete auf dem dunklen Parkett. In einer schnörkeligen Handschrift hatte jemand meinen Namen draufgeschrieben.

Mein Herz schlug mir bis zum Hals. Dabei war es ziemlich lächerlich, dermaßen auf den Anblick meines Namens auf einem Brief zu reagieren. Schließlich bekam ich fast täglich Post. Allerdings sah dieser Brief kein bisschen wie Geschäftspost aus. Mein Name war sonst nur selten handgeschrieben.

Lediglich Mum schickte mir dann und wann einen Brief oder eine Postkarte aus dem Urlaub. Doch bei den wenigen geschwungenen Lettern handelte es sich auf keinen Fall um ihre Handschrift. Da war ich mir ganz sicher.

Wer war es also dann?

Während ich noch mit mir haderte, beugte Holly sich nach unten und griff nach dem Umschlag.

»Ein Liebesbrief.« Holly strahlte bei ihren Worten übers ganze Gesicht. Ganz so, als hätte sie ihn soeben erhalten und nicht ich. »Das macht die Sache mit dem muffigen Buch wieder wett, finde ich.«

Sie überreichte mir den Umschlag. Meine Hände zitterten leicht bei der Berührung des Papiers, das sich ungewohnt samtig auf meiner Haut anfühlte.

»Willst du ihn denn nicht lesen?«, drängte mich Holly, als ich ihn nur anstarrte und keine Anstalten machte, ihn zu öffnen.

Matthew kam durch die Tür herein, und ich versteckte den Brief eilig hinter meinem Rücken, als müsste ich ihn vor den Augen Fremder schützen.

»Hey, Matthew«, hieß ich ihn überschwänglich willkommen. »Wie gehts deiner Tochter? Hat sie noch Fieber?«, plapperte ich munter drauflos.

Holly zog eine Augenbraue in die Höhe.

»Hey, ihr beiden.« Falls Matthew verwundert war, ließ er sich nichts anmerken. »Entschuldigt bitte, dass ich so spät dran bin. Mein Wagen wollte nicht anspringen, und dann stand ich auch noch ewig im Stau. Wegen der Schneemassen, die die Straßen blockieren.« Er wollte schon an uns vorbei in die Küche, als ihm auffiel, dass er mir noch eine Antwort schuldig war. »Und ja, Zoey geht es zum Glück schon viel besser. Danke dir.«

Als Matthew verschwunden war, sah Holly mich erwartungsvoll an. Erst als ich den Tresen sauber machte und dann die Teelieferung entgegennahm, ließ sie endlich von mir ab.

Kapitel 6

Max

»Passen Sie doch auf!«, blaffte ich den hochgewachsenen Mann, Typ Bodybuilder, von der Umzugsfirma an, als er einen der Kartons fallen ließ.

Er entschuldigte sich für sein Missgeschick und machte sich daran, den Karton schleunigst in den Lkw zu bringen, während mich ein ungutes Gefühl beschlich.

War es wirklich sinnvoll, so viele Andenken an mein altes Leben mitzunehmen, wenn ich meinen Vorsatz, in Brighton neu durchzustarten, umsetzen wollte? Wäre es nicht besser gewesen, mich von den Erinnerungsstücken zu trennen, anstatt mich damit weiterhin zu quälen?

Ich schüttelte den Kopf und konzentrierte mich auf die Aufgaben des Tages. Heute war die Deadline für meinen Artikel über die Weihnachtsbräuche aus aller Welt für die *Times*. Eigentlich hatte ich mir vorgenommen, Weihnachten dieses Jahr keine Beachtung zu schenken. Viel zu schmerzhaft waren die Erinnerungen an die vergangenen Feste. Aber Eleonore hatte mir in Gedanken gut zugeredet, und da wollte ich sie nur ungern enttäuschen. Ferner war Arbeit noch immer die einzig wirksame Therapie. Das Schreiben hielt mich vom Grübeln ab und hinderte mich daran, das endlose Warum immer und immer wieder zu hinterfragen.

Auch wenn ich mich mit Händen und Füßen dagegen wehrte, drifteten meine Gedanken ständig in Richtung *Rosehill Manor* ab. Mr Hobbs hatte sich bei mir gemeldet und mir erklärt, dass die Sache mit dem Wohnrecht noch zu klären sei, er aber zwischenzeitlich in Erfahrung gebracht hätte, wer dieses im Testament meines entfernten Verwandten zugesprochen bekommen hatte.

Eine Kiste nach der anderen trugen die Möbelpacker aus meinem Arbeitszimmer. Der Rest des Hauses war bereits leer. Verrückt! Dabei konnte ich mich noch genau daran erinnern, wie Eleonore und ich damals hier eingezogen waren. Sie war ganz entzückt von dem Altbau aus dem 19. Jahrhundert gewesen, während ich mir Sorgen um die Instandhaltung gemacht hatte.

Und nun sollte ich also wieder in ein Haus einziehen, in dem auch eine Frau ein und aus gehen würde. Die Vorstellung war abstrus, da es sich bei ihr nicht um Eleonore handelte.

»Brauchen Sie den Tisch noch, oder kann der mit?«, fragte mich einer der bulligen Kerle mit tiefer Stimme.

Ich ließ meinen Blick durch den Raum schweifen. Die Schränke und Kommoden waren bereits alle weg. Die letzte Kiste trug gerade einer seiner Kollegen aus dem Zimmer. Nur mein Schreibtischstuhl und der Tisch standen noch im Raum.

»Sir?«, fragte der Mann mit Nachdruck, als ich ihm die Antwort schuldig blieb.

Die letzte Bastion, die ich mir nach Eleonores Tod in diesem Haus geschaffen hatte, würde nun auf Reisen gehen und mich schutzlos zurücklassen. Aber ich bezweifelte, dass der Muskelprotz vor mir verstand, warum ich so zögerte, warum es mir so schwerfiel, einen Schlussstrich unter alles zu setzen.

Endlich fasste ich mir ein Herz und erhob mich von meinem Platz, als der Blick des Mannes mich zunehmend nervöser machte. Es war kurz vor Mittag. Die Männer wollten nach getaner Arbeit in meinem Haus sicher erst mal Pause machen. Ihr gutes Recht. Schließlich schufteten sie bereits seit dem Morgengrauen.

Der bullige Kerl von der Umzugsfirma schüttelte leicht den Kopf, als ich meinen Laptop wie einen Schutzschild vor meinen Körper presste und mich in Richtung Fenster stellte. Stocksteif stand ich da, während er zusammen mit einem Kollegen das restliche Inventar des Raumes mitnahm.

Das wars also. In knapp sechs Stunden hatten vier Männer mein Heim komplett ausgeräumt und in einen Lkw gepackt. Mein ganzes Leben würde sich nun ändern. Dabei war ich mir hinreichend im Klaren darüber, dass es manchmal nur wenige Sekunden brauchte, um einem das Wichtigste im Leben zu nehmen.

Das Klingeln meines Smartphones hallte durch den Raum. Ich legte den Laptop auf die Fensterbank und zog es aus der Hosentasche. Ben, ein alter Freund aus Internatstagen, rief mich an. Nach der Schule waren wir für lange

Zeit getrennte Wege gegangen. Doch seit der Sache mit Eleonore war er immer für mich da. Und das, obwohl ihm seine Zwillinge zu Hause alles abverlangten.

»Hey, Ben«, meldete ich mich am Telefon und versuchte, dabei den Kloß in meinem Hals herunterzuschlucken.

»Hey, Max, na, wie läufts? Ist alles fertig?«

Wieder schweifte mein Blick durch den kahlen Raum. Die weißen Wände hatten dabei etwas Bedrohliches an sich. Vielleicht verurteilten sie mich dafür, dass ich einfach weiterzog, anstatt mich weiterhin meinen Dämonen zu stellen.

Gott, ich verhielt mich so lächerlich! Das hier waren nichts als vier Wände, die bereits lange vor meiner Geburt existiert hatten und vermutlich auch noch nach meinem Tod bestehen würden. Sie hatten keine Gefühle oder Sorgen. Auch wenn sie Eleonore und mir ein Zuhause gewesen waren, das es so nie mehr geben konnte.

»Im Großen und Ganzen: ja. Die Umzugsfirma hat alles eingeladen. Später kommt noch Mrs Finley, die ich mit der Suche nach Mietern betraut habe. Sie wird sich um alles kümmern. Und danach fahre ich ebenfalls nach Brighton.«

»Dann wirst du das Haus also doch nicht verkaufen?«

Ich hatte lange mit mir gerungen, was wohl das Beste für mich war. Das Haus zu verlassen, war das eine. Es für immer aufzugeben, etwas ganz anderes. Das konnte ich einfach nicht mit meinem Gewissen vereinbaren. Also hatte ich mich dazu entschieden, es zu vermieten.

»Zum jetzigen Zeitpunkt nicht. Die Immobilienpreise

sind im Keller.«

Wenn Ben meine Antwort hinterfragte, dann ließ er es sich nicht anmerken.

»Wann kommst du mich denn mal in den Highlands besuchen? Emily und die Kinder würden sich sehr freuen, dich mal wiederzusehen. Außerdem ist ja bald Weihnachten.« Ben klang besorgt um mich.

»Ich schaffe es in diesem Jahr leider nicht mehr. Es gibt noch so viel zu tun wegen des Erbes. Und dann der Umzug«, log ich. Aber die Vorstellung, heile Welt zu spielen und Weihnachten mit einer glücklichen Familie zu verbringen, war kaum auszuhalten.

»Ich verstehe«, erwiderte Ben. »Aber wenn ich irgendetwas für dich tun kann, lass es mich bitte wissen. Wenn du möchtest, komme ich ein paar Tage zu dir in den Süden und helfe dir beim Umzug.«

Ben war wirklich ein guter Freund. Aber es war kurz vor Weihnachten. Ich würde ihn in dieser für ihn so besinnlichen Zeit auf keinen Fall von seiner Familie trennen. Außerdem musste ich allmählich lernen, nach vorne zu blicken und mich dem Alltag und meinem neuen Leben zu stellen. Auch wenn das bedeutete, Eleonore nach und nach gehen zu lassen.

»Das ist sehr lieb von dir, Ben. Und ich danke dir wirklich aufrichtig für dein Angebot, aber …«

»Aber du willst jetzt erst mal zusehen, dass du allein klarkommst. Ich verstehe das und ich respektiere deine Entscheidung. Aber egal, was ist, melde dich, wenn ich dir irgendwie helfen kann. Okay?«

»Klar.«

Der Motor des Umzugswagens erwachte krachend und scheppernd zum Leben. Ich beobachtete den Lkw, wie er aus der schneebedeckten Einfahrt auf die Straße rollte. All meine Habseligkeiten waren darin. Von kaum etwas hatte ich mich trennen können, obwohl ich es mir so sehr vorgenommen hatte. Vielleicht war es einfach noch nicht an der Zeit gewesen. Vielleicht war ich auch einfach nur ein Idiot, der sich gerne selbst quälte. Irgendwo dazwischen lag wohl die Wahrheit.

»Hast du noch etwas von Mr Hobbs gehört?«

Als der Lkw nicht mehr zu sehen war, atmete ich hörbar aus. »Jein. Er kann mir noch immer nichts zu der Sache mit dem Wohnrecht sagen. Es ist wohl komplizierter, als ich zunächst dachte. Aber er weiß mittlerweile wenigstens, dass eine Frau es bekommen hat.«

Ben zögerte. »Und? Hast du dir ihre Adresse geben lassen? Oder wartest du eure erste Begegnung auf *Rosehill Manor* ab? Wie stand sie denn überhaupt zu deinem verstorbenen Onkel? Gehört sie zur Familie?«

Ich zuckte reflexartig mit den Schultern, auch wenn ich wusste, dass Ben das nicht sehen konnte. »Ich habe keine Ahnung.«

Ich hoffte inständig, sehr lange nichts von dieser Frau zu sehen oder zu hören. Am liebsten wäre mir, sie würde nie in dem Herrenhaus auftauchen. Denn eine fremde Frau hatte nichts in meinem neuen Zuhause verloren. Es fühlte sich falsch an. Besonders im Hinblick darauf, dass ich soeben erst Eleonores und mein Haus geräumt hatte.

»Na gut. Ich will dich nicht länger aufhalten. Du wirst sicher noch einen anstrengenden Tag vor dir haben.«

Im Grunde war mein Tag alles außer anstrengend. Ich hatte jemanden damit beauftragt, meine Möbel zu verpacken und nach Brighton zu fahren. Auf Anweisung meines Butlers Mr O'Donnell würden die Männer die Sachen ins Herrenhaus bringen und an ihren angestammten Platz räumen. Für mein Haus in London hatte ich mir eine Maklerin besorgt, die sich sowohl um die Vermietung als auch um den lästigen Schreibkram kümmern würde.

Das Einzige, was ich ohne fremde Hilfe bewerkstelligen musste, war die Fahrt in meinem Bentley von London nach Brighton. Das sollte machbar sein.

Blieben da nur noch die Schatten meiner Vergangenheit, derer sich niemand außer mir selbst annehmen konnte. Auch wenn ich hoffte, sie in dem Haus am Hyde Park zurücklassen zu können, wusste ich es besser.

Ein Ende konnte ein Anfang sein. Aber nur dann, wenn ich bereit dazu war. Noch war ich meilenweit davon entfernt.

Kapitel 7

Ellie

Den halben Vormittag verbrachte ich mit der Frage danach, was sich wohl in dem Briefumschlag befand. Ferner hatte ich das kleine Notizbüchlein von allen Seiten angesehen, ohne es zu öffnen und einen Blick hineinzuwerfen.

Holly war mittlerweile genervt von mir. Ich konnte es ihr nicht verübeln. Schließlich ging es mir ganz ähnlich.

Aber ich haderte mit mir. Was, wenn in dem Brief etwas stand, das ich gar nicht lesen wollte? Was, wenn es meine Welt – so, wie ich sie kannte – grundlegend verändern würde? Was, wenn ich danach nicht mehr die Ellie sein würde, die ich heute war? Ich hatte einen Verdacht, wessen Handschrift dort auf dem Kuvert zu sehen war. Nicht dass ich sie erkannt hätte. Nein, das nicht. Es war mehr so ein Bauchgefühl.

»Meine Liebe, ich wollte einen *Chinese Pai Mu Tan* und keinen *Earl White*. Ist denn alles in Ordnung bei Ihnen?«

Drei zerbrochene Teller, ein blaues Knie, die unliebsame Bekanntschaft mit einer alten Teekiste, die als Deko diente, und mein fahriges Verhalten sprachen dagegen und dennoch antwortete ich: »Alles bestens, Mrs Benson. Ich bringe Ihnen gleich den richtigen Tee.«

Kaum hatte ich geendet, bestrafte mich Gott, das Schicksal oder sonst eine höhere Macht für meine Lüge, während ich mir die Hand mit dem heißen Tee übergoss.

»Das sollten Sie dringend kühlen«, riet Mrs Benson besorgt, während ich am liebsten laut aufgeschrien hätte. Nur unter Aufbietung all meiner Selbstbeherrschung gelang es mir, keinen Laut über die Lippen zu bringen.

»Ach, das ist nichts weiter«, behauptete ich, während ich eilig den Tee abräumte und in die Küche stürmte, um mir dort die Hand zu kühlen.

»Alles okay bei dir?«, wollte nun auch Holly wissen, die gerade mit Matthew die Speisekarte für die kommende Woche besprach.

Breakfast und Afternoon Tea waren meist gleich, während der Lunch variierte. Für gewöhnlich übernahm ich die Planung, aber offenbar war ich meinen Angestellten heute so durch den Wind erschienen, dass sie es für klüger erachteten, sich eigenständig darum zu kümmern.

Und auf der einen Seite war ich ihnen auch sehr dankbar dafür, auch wenn ich mich in gewisser Hinsicht ein wenig übergangen fühlte. Schließlich war der *Golden Tearoom* noch immer mein Laden.

Dementsprechend unterkühlt klang eben auch mein »Passt schon!«.

Doch Holly ließ sich davon nicht abschrecken.

»Zeig mal her!«

Ohne abzuwarten, griff sie nach meiner Hand und besah sie sich von allen Seiten.

»Das sieht übel aus.«

»Ist nicht weiter schlimm«, entgegnete ich und hielt meine

Hand erneut unter den kalten Wasserstrahl.

»Was ist los mit dir? Du wirkst so angespannt«, bemerkte Holly vollkommen richtig. Ihr entging aber auch nichts.

Anstatt ihr von meinen Sorgen – das Päckchen betreffend – zu erzählen, schlug ich – verbal gesprochen – wild um mich. »Ich wusste gar nicht, dass du dich jetzt mit Matthew um den Speiseplan kümmerst.«

Holly seufzte, und ich spürte, wie unwohl ich mich in meiner Haut fühlte. Ich hätte es dabei belassen sollen. Schließlich meinten es beide nur gut. Keiner wollte an meinem Stuhlbein sägen und mich aus dem Tearoom kicken. Das ging ja auch gar nicht. Der Laden gehörte schließlich mir.

»Wir haben doch vor einigen Tagen überlegt, ein veganes Gericht auf die Karte zu setzen. Du hast mich gebeten, mit Matthew alles zu besprechen. Erinnerst du dich?«

Holly klang weder eingeschnappt noch unterkühlt. Vielmehr hörte ich einen Hauch Besorgnis aus ihrer Stimme heraus, während der dünne Wasserstrahl stetig auf meine verletzte Hand lief.

»Sorry, Holly, heute ist einfach nicht mein Tag«, entschuldigte ich mich bei meiner Freundin.

Plötzlich tat es mir leid, wie ich sie behandelt hatte.

»Du solltest ihn öffnen.«

Ich sah Holly irritiert an. In ihrem Nasenring kullerten heute zwei türkisfarbene Kugeln, die perfekt auf ihre Haarfarbe abgestimmt waren.

»Wen?«

»Na, den Brief.«

»Was hat es eigentlich mit diesen Kugeln auf sich?«, wechselte ich unvermittelt das Thema.

Holly deutete auf ihren Nasenring. »Meinst du die hier?«

Ich nickte.

»Das ist mein persönlicher Adventskranz dieses Jahr. Die Kerzen hab ich kurzerhand mit Kugeln ersetzt. Wie findest du ihn?«

Ich grinste. »Ziemlich cool. Ziemlich Holly eben.«

»Holly, können wir den Rest noch besprechen, bevor ich weitermachen muss?«, unterbrach uns Matthew, der sich bisher im Hintergrund gehalten hatte.

Ich nickte erneut. »Geh ruhig!« Dabei drehte ich den Wasserhahn wieder zu. »Ich gehe raus. Mrs Benson wartet sicher schon auf ihren Tee.«

»Lass sie nicht zu lange warten«, meinte Holly mit erhobenem Zeigefinger. »Ich gebe die Hoffnung noch nicht auf, dass sie uns auch dieses Jahr wieder einen Limoncello zu Weihnachten schenkt.«

Bei Hollys Andeutung musste ich lachen. »Du willst mich doch bloß wieder abfüllen und dich dann ein Jahr lang über meine peinlichen Ausrutscher lustig machen.«

Holly grinste. »Kann gut sein.« Dann wandte sie sich von mir ab und ging zu Matthew hinüber.

Auf halber Strecke blieb sie stehen und sah mich eindringlich an. »Lies ihn! Vielleicht sind in dem Brief ein paar Antworten auf Fragen, die dir schon eine Ewigkeit auf dem Herzen liegen. Das, oder du hast eine Reise auf die Antillen gewonnen.«

Ich lachte. »Du bist unverbesserlich, Holly.«

Holly zwinkerte mir zu. »Ich weiß und dafür liebst du mich.«

Nachdem ich Mrs Benson den richtigen Tee gebracht hatte, begleitet von einem sanften *Jingle Bells*, das von George auf dem Klavier gespielt wurde, war etwas Ruhe im Tearoom eingekehrt. Und als Holly mit Matthew alles besprochen hatte und wieder im Laden stand, nahm ich mir eine kleine Auszeit, um mich dem Unausweichlichen zu stellen.

Trotz der bitteren Kälte hatte ich mir meinen Mantel geschnappt und war vor die Tür gegangen. In der einen Tasche befand sich der Brief, in der anderen das Notizbuch.

Ein doppelstöckiger Bus fuhr an mir vorbei, und ich ärgerte mich über mich selbst, dass ich heute Morgen nicht gleich reagiert und den Brief gelesen hatte. Mittlerweile hatte ich viel zu viel Zeit gehabt, über alles nachzudenken. Meine Gedanken machten es mir immer schwerer, unbefangen an die Materie heranzugehen.

Mrs Benson verließ den Laden und stapfte an mir vorbei durch den Schnee in Richtung Regent's Park.

»Vielen Dank für alles. Es war wieder ganz wundervoll bei Ihnen im *Golden Tearoom*. Sie haben dort wirklich eine kleine Oase des Friedens und der Stille geschaffen.«

Frieden und Stille – das war es auch, wonach ich mich sehnte. Doch solange ich den Mut nicht gefasst hatte, mich dem Inhalt meiner Manteltaschen zu stellen, sah ich diesbezüglich schwarz.

»Es freut mich sehr, Mrs Benson, dass es Ihnen so gut bei uns gefällt.«

Ich lächelte die kleine alte Dame mit dem gerunzelten Gesicht und den vielen Lachfalten um Augen und Mund freundlich an, ehe sie sich von mir verabschiedete. Es war schön, einmal Bestätigung für die eigene Arbeit zu bekommen. Und das sogar von einer Fremden.

Manchmal wünschte ich, Mum würde auch nur ein einziges Mal über ihre Moralvorstellungen und Prinzipien hinwegsehen und mir sagen, wie stolz sie auf mich war. Dass sie es gut fand, was ich aus meinem Leben gemacht hatte.

Dann schwenkte ich in Gedanken zu dem Vater, den ich nie hatte. Wäre er stolz auf das, was ich aus meinem Leben gemacht hatte? Oder hätte er mich lieber als Rechtsanwältin oder Ärztin gesehen?

Seit Jahren tat ich nichts, als mir Fragen über ihn zu stellen. Doch immer blieb er mir die Antworten schuldig. Ich spürte, dass ich kurz davor stand, endlich etwas Klarheit zu erhalten. Und dennoch zögerte ich.

Einzelne Schneeflocken rieselten auf mich hinab. Sie benetzten mein langes dunkles Haar mit weißen Tupfen. In Ermangelung von Handschuhen schob ich meine Hände in die Manteltaschen. Sogleich fühlte ich das samtig weiche Papier des Kuverts. Es wirkte sehr edel, schimmerte leicht. Mein Herz schlug mir bis zum Hals. Und doch wagte ich nicht, es herauszunehmen.

Was, wenn ich mit meiner Vermutung vollkommen danebenlag? Was, wenn der Brief wirklich nur von einem Verflossenen oder gar einem heimlichen Verehrer stammte? Nicht dass ich mich über einen Liebesbrief nicht gefreut hätte, aber ein Brief von meinem Dad wäre mir gerade tausendmal lieber.

Ich haderte noch eine ganze Weile mit mir, beobachtete ein Pärchen gegenüber am Regent's Park dabei, wie es einander glücklich in die Arme nahm und küsste. Die beiden waren ungefähr im selben Alter wie ich, und doch trennten uns Welten.

Während ich nicht wusste, wo ich hingehörte und bei jedem noch so zaghaften Lüftchen ins Straucheln geriet, hatten die beiden ihr Glück gefunden und trotzten jedem Hurrikan mit einem Lächeln auf den Lippen.

Liebe war eine Naturgewalt, der sichere Hafen und gleichzeitig der Himmel auf Erden. Auch wenn ich der Überzeugung war, dass Mum mich tief in ihrem Herzen liebte, hatte sie es mir nie richtig zeigen können.

In meiner Kindheit hatte ich oft geglaubt, dass sie mich nie wirklich haben wollte, und das Gefühl gefühlt habt, ich wäre ihr eine Last gewesen. Gesagt hatte sie das nie, aber ich hatte es gespürt.

Natürlich war es als alleinerziehende Mutter nicht leicht für sie gewesen. Ich habe Verständnis für sie, auch wenn ich zeit meines Lebens immer etwas vermisst hatte. Während meine Füße zu Eisklumpen mutierten, umschloss ich den Brief in meiner rechten Manteltasche fester.

Verunsichert warf ich meinen Blick zurück in den Tearoom. Ich sollte Holly zur Hand gehen. Seit ich vor die Tür gegangen war, hatten sich neue Gäste eingefunden. Es war unverantwortlich von mir, meine Freundin zur Stoßzeit alleinzulassen.

Du willst dich doch nur wieder drücken, mahnte mich meine innere Stimme. Zähneknirschend musste ich ihr recht geben. Anstatt es ständig aufzuschieben, sollte ich endlich mutig sein und mich der Sache stellen. Vielleicht würde sich dann bald die Leere in meinem Herzen füllen.

Hollys Augen trafen meinen fragenden Blick und sie nickte mir aufmunternd zu. Wir beide verstanden uns ganz ohne Worte. Ich musste lachen. Holly war so ein wagemutiger und selbstbewusster Mensch. Das krasse Gegenteil von mir. Und dennoch verstanden wir uns blendend.

Ich zog den Umschlag aus meiner Tasche, fuhr ein letztes Mal mit meinen Augen die geschwungenen Buchstaben meines Namens nach, ehe ich den Brief umdrehte und öffnete.

Es dauerte noch einen Moment, bis ich so weit war, das Blatt Papier aus dem Kuvert zu ziehen. Mit angehaltenem Atem faltete ich es auf. Mein Herz schlug derweil so laut wie ein Presslufthammer. Und meine Hände hätten sich liebend gerne an einer heißen Tasse Tee gewärmt.

Aber jetzt gab es kein Zurück mehr.

Liebe Ellie,

ich weiß nicht so recht, wie ich einen Brief an einen Menschen schreiben soll, dessen bloße Existenz ich nie hatte wahrhaben wollen. Und dennoch muss ich es tun, da mir nur noch sehr wenig Zeit bleibt.

Ich stockte bei den Worten *nur noch sehr wenig Zeit*, las sie erneut. Schon bereute ich es wieder, den Brief geöffnet zu haben. Wenn dieser Brief wirklich von meinem Vater abgeschickt worden war, dann ließen diese Zeilen vermuten, dass er entweder schwer krank oder bereits gestorben war. Beides stimmte mich sehr traurig. Ich spürte, wie mir einzelne Tränen über die Wangen kullerten. Schnell wischte ich mir mit meinem Handrücken übers Gesicht, bevor sie heruntertropfen und die blaue Tinte auf dem Brief benetzen konnten.

Ein-, zweimal atmete ich tief durch. Egal, was in diesem Brief auch stand, ich musste ihn lesen. Daran führte kein Weg vorbei, wenn ich wissen wollte, was mir der Absender zu erzählen hatte.

Als dein Vater mir von dir berichtete, war ich außer mir. Bitte entschuldige meine harten Worte. Aber als zukünftiger Earl of Cunningham geziemte sich solch eine Verbindung, wie sie mein Sohn mit deiner Mutter eingegangen war, einfach nicht.

Wieder hielt ich einen Moment inne. Meine Augen überflogen die zuletzt gelesene Passage. *Dein Vater … außer mir … Earl of Cunningham … solch eine Verbindung.* Der Brief stammte also gar nicht von meinem Dad, sondern von meinem Großvater. Die Erkenntnis traf mich noch viel härter, als es die unliebsamen Zeilen je vermocht hätten.

Warum schrieb er mir und nicht mein Vater? Und was bitte schön war unrecht an der Beziehung, die die beiden miteinander geführt hatten? Ich dachte bis vor wenigen Minuten noch, ich sei im 20. Jahrhundert auf die Welt gekommen. Doch das eben Gelesene ließ mich gewaltig daran zweifeln.

Und dann sickerte auch die letzte Erkenntnis aus dem Abschnitt in meinen Verstand. Mein Vater war ein Earl gewesen. Oder, besser gesagt, mein Großvater. Erbte der älteste Sohn den Titel nicht erst, wenn der Vater verstorben war? Und war er überhaupt der älteste Sohn? Womöglich gab es noch weitere Geschwister.

Ich hatte mich zwar nie wirklich mit dem Adelsthema beschäftigt, aber ich meinte, so etwas bei Meghans und Harrys Hochzeit aufgeschnappt zu haben. Wozu diese royalen Ereignisse im TV nicht alles gut waren.

Earl of Cunningham. Während ich die drei Worte zum gefühlt hundertsten Mal las, schossen mir Gedanken durch den Kopf wie: Ich bin zur Hälfte blaublütig. Die Familie meines Vaters wusste von mir, wollte mich aber nie kennenlernen. Ob ich wohl noch Halbgeschwister hatte?

Ich habe in meinem Leben viele Fehler gemacht. Einige davon konnte ich im Laufe der Zeit wiedergutmachen. Doch in diesem Fall befürchte ich, nehme ich die Schuld mit mir ins Grab. Denn ich habe es billigend in Kauf genommen, dass ein Vater seine Tochter nie würde kennen-

lernen können. Und ich habe meinen Sohn aus falschen Ehrvorstellungen heraus zeit seines Lebens leiden lassen.
Liebe Ellie, wie du aus meinen Zeilen sicher herauslesen wirst, muss ich dir leider mitteilen, dass dein Vater schon vor einigen Jahren verstorben ist. Er hat es vorgezogen, allein zu leben, anstatt mir einen Enkel zu schenken. Wir beide hatten nie wirklich ein gutes Verhältnis zueinander. Die Einzige, die es vermochte, uns zu einen, war deine Großmutter gewesen. Doch sie starb viel zu früh und ließ die Kluft zwischen mir und meinem Sohn immer breiter werden.
Ellie, wenn du diesen Brief liest, werde ich bereits tot sein. Ich bin ein armer alter Tor, der seines Lebens überdrüssig ist. Doch ich habe nie den Mut gefunden, dir in die Augen zu sehen und dir offen zu sagen, was für ein Idiot ich gewesen bin.
Der Tod steht bereits vor meiner Tür. Mir bleibt keine Zeit mehr, dir von deinem Vater zu erzählen, geschweige denn von unserer Familie. Dem Brief liegt ein unscheinbares Notizbuch von unschätzbarem Wert bei. Es ist das Tagebuch deines Vaters, es enthält gleichsam seine intimsten Gedanken. Ich habe es nicht gewagt, sie zu lesen. Du sollst es bekommen, um deinen Vater posthum kennenlernen zu können.
Dein Vater war ein guter Sohn. Viel zu gut für einen so mürrischen alten Mann, der ich gewesen bin. Er hat sich meinen Anweisungen gefügt, keinen Kontakt zu dir aufzunehmen. Und auch deiner Mutter gegenüber hat er nicht erwähnt, wer er wirklich war.
Ich dachte, es würde einen Skandal geben, wenn es publik werden würde. Jetzt bin ich mir nicht mehr so sicher, ob meine Sorgen wirklich berechtigt waren. Immer mehr Adelshäuser sterben aus. Rosehill Manor, das Haus, in dem dein Vater geboren wurde und bis zu seinem

Tod lebte, wird an einen entfernten Verwandten übergehen.
Und wieder muss ich mich bei dir dafür entschuldigen, dass ich dich diesbezüglich nicht an dem, was dir meiner Ansicht nach zustehen sollte, beteiligen kann. Das Einzige, was ich für dich tun kann, ist, dir ein lebenslanges Wohnrecht in dem Haus zu gewähren, in dem dein Vater lebte. Du erhältst sein Zimmer.
Liebe Ellie, ich weiß, dass ich der letzte Mensch auf Erden bin, der das Recht hat, dich um einen Gefallen zu bitten. Und dennoch muss ich es tun. Bitte, komm nach Rosehill Manor, *verbringe die Zeit in dem alten Gemäuer und gehe auf Spurensuche! Frag Max, meinen Großneffen und künftigen Earl of Cunningham, wenn du Hilfe brauchen solltest. Das ist der letzte Wunsch, den ich habe. Vielleicht kann ich auf diese Weise ein klein wenig von meiner Schuld abtragen, auch wenn ich mir selbst nie verzeihen werde.*

In Liebe,
dein Großvater

Wie in Trance faltete ich das Stück Papier zusammen und schob es zurück in das Kuvert. Ich wusste nicht, was ich von dem Brief halten sollte. Meine Gedanken überschlugen sich, während ich die Tür zum *Golden Tearoom* öffnete.

Die Wärme des Raums umhüllte mich.

»Und?«, fragte Holly mit besorgter Miene.

»Er ist von meinem Großvater«, erklärte ich, während ich meinen Mantel mit dem Brief und dem Tagebuch meines Vaters darin an die Garderobe hängte.

»Willst du darüber sprechen?« Hollys Stimme war ganz

leise. Sie hatte ihre Worte mit Bedacht gewählt.

»Später«, antwortete ich, während sich ein Kloß in meinem Hals bildete.

Und dann traf mich die Erkenntnis mit der Wucht eines Fausthiebs: Ich würde meinen Vater und dessen Familie nie kennenlernen. Er war gegangen, lange bevor mein Großvater ein Einsehen gehabt und ihm den Kontakt zu seiner Tochter erlaubt hätte. Ich war weiterhin allein. Niemand würde die Leere in meinem Herzen füllen. Niemand würde stolz auf das sein, was ich geleistet hatte. Niemand würde mir gut zureden, wenn ich zweifelte oder Sorgen hatte. Niemand.

Kapitel 8

Ellie

»Was wirst du jetzt unternehmen?«

Geduldig hatte sich Holly von mir den Inhalt des Briefes wiedergeben lassen. Die letzten Gäste waren eben gegangen und auch meine Küchencrew hatte ich bereits nach Hause geschickt.

Der eisige Wind, der seit einigen Stunden draußen blies, hatte uns an diesem Nachmittag ohnehin nicht sonderlich viele Kunden in den Tearoom geweht. Der Schnee rieselte nicht mehr Flocke für Flocke vom Himmel herab, sondern hatte sich mit Regen zu einem matschigen Etwas vermischt. Das strahlende Weiß vom Vormittag war längst Geschichte. Ebenso wie die Hoffnungen, die ich bis zuletzt gehegt hatte.

Ich zuckte mit den Schultern, während ich Holly und mir ein Glas Wein einschenkte. Tee würde heute nicht helfen. Wir mussten also zu härteren Maßnahmen greifen, auch wenn ich mir im Klaren darüber war, wie leichtsinnig ich handelte.

»Wenn ich das bloß wüsste.«

In meiner Stimme schwang ein Hauch Resignation mit.

Seit Stunden machte ich mir Gedanken über die Worte meines Großvaters. Ich hatte zwischenzeitlich das Internet nach ihm befragt und zu meinem Leidwesen feststellen müssen, dass er wirklich erst vor Kurzem verschieden war.

Er würde mir also auch keine Antworten mehr liefern können. Die Erkenntnis stimmte mich traurig. Doch in die Trauer mischte sich auch ein Hauch von Wut und Enttäuschung.

Warum hatte der alte Mann nur so lange gezögert, um mir zu schreiben? Und warum schrieb er mir gerade jetzt? Nur um sein Gewissen zu erleichtern? Um sich ehrlich und aufrichtig zu entschuldigen? Oder hatte er Sorge um seine ach so glorreiche Dynastie, die nun ein jähes Ende genommen hatte?

»Ich denke, du solltest hinfahren«, sprach Holly mir gut zu, während sie mir ein angedeutetes Lächeln schenkte.

Ich erwiderte es und fiel dabei beinahe vom Hocker. »Diese Dinger sind total unbequem und gefährlich!«, behauptete ich kreischend, während Holly laut lachte.

»Kann es sein, dass du einen im Tee hast, meine Liebe?«

Holly nahm unsere Gläser vom Tresen, und wir setzten uns in die Nähe des Pianos, an dem George heute die Weihnachtsklassiker gespielt hatte. *Jingle Bells, All I Want for Christmas Is You, Silent Night, Last Christmas* in einer ruhigeren, stimmungsvolleren Weihnachtsversion.

Wenn ich nicht so sehr mit meinen Grübeleien beschäftigt gewesen wäre, hätte ich den Nachmittag durchweg genießen können. Denn hier im *Golden Tearoom* war es mir endlich gelungen, diese wundervolle Weihnachtsstimmung einzufangen und ein Teil davon zu werden. Hier prallten Mums Vorurteile gegen das Fest der Liebe an der Tür ab und landeten im hohen Bogen irgendwo im Nirgendwo.

»Ach, Holly.«

Mein Glas war halb leer. Eigentlich sollte es halb voll sein, aber dazu fehlte mir die positive Einstellung.

Meine Freundin legte ihren Arm um mich und zog mich in eine wärmende Umarmung. Das war genau das, was ich gerade brauchte. Das Gefühl von Geborgenheit.

Mum brauchte ich mit dem Brief meines Großvaters gar nicht erst zu konfrontieren, auch wenn ich diesbezüglich Gewissensbisse hatte. Schließlich offenbarte der Inhalt ganz eindeutig auch Wissen, das sie unmittelbar betraf. Dad hatte sie geliebt, obwohl sie stets vom Gegenteil überzeugt gewesen war.

So viel Leid. So viel Kummer. So viel Sorge. So viel Enttäuschung. Und wozu das alles? Um irgendwelcher Konventionen willen, die mir nach wie vor nicht einleuchten wollten. Wie hatte mein Vater nur wegen Regularien, die vor Aberhunderten von Jahren getroffen worden waren, auf sein Glück verzichten können?

In diesem Moment fühlte ich mich dem Mann, aus dessen Genpool ich stammte, ferner als je zuvor in meinem Leben. Und es lag nicht daran, dass er bereits gestorben war.

Nein, noch wusste ich selbst nicht, was ich mit Großvaters Zeilen anfangen sollte. Bevor Mum mich in meiner Entscheidung, meinen Wurzeln auf den Grund zu gehen, beeinflussen konnte, hielt ich es für besser, ihr nichts über den Nachlass meines Großvaters zu verraten.

In gewisser Weise kam ich mir dabei schäbig vor. Ein Teil

von mir stellte mich sogar auf eine Ebene mit meinem Großvater. Aber ich wusste, dass meine Mum Himmel und Hölle in Bewegung setzen würde, um mich davon abzuhalten, nach Brighton zu fahren. Sie würde zwölf Trillionen Gründe finden, die alle dagegensprachen. Und ich würde den Mut nicht mehr aufbringen können, auf meine innere Stimme zu hören, der Sehnsucht nachzugeben.

»Vielleicht könnte Barnie mit deiner Mum reden?«, warf Holly einen Gedanken in den Ring, während ich einen großzügigen Schluck aus meinem Glas nahm.

Holly hatte recht gehabt. Ich war wirklich schon ein wenig angeheitert. Aber das kümmerte mich im Moment kein bisschen.

Ich verschluckte mich fast bei ihren Worten.

»Barnie ist keine Option. Wenn ich ihm von der Sache mit dem Brief erzähle, dann weiß es auch Mum. So gern ich ihn habe, er kann einfach nichts vor ihr verbergen. Und Mum kennt ihn einfach zu gut. Sie würde so lange auf ihn einreden, bis sie herausbekommt, was er vor ihr zu verheimlichen versucht.«

Holly seufzte. »Und wenn du mal deine Mum ganz unverbindlich auf das Thema ansprichst? Wenn ich es richtig verstanden habe, dann wusste sie nicht, dass sie etwas mit einem Blaublüter hatte.«

Holly kicherte.

»Was gibts da denn zu lachen?«, fragte ich mit hochgezogenen Brauen.

»Irgendwie musste ich gerade an *Harry Potter und der Halbblutprinz* denken.«

Nun musste auch ich kichern.

»Aber um wieder auf das Wesentliche zurückzukommen: Was ist mit deiner Mum?«

Bevor ich antwortete, genehmigte ich mir noch einen großen Schluck. Einen sehr großen.

»Mum hat noch nie von meinem Vater gesprochen. Ich weiß nicht, wie tiefgründig die Beziehung zwischen den beiden war. Ich kann dir nicht mal sagen, wie lange sie zusammen waren. Aber ich weiß dafür mit an Sicherheit grenzender Wahrscheinlichkeit, dass Mum ihn aufrichtig geliebt hat und mit einem gebrochenen Herzen zurückgeblieben ist, als er ging.«

»Und mit dir«, ergänzte Holly, die sich gerade die Dose mit dem Gingerbread vom Tresen angelte.

»Und mit mir. Ja.«

Holly nahm sich eines und schob mir dann die Dose zu.

Ich bediente mich ebenfalls an den kleinen Köstlichkeiten und biss genüsslich hinein. Da fiel mir erst auf, dass ich seit dem Morgen nichts gegessen hatte und wie hungrig ich inzwischen war.

»Vielleicht sollte ich wirklich mal hinfahren. So ganz unverbindlich. Ich könnte mich ein wenig umsehen und wieder abreisen, wenn es mir zu viel wird. Schließlich erwartet mich dort niemand.«

Ein Hauch von Wehmut schwang in meiner alkoholgetränkten Stimme mit. Die Entscheidung, mich dem Abenteuer *back-to-the-roots* zu stellen, schob ich ebenfalls auf den vergorenen Traubensaft. Bei klarem Verstand hätte ich nie so leichtfertig einen Entschluss von solch immenser Tragweite gefasst.

»Was ist mit diesem entfernten Verwandten, der jetzt in dem Schloss sitzt?«, hakte Holly schmatzend nach.

Ich zuckte mit den Schultern. »Was soll mit dem sein? Ich habe ein Wohnrecht in dem Haus. Und es ist ein Herrenhaus und kein Schloss«, berichtigte ich sie.

»Solltest du ihm nicht wenigstens vorher Bescheid geben, dass du dort auftauchen wirst? Macht man das nicht so, wenn man jemanden besuchen geht?«

Holly klang in meinen Ohren und für meinen Pegel viel zu vernünftig.

»Ich wüsste nicht, warum ich das machen sollte. Schließlich werden wir uns in dem riesigen Kasten wahrscheinlich eh nicht mal über den Weg laufen.«

Hollys gerunzelte Stirn gab hinreichend Auskunft darüber, was sie von meinen Worten hielt. »Ich an deiner Stelle würde mich zumindest per Telegramm ankündigen.«

Ich prustete vor Lachen. »Hast du in letzter Zeit zu viel *Downton Abbey* geschaut oder wie kommst du auf die Idee? Gibt es heutzutage überhaupt noch Telegramme? Wurden die nicht mit WhatsApp und Facebook abgeschafft?«

Holly verschränkte eingeschnappt die Arme vor der Brust. »Ich wollte nur helfen.«

Schon überkam mich das schlechte Gewissen. »Und ich

danke dir dafür.« Schuldbewusst legte ich meine Hand auf den Arm meiner besten Freundin. »Ich werde dem Schlosseigentümer gleich morgen ein Telegramm schicken und mich für den kommenden Montag anmelden. Besser?«

Holly grinste. »Jetzt hast du es auch gesagt.«

»Was denn?«, fragte ich irritiert.

»Du hast von einem Schloss gesprochen.«

Ich verdrehte die Augen. »Okay, eins zu null für dich. Nein, eigentlich zwei zu null, schließlich werde ich diesem Typ in Brighton schreiben. Ob der wohl Familie hat? Vielleicht ist das Haus ja schon weihnachtlich geschmückt. Wie hoch die Tanne wohl ist? Drei Meter oder gar vier?«

Holly kicherte abermals. »Wer von uns hat jetzt zu viel *Downton Abbey* geschaut?«

Der Triumph war ihr deutlich von den schimmernden Augen abzulesen. Das, oder der Alkohol schlug auch bei ihr langsam an.

»Touché!«

»Und zum Thema Familie: Fahr hin und krieg es raus. Ich schmeiß den Laden hier in der Zwischenzeit.«

Nun war ich diejenige, die Holly ganz fest in die Arme nahm.

»Was wäre ich nur ohne dich?«

»Verloren«, antwortete Holly pragmatisch.

Dem war nichts hinzuzufügen.

Kapitel 9

Max

»Sir, ein Telegramm ist für Sie eingegangen.«

O'Donnell präsentierte mir ein gefaltetes Stück Papier auf einem Silbertablett.

Auf *Rosehill Manor* waren die Uhren definitiv vor gut hundert Jahren einfach stehen geblieben. Das ganze Haus roch nach einer vergangenen Zeit, nach Aristokratie, der Zuversicht, auch in der Zukunft die Geschicke dieses Landes zu lenken, und einer gewissen Überheblichkeit.

»Ein Telegramm?«, fragte ich verwundert.

Wer verschickte heutzutage noch ein Telegramm? Ich hätte schwören können, dass die Dinger seit mindestens zwanzig Jahren ausgestorben waren.

»Ja, Sir.«

O'Donnell, mein Butler, streckte mir das Tablett mit dem Schriftstück darauf noch ein wenig mehr entgegen. Der dickliche Mann mit der angedeuteten Glatze und dem äußerst gepflegten Schnurrbart erinnerte mich ein wenig an Hercule Poirot, Agatha Christies Meisterdetektiv.

Nach dem Tod meines entfernten Onkels hatte ich das Personal vorerst übernommen. Auch wenn ich mir nicht sicher war, wofür ich einen Kammerdiener, vier Gärtner und drei Küchenbedienstete brauchen würde.

In Gedanken versunken, nahm ich O'Donnell das Telegramm vom Tablett. Noch ehe ich es geöffnet hatte, war der Butler aus dem Raum verschwunden. Eins musste man ihm lassen: Diskretion war seine oberste Prämisse.

Komme morgen STOPP *Mein Zug sollte um 16:05 Uhr am Bahnhof in Brighton ankommen* STOPP *Ellie Willoughby* STOPP

Mit gerunzelter Stirn las ich die wenigen Worte, während ich fieberhaft überlegte, ob mir der Name bekannt vorkam. Ich kramte und wälzte in meiner Erinnerung, dachte an meine Kindheit zurück, an die vielen schönen Sommer, die ich auf diesem Landsitz verbracht hatte.

Manchmal waren entfernte Verwandte aus Liverpool zugegen gewesen und einmal eine Familie, die bereits vor mehr als siebzig Jahren nach Indien ausgewandert war. Ich hatte immer genügend Spielgefährten gefunden, mit denen ich die Nachmittage am nahe gelegenen See verbracht hatte. Aber an eine Ellie konnte ich mich nicht erinnern.

Ellie … Ellie … Ellie …

Ich schloss meine Lider und lehnte mich in dem massiven Clubsessel ein wenig zurück. Das Prasseln des Feuers im Kamin war das einzige Geräusch, das an meine Ohren drang. Es würde ein wenig dauern, bis ich mich an das Landleben gewöhnt hatte.

Die Stadt Brighton war einige Kilometer vom Herrenhaus entfernt. Die Einkäufe und andere Besorgungen, das Haus betreffend, erledigten meine Angestellten. Es bestand also kaum eine Notwendigkeit für mich, mein neues Zuhause zu verlassen.

Ellie … Ellie … Ellie …

Meine Gedanken waren kurzzeitig abgeschweift. Doch ganz egal, wie lange ich mich auch mit dem Namen auseinandersetzte, es wollte mir einfach kein passendes Gesicht dazu einfallen.

Eleonore lächelte mir aufmunternd zu, ehe ich meine Augen wieder öffnete und geradewegs in das knisternde Feuer blickte. Vor dem Tee sollte ich unbedingt noch ein paar Schritte gehen.

Ich drehte mich in Richtung des Fensters. Es hatte zu meinem Leidwesen wieder zu schneien begonnen. Leider erinnerte mich der Schnee dieses Jahr an die Weihnachtsfeste, die ich mit Eleonore erleben durfte. Weihnachten war für uns beide immer eine ganz besondere Zeit gewesen.

Eleonore war wie ein kleiner Weihnachtself durchs Haus gezogen und hatte jeden Raum entsprechend dekoriert. Ein Mistelzweig hing im Flur unterhalb der Treppe. Der himmlische Duft von Plätzchen und das Gefühl von Geborgenheit lagen in der Luft und erfüllten mich mit Glückseligkeit.

Wieder schloss ich meine Lider. Diesmal presste ich sie so fest aufeinander, dass es beinahe wehtat. Eleonore würde nie wieder für diese weihnachtliche Stimmung in meinem Zuhause sorgen. Sie würde nie wieder mit mir das Fest der Liebe feiern können. Und sie würde nie wieder auch nur ein liebes Wort an mich richten. Sie war gegangen. Und hatte mich hier allein zurückgelassen.

Ruckartig erhob ich mich von meinem Platz und lief auf den kleinen Sekretär zu, auf dem ich das Telegramm achtlos ablegte.

Wenn ich geglaubt hatte, ein Umzug nach *Rosehill Manor* würde mir dabei helfen, Eleonores Tod zu überwinden, dann hatte ich mich grundlegend geirrt. Sie war so präsent in meinen Gedanken, in meinen Gefühlen, dass ich händeringend nach etwas Abwechslung suchte, um mich abzulenken.

Zum Nichtstun verdonnert, mimte ich den Earl of Cunningham, einen begehrten Junggesellen, der alles hatte und doch nicht glücklich war. Die Leere in meinem Herzen fraß mich innerlich auf.

Die Leute behaupteten, es würde mit der Zeit besser werden. Dass man einen Weg finden würde, mit dem Verlust zu leben. Bisher war ich nicht der Ansicht, dass mir das je gelingen würde. Ganz im Gegenteil. Die Trauer um Eleonore hatte mich zu einem Schatten meiner selbst werden lassen.

Mein Blick schweifte zu der überdimensionierten Bücherwand, in der Klassiker der Weltliteratur neben uralten ledergebundenen Büchern standen, von denen es nur ein paar Exemplare auf der Welt gab. Mein entfernter Verwandter war ein Hüter der Familienschätze gewesen. Er hielt scheinbar große Stücke auf das, was seine Vorfahren angehäuft hatten.

Aber war das wirklich schon alles, was ich mir von meiner Zukunft erwarten durfte? Wollte ich nur noch das Anwesen verwalten und dafür sorgen, dass meine Angestellten pünktlich ihren Gehaltsscheck erhielten? Sollten das die Highlights meines Lebens sein?

Die Stunden zogen sich wie Kaugummi. Frühstück, Lunch und Dinner. Dazwischen der nachmittägliche Tee. Das war nun mein Leben.

Du bist undankbar, ermahnte mich Eleonore mit erhobenem Zeigefinger.

Ich senkte den Kopf und musste ihr beipflichten. Sie hatte recht. Ich war undankbar.

Jeder andere wäre froh über solch ein Erbe. Der Earl hatte stets gut gewirtschaftet und das Herrenhaus trotz der hohen Instandhaltungskosten problemlos und schuldenfrei über die Runden gebracht. Es gab nicht mehr viele derartige Häuser, die sich noch im Familienbesitz befanden.

Als ich noch klein war, hatte ich mir insgeheim vorgestellt, wie es wohl sein würde, solch ein Anwesen zu erben. Damals hatte ich mir kaum Chancen ausgerechnet, je wirklich in diesen Genuss zu kommen.

Und heute, da ich aus dem Fenster auf die Ländereien und Wälder blickte, wusste ich mit Gewissheit, dass ich das alles dafür hergeben würde, um nur eine einzige letzte Minute mit Eleonore verbringen zu können.

Sie lächelte. Der strenge Gesichtsausdruck war verschwunden. So mochte ich sie am liebsten. Ihr ebenmäßiger Teint, die kleine Stupsnase und diese himmelblauen Augen. Eleonore war mein Engel. Nun weilte sie unter ihresgleichen.

Ich schüttelte den Kopf. Was war bloß los mit mir? Seit Monaten war es mir nicht mehr so schlecht gegangen. Zeitweise hatte ich sogar geglaubt, Eleonores Tod allmählich zu verkraften.

Vielleicht lag es an dieser ganz besonderen Jahreszeit oder an der neuen Umgebung, in der mein Geist Halt an etwas suchte, das mir lieb und teuer war. Der Umzug war vermutlich doch eine Spur zu überhastet gekommen. Ich hätte mir Zeit damit lassen und die Feiertage abwarten sollen.

Doch im Nachhinein war man immer klüger. Was ich jetzt brauchte, war ein wenig Ablenkung.

Ich wandte mich erneut dem Sekretär zu, auf dem mein Laptop stand. In den vergangenen Jahren hatte ich schon öfter mit dem Gedanken gespielt, ein Buch zu schreiben. Einen Thriller, um genau zu sein. Und nun bot sich mir die passende Gelegenheit dazu. Schließlich hatte ich im Moment nur kleinere Aufträge und mehr Zeit, als mir lieb war.

Als ich den Laptop aufgeklappt hatte, lächelte mir Eleonore vom Desktop entgegen. Bis zum heutigen Tag hatte ich es nicht über mich gebracht, den Hintergrund zu löschen, auch wenn mich ihr Anblick jedes Mal für einen Moment zusammenzucken ließ.

Mit den Fingerspitzen fuhr ich zaghaft ihre Konturen nach, ehe ich den Mut fand, ein neues Dokument zu öffnen und ihr Bild zu überdecken. Das digitale weiße Papier glänzte so unverschämt gut gelaunt mit den Schneeflocken vor meinem Fenster um die Wette.

Früher hatte ich es geliebt, mich an ein neues Projekt zu setzen, nachdem ein anderes abgeschlossen war. Gerade im Anfang lag damals ein ganz besonderer Zauber inne. Heute konnte ich mich nur noch schemenhaft an das elektrisierende Gefühl erinnern, die Aufregung, etwas Neues zu beginnen. Ganz so, als hätte ich mir das alles nur eingebildet.

Jedes unbeschriebene Blatt Papier – ob digital oder analog – verlangte mir mittlerweile alles ab. Ich musste mich regelrecht dazu zwingen, es mit Buchstaben zu füllen.

Meine Arbeit ging mir nicht mehr so leicht von der Hand wie früher. Es kostete mich große Überwindung, kreativ zu werden. Und dennoch wusste ich, dass ich genau das machen musste, wenn ich nicht durchdrehen wollte.

Als mich das weiße Dokument nach einigen Minuten noch immer hämisch angrinste, lehnte ich mich in meinem Schreibtischstuhl ein wenig zurück. Etwas Distanz tat uns beiden gut.

Mein Stuhl knarzte. Wahrscheinlich tat er den Unmut darüber kund, nun in diesem alten Kasten sein Dasein fristen zu müssen. Neben dem Laptop hatte er in diesem Raum seine neue Bestimmung gefunden. Mal sehen, ob er mir den Gefallen tat und sich in sein Schicksal fügte.

Müde verschränkte ich meine Hände im Nacken und gähnte genüsslich. Die Nächte in meinem neuen Schlafzimmer waren voller Albträume. Schweißgebadet wachte ich in unregelmäßigen Abständen auf und schlief nur sehr schlecht wieder ein.

Untätig starrte ich auf den Laptop, während ich dem Bedürfnis nur schwer widerstand, abermals einen Blick auf das Bild auf dem Desktop zu werfen. Innerlich verfluchte ich mich für die vielen Male, an denen ich bis in die Nacht am Schreibtisch gesessen hatte, anstatt zu Eleonore ins Bett zu gehen, sie in die Arme zu nehmen und eng umschlungen mit ihr einzuschlafen.

Aber Eleonore hatte stets Verständnis gezeigt. Sie wusste, wie wichtig mir mein Job war. Und sie respektierte es. Mehr, als mir im Nachhinein lieb war.

Noch ehe ich mir das Haar raufen und wütend durchs Zimmer stapfen konnte, sah ich den gefalteten Zettel neben der Tastatur liegen. Ein Telegramm. Tatsächlich. Ich lächelte über das Relikt aus alten Zeiten, das sich heimlich, still und leise einen Weg zu mir gebahnt hatte.

Ich strich über das Stück Papier, während ich darüber nachdachte, ob ich solch eine antiquierte Benachrichtigung in meine Geschichte einbauen und ihr eine Schlüsselrolle zuschreiben sollte.

Als ich die wenigen Zeilen erneut las, schlug die Erkenntnis wie ein Blitz in meinen Gehirnwindungen ein. Ich war ja solch ein Idiot gewesen. Warum war ich da nicht gleich draufgekommen? Diese Ellie musste die Frau sein, die im Testament ein Wohnrecht auf Rosehill Manor zugesprochen bekommen hatte.

Komme morgen STOPP *Mein Zug sollte um 16:05 Uhr am Bahnhof in Brighton ankommen* STOPP *Ellie Willoughby* STOPP

Kapitel 10

Ellie

»Du verreist?«

Das Smartphone zwischen Schulter und Ohr eingeklemmt, suchte ich die Klamotten zusammen, die ich für meinen spontanen Kurztrip nach Brighton benötigen würde. Doch die wirkliche Herausforderung bestand darin, meiner Mum am anderen Ende der Leitung glaubwürdig Theater vorzuspielen.

»Nur für ein paar Tage«, beteuerte ich, während ich mich tunlichst darum bemühte, meine Stimme so ruhig und gelassen wie nur irgend möglich klingen zu lassen.

Seit ich den Entschluss gefasst hatte, morgen nach Brighton zu fahren, war ich alles andere als ruhig und gelassen. Durch den Wein und Hollys gutes Zureden hatte ich sogar noch am selben Abend ein Ticket für den Zug gekauft. Ich bezweifelte, dass ich nüchtern ähnlich vorschnell gehandelt hätte.

Aber nun führte kein Weg mehr zurück. Das Team war informiert, und Holly hatte sich darauf eingestellt, für einige Tage meine Stellvertreterin sein zu dürfen. Ich wollte ihr die Freude darauf nicht nehmen. Holly hatte in ihrem bisherigen Berufsleben leider nur allzu oft Pech gehabt. Von ihrem letzten Arbeitgeber war sie am Arbeitsplatz sexuell belästigt worden und bei ihrer vorhergehenden Tätigkeit als

Klempnerin hatten ihre Kollegen sie gemobbt.

Holly gab sich zwar stets selbstbewusst, aber ich wusste, dass diese beiden unschönen Erlebnisse aus ihrer Vergangenheit noch immer an ihr nagten. Sie sehnte sich nach ein wenig Anerkennung für das, was sie tat. In dieser Hinsicht waren wir uns sehr ähnlich, auch wenn sie im Gegensatz zu mir stets darauf bauen konnte, dass ihre gesamte Familie geschlossen hinter ihr stand.

»Warum so plötzlich? Und warum erfahre ich erst jetzt davon?«

Ich hätte dem ersten Impuls folgen und »Weil ich eine erwachsene Frau bin und tun und lassen kann, was ich möchte, ohne vorher meine Mutter um Erlaubnis fragen zu müssen« antworten sollen.

Aber nachdem ich zweimal tief durchgeatmet hatte und mir abermals darüber bewusst geworden war, dass ich Mum in dieser Mission aufs Sträflichste hinterging, überwog das schlechte Gewissen, sodass ich mich um eine devote Haltung bemühte.

»Ein Teelieferant hat mich eingeladen. Die Frühjahrskollektion wird vorgestellt«, log ich und wurde dabei krebsrot.

Ich hatte weder eine Ahnung, ob Teelieferanten wirklich ihre Kunden zu sich einluden, um neue Kreationen vorzustellen, noch bezweifelte ich aufs Entschiedenste, dass so etwas wie eine Frühjahrskollektion außerhalb der Modewelt überhaupt existierte.

»Frühjahrskollektion?« Die Skepsis in Mums Stimme war kaum zu überhören.

»Hm«, erwiderte ich kleinlaut, während ich wahllos Blusen, zwei Wollkleider und eine schwarze Stoffhose in den Koffer packte.

»Das hört sich doch ziemlich … merkwürdig an. Wann wirst du denn zurück sein?«, bohrte Mum nach.

Das war ein weiterer wunder Punkt in meiner unausgereiften Geschichte. Denn an dem Abend mit Holly im Tearoom hatte ich nur die Hinfahrt gebucht. Ich wollte mir vor Ort erst mal ein Bild der Lage machen. Holly würde erst am dreiundzwanzigsten Dezember zu ihrer Familie in den Norden Englands aufbrechen.

»Im Laufe der Woche, denke ich.« Wenn meine Stimme zuvor kleinlaut gewirkt hatte, dann war sie nun kaum mehr von dem Piepsen einer Maus zu unterscheiden.

»Du weißt also nicht, für wie lange du weg sein wirst?«

Während ich bereits auf das Donnerwetter wartete, brach Mum in glückseliges Lachen aus.

»Das ist meine Tochter! Endlich schlagen meine Gene bei dir durch. Ungezwungen in den Tag hinein leben, nicht wissen, wann man zurück sein wird – ach, was gäbe ich dafür, nur noch einen einzigen Tag wieder jung sein zu können!«

Keine Ahnung, wie Mum darauf kam, dass ich meine Zelte abbrechen und zu neuen Abenteuern aufbrechen würde. Wobei sie in dieser Hinsicht gar nicht mal so unrecht hatte. Wenn sie jedoch das wahre Ziel meiner Reise kennen würde, wäre sie mit Sicherheit nicht ganz so begeistert, um es freundlich auszudrücken.

»Ähm … ja, Mum. Ich wollte dir nur kurz Bescheid geben, damit du dir keine Sorgen machst. Es kann sein, dass ich mich nicht so regelmäßig melden kann … Das neue Projekt erfordert meine ganze Aufmerksamkeit.«

Was war ich froh, Mum in diesem Augenblick nicht gegenüberstehen zu müssen. Ich war keine besonders gute Lügnerin. Ganz im Gegenteil. Man konnte es mir sprichwörtlich an der Nasenspitze ablesen, wenn ich die Unwahrheit sprach. Zum Glück hatte der liebe Gott das Handy erfunden.

»Na, das ist doch selbstverständlich. Mach dir mal meinetwegen keine Gedanken, Ellie. Ich bin schon durch die Weltgeschichte gereist, da gab es noch gar kein Handy und die Telefonkosten waren so exorbitant hoch, dass ich mich wochenlang bei niemandem melden konnte.«

Mum schwelgte in Erinnerungen. Das konnte ich überdeutlich dem süßlichen Unterton ihrer Stimme entnehmen. Die gute alte Zeit. Einiges davon hatte sie mir erzählt, vieles jedoch mit Sicherheit ausgespart. Den glücklichen Ausdruck in ihren Augen, das Lächeln auf ihren Lippen. Manchmal fragte ich mich, ob ich auch ein Teil ihrer glücklichen Erinnerungen war. Oder eher der Anfang vom Ende.

»Brauchst du noch einen Backpackerrucksack? Ich habe hier noch einen von meiner letzten Reise nach Asien liegen. Der war sein Geld wirklich wert. Warte! Nein, das war ein Geschenk von Barnie.« Mum lachte. »Das hatte ich ja vollkommen vergessen.«

Ich sah das Leuchten in ihren Augen. Dafür brauchte ich ihr nicht einmal gegenüberzustehen.

»Ich denke, mein kleiner Koffer und der Rucksack reichen vollkommen aus«, antwortete ich und spürte sogleich, wie die Kluft zwischen uns wieder breiter wurde, als wäre ein Koffer der Inbegriff der Spießigkeit und damit ein rotes Tuch für meine Mum.

»So. Na gut.«

Mums Stimme klang plötzlich ziemlich unterkühlt. Mein Blick fiel auf ein kleines Bild, auf dem wir beide zu sehen waren. Es lag auf meinem Nachttisch. Ich griff danach und lächelte die beiden an. Es war mein fünfter Geburtstag gewesen. Mum hatte mir eine Torte gebacken und mir Sahne auf die Nase gekleckst. Rückblickend betrachtet war ich an diesem Tag rundum glücklich gewesen. Ich hatte mich geborgen und geliebt gefühlt. Und nie zuvor oder danach hatte ich Mum so ausgelassen und mütterlich erlebt.

»Mum, ich …«, sagte ich, während ich mit meinem Finger über das kleine pausbäckige Gesicht meines jüngeren Ichs strich.

»Schon gut, Ellie. Ich wünsche dir eine gute Reise.« Und damit beendete sie das Gespräch.

»Bist du dir sicher, dass du alles hast?«

Holly hatte es sich nicht nehmen lassen, mich zum Zug zu bringen. Die Station war nicht weit vom *Golden Tearoom*, sodass sie nicht lange weg sein würde.

Im Gegensatz zu mir, die ich vollkommen ruhig und gelassen war, wirkte Holly wie ein aufgescheuchtes Huhn. Keine zwei Sekunden blieb sie auf einer Stelle stehen und sie schnatterte ohne Unterlass. Wenn man ihr dabei so zusah, konnte man fast meinen, sie würde sich auf den Weg ins Unbekannte machen und nicht ich.

»Holly, Brighton ist gerade mal eine Stunde mit dem Zug von London entfernt. Ich fahre also weder in ein Entwicklungsland noch in ein Krisengebiet. Alles, was ich vergessen haben sollte, werde ich mit sehr großer Wahrscheinlichkeit vor Ort bekommen.«

Meine Freundin verschränkte eingeschnappt die Arme vor der Brust. »Ich mach mir doch nur Sorgen um dich.«

»Und das weiß ich auch wirklich zu schätzen. Glaube mir.« Schwungvoll zog ich Holly in eine Umarmung und drückte sie ganz fest an mich. »Aber es wird schon alles gut werden.« Meine Worte sollten überzeugend klingen. Doch in meinen Ohren hörten sie sich fragend, ja beinahe flehentlich an.

Als ich mich wieder von ihr löste, sah sie mir eindringlich in die Augen.

»Du schaffst das, Ellie. Da bin ich mir ganz sicher. Und wenn es dir zu viel wird oder dir die Typen in dem Kasten irgendwie doof kommen, dann schmeißt du einfach alles hin und kommst zurück zu uns nach London. Okay?«

Ich nickte. Tränen stiegen mir bei Hollys liebevollen Worten in die Augen. Noch gelang es mir, sie zu unterdrücken.

Ein eiskalter Windhauch wehte uns um die Nasen, als mein Zug auf dem Gleis vor uns einfuhr und quietschend zum Stehen kam.

»Das ist dann wohl meiner«, sagte ich unnötigerweise. Ich hasste Abschiede.

Holly hob meinen Koffer an und reichte ihn mir. »Ich wünsche dir ganz viel Glück und ein kleines Weihnachtswunder.«

»Nur ein kleines?«, erwiderte ich mit einem Lächeln auf den Lippen.

»Okay!« Holly grinste ebenfalls. »Ein mittelgroßes. Besser?«

Ich nickte. »Schon viel besser.«

»Versprich mir eins.«

»Ja?«

»Melde dich, wenn du angekommen bist.«

Ich salutierte vor Holly. »Aye, aye, Madame«, sagte ich und erntete dafür ihr Augenrollen.

Wir drückten uns ein letztes Mal, bevor ich in den Zug stieg.

Das Ziel meiner Reise war Brighton. Zumindest vordergründig. Wenn ich Glück hatte, würde es mich vielleicht auch ein wenig mir selbst näherbringen.

Kapitel 11

Max

Auch wenn Recherche zu meinem täglich Brot gehörte, hatte ich über die Frau, die heute um 16:05 Uhr am Bahnhof in Brighton eintrudeln und mich gegen meinen Willen besuchen kommen würde, nicht viel in Erfahrung bringen können.

Ellie Willoughby war Eigentümerin eines Tearooms in London, der ganz in der Nähe des Regent's Parks lag. Leider war das auch schon alles, was ich über sie wusste.

»Euer Lordschaft, das Zimmer für Ms Willoughby wurde hergerichtet.«

Mr O'Donnell hatte die Angewohnheit, plötzlich wie ein Schattenwesen aus dem Nichts aufzutauchen und mich zu Tode zu erschrecken.

Ich atmete tief durch. »Danke, O'Donnell.«

Als ich mich wieder meinem Laptop zuwenden wollte, bemerkte ich, wie mein Butler an Ort und Stelle verweilte.

»Ist noch etwas?«, hakte ich nach.

»Nun, Euer Lordschaft, ich frage mich, ob wir unseren Gast am Bahnhof abholen sollten.«

Man konnte dem alten Mann deutlich vom Gesicht ablesen, wie er mit sich rang. Einerseits wollte er mir sicher nicht vorschreiben, was ich zu tun und zu lassen hatte. Doch andererseits erwartete es die Etikette, dass ein Gast im Hause Cunningham gebührend willkommen geheißen wurde. War er auch noch so unerwünscht.

Ich seufzte und grübelte einige weitere Sekunden darüber nach, wie ich in dieser Angelegenheit verfahren sollte.

Schließlich wollte ich unter meinen Angestellten keinen Klatsch und Tratsch über mich. Ich war mir hinreichend im Klaren darüber, dass der sich schneller außerhalb der Mauern von Rosehill Manor verselbstständigen würde, als ich *Stopp!* rufen konnte. Mein unbefleckter guter Ruf, so hoffte ich, würde mir sensationslüsterne Menschen vom Hals halten. Also wollte ich nur ungern ein schlechtes Bild vor meinem Personal abgeben, um meine so dringend benötigte Ruhe mit allen Mitteln zu verteidigen.

Eleonore gab O'Donnell ebenfalls recht und forderte mich auf, der Frau schnellstmöglich jemanden zu schicken. Mein Blick streifte meine Armbanduhr. In weniger als zwanzig Minuten würde Ms Willoughby am Bahnhof in Brighton ankommen. Die Zeit rannte mir davon. Und meine Entschlusskraft schwankte zwischen Etikette und dem Widerwillen, den dieser Besuch in mir hervorrief.

»Sie haben natürlich vollkommen recht, Mr O'Donnell. Vielen Dank, dass Sie mich auf meinen Beinahe-Fauxpas hingewiesen haben«, bekräftigte ich den alten Mann in seinem Handeln. Denn es lag mir nichts ferner, als meinem Butler das Gefühl zu geben, er hätte nicht ordnungsgemäß gehandelt.

Mr O'Donnell war mir bei meinem Neustart in *Rosehill Manor* eine tragende Stütze. Ein Fingerzeig, und er verstand auch ganz ohne Worte. Lästigen Besuch hielt er mir vom Hals, ebenso wie Anfragen von Lokalreportern, die eine Story über den neuen Earl of Cunningham bringen wollten.

Was er mir allerdings nicht abnehmen konnte, waren die Briefe ehrgeiziger Mütter, die ihre Töchter gerne mit einem Earl verheiratet wüssten. So schrieb mir Lady Brunswick unlängst von den Vorzügen ihrer jüngsten Tochter Anne, die besonders in ihrem einnehmenden Wesen und ihrem ausgesprochen wohlklingenden Klavierspiel lagen. Eine Lady McAllister wollte mir derweil ihre älteste Tochter Mary anvertrauen, auch wenn sie gar nicht wusste, wie sie sich in der Folge den Alltag ohne das gute Kind vorstellen sollte.

Sosehr ich über diese Nachrichten auch den Kopf schütteln musste – schließlich lebten wir im 21. Jahrhundert und nicht in der Regency-Zeit –, ebenso sehr war ich mir auch dessen bewusst, dass mir die Gesellschaft lediglich eine Gnadenfrist einräumen würde. Es würde nicht mehr lange dauern, und ungebetene Gäste kämen vorbei, ohne sich vorab anzukündigen. Mir graute vor dem Tag.

Wie auf dem Präsentierteller saß ich in diesem riesigen alten Kasten, der mir von London aus betrachtet als eine sichere Bastion vorgekommen war. Nun begann ich daran zu zweifeln.

O'Donnell verneigte sich vor mir. »Ich werde alles in die Wege leiten und lasse Mrs Stuart den Afternoon Tea richten.«

»Das klingt gut«, erwiderte ich freundlich, auch wenn ich

in Bezug auf Ms Willoughby auf so wenig Berührungspunkte wie nur möglich gehofft hatte.

In dieser Hinsicht würde ich mich wohl oder übel in mein Schicksal fügen müssen. Anstatt wie die Maus in ihrem Mauseloch darauf zu warten, ausgeräuchert zu werden, hätte ich nach der Ankündigung ihres Besuchs meine Sachen packen und für einige Tage von hier verschwinden sollen.

Doch die Trauer um Eleonore lähmte mich. Ich war nicht mehr der Mann voller Tatendrang, der ich an ihrer Seite gewesen war. Jeder eigenständige Schritt fiel mir schwer, ganz so, als wäre ich wieder ein kleiner Junge, der nicht wusste, was zu tun war.

Und dann hatten sich meine Bedenken ins Gegenteil verkehrt. Denn schließlich musste ich mich fragen, warum ich flüchten sollte. Das hier war mein Haus. Ich war der Earl of Cunningham. Wohnrecht hin oder her. Ich war der Eigentümer des Anwesens samt der dazugehörigen Ländereien. Und wenn da plötzlich die Queen vor der Tür stünde, würde ich mich nicht vertreiben lassen. Jedenfalls nicht, nachdem all meine Hoffnungen in *Rosehill Manor* lagen.

Pflicht ergeben deutete O'Donnell eine weitere Verbeugung an, ehe er aus dem Raum ging, um alles Weitere zu veranlassen. Wieder einmal fragte ich mich, aus welchem Jahrhundert sein Anzug stammte und ob einer seiner Vorfahren darin schon Queen Victoria gedient hatte.

In diesem Haus hatte sich eine Zeit erhalten, die mein entfernter Onkel als die gute alte Zeit betitelt hatte. Als

Kind hatte ich ihn nicht verstehen können, doch nun war ich im Bilde darüber, welch Sonderstellung *Rosehill Manor* in unserer Gesellschaft einnahm. Gleichsam war ich mir nicht sicher, ob ich diesem Erbe als Bewahrer jener guten alten Zeiten gewachsen war.

Schließlich hatte nie im Leben jemand geglaubt, dass ich einmal der spätere Earl of Cunningham werden würde. Sonst hätte mir meine Mum mit Sicherheit eine andere Erziehung angedeihen lassen. Ob meine Kindheit dann so schön verlaufen wäre, wie sie es war, wagte ich jedoch zu bezweifeln.

Wieder musste ich an die Briefe von Lady Brunswick und Lady McAllister denken. Die beiden suchten beinahe schon verzweifelt nach einem passenden Ehekandidaten für ihre Töchter. Ob sie wohl in Geldnöten steckten?

Ich kannte beide Familien nicht wirklich. Anne hatte ich irgendwann einmal auf *Rosehill Manor* gesehen. Aber das musste schon mindestens zwanzig Jahre zurückliegen.

Während ich den Schneeflocken, die unnachgiebig ihren Reigen fortsetzten und das Land um mich herum mit einer dicken weißen Decke überzogen, zusah, fragte ich mich, wieso eine Mutter in unserer Zeit versuchte, ihre Tochter auf diese Weise an den Mann zu bringen.

Es gab Datingportale und das Internet im Allgemeinen. Nicht zu vergessen: den eigenen Willen. Was diese Frauen wohl davon hielten, dass ihre Mütter sie zu verschachern versuchten? Wussten sie davon, oder geschah das alles im Hintergrund?

Eine spannende Artikelidee entwickelte sich bei diesen Gedanken in meinem Kopf. Vielleicht sollte ich Lady Brunswick und ihre Tochter nach *Rosehill Manor* einladen, um mehr über die Hintergründe zu erfahren.

Trotz meines gesteigerten Interesses an der Story an sich wusste ich natürlich auch, welche Hoffnungen solch eine Einladung wecken könnte. Ferner war mir kein bisschen nach Besuch zumute. Nach wie vor war mir die Einsamkeit das Liebste, was mir die Abgeschiedenheit von *Rosehill Manor* beschert hatte.

»Euer Lordschaft, Ms Willoughby ist soeben eingetroffen. Sie wartet im Kaminzimmer auf Sie. Der Tee wurde auch soeben serviert.«

Zeit war ein Faktor in meiner Gleichung, den ich weniger gut kontrollieren konnte als die Einsamkeit. O'Donnell hatte doch eben erst veranlasst, dass unser Gast am Bahnhof abgeholt würde. Wie konnte sie da schon hier sein?

Mit gerunzelter Stirn blickte ich auf meine Armbanduhr. Es war bereits kurz nach siebzehn Uhr. Offenbar hatte ich mich mal wieder zu sehr in meinen Grübeleien und Ideen verloren.

Doch die Realität holte mich ein. Egal, wo ich mich zu verstecken versuchte.

Eleonore bedeutete mir mit ihren Händen, Ms Willoughby nicht länger warten zu lassen, während mir auch die Vernunft riet, es so schnell wie möglich hinter mich zu bringen.

Ein zarter Hoffnungsschimmer regte sich in mir. Wenn

ich der Tearoombesitzerin aus London abweisend, aber der Etikette entsprechend begegnete, dann würde ich mir nichts zuschulden kommen lassen, aber ihr doch deutlich zu verstehen geben, dass sie hier nicht erwünscht war.

Ich streifte die Ärmel meines Pullovers ein wenig nach oben und ging auf die offen stehende Tür zu. Auf in den Kampf.

Kapitel 12

Ellie

Als mich der Butler am Bahnhof abgeholt hat, hätte ich wissen müssen, was hier auf mich zukommen würde.

Doch als wir in dem schwarzen Bentley über den verschneiten Kiesweg auf das Haus zufuhren, war mir dennoch der Mund offen stehen geblieben. Das imposante Gebäude aus dem schätzungsweise 19. Jahrhundert bestach durch seine Klarheit und seine klassische Schönheit. Rosenranken zierten die Fassade im Sommer, so hatte ich mir sagen lassen, und hatten dem Anwesen damit seinen Namen gegeben.

Das breite Portal wirkte nicht sonderlich einladend auf mich. Es war mehr wie der Hut in Harry Potter, der einen einer gewissen Gruppe zuwies. Beim Durchqueren der Pforte war ich mir ziemlich sicher, dass es mich für unwürdig erachtete, mich in diesem Haus aufzuhalten. Und dennoch hatte ich es gewagt, im Kaminzimmer Platz zu nehmen und auf den Hausherren zu warten, bei dem ich eigentlich gehofft hatte, ihm weitestgehend aus dem Weg gehen zu können.

Das Feuer im Raum verströmte eine heimelige Atmosphäre. So dicht es mir möglich war, stand ich davor und streckte meine Hände in Richtung des Kamins. Im Zug war die Heizung ausgefallen. Dementsprechend durchgefroren war ich in Brighton angekommen.

Meinen Blick ließ ich wie einen Scanner an den Wänden, die mich umgaben, entlangfahren. Neben zwei Porträts zierten vorwiegend Stillleben den Raum. Auf dem einen Bild war eine Schale mit Obst zu sehen. Die Frau und der Mann auf den Bildern sahen mich misstrauisch an. Ganz so, als könnte ich jeden Augenblick meine Handtasche öffnen und mich an dem teuren Tafelsilber bedienen. Ein Jammer, dass mir Mr O'Donnell bereits den Koffer abgenommen hatte.

Mein Magen knurrte beim Anblick der angerichteten Etagere und dem dampfenden Tee. Vor meiner Abfahrt war ich schlichtweg zu aufgeregt gewesen, um etwas zu essen.

Die Gurken- und Thunfischsandwiches sahen vorzüglich aus. Wahrscheinlich hätte ich mich im Moment sogar über eine blanke Scheibe Toast gefreut.

Mein Blick suchte die Wanduhr über der Tür. Es waren bereits fünfzehn Minuten vergangen, seit ich hier von Mr O'Donnell geparkt worden war. Wie lange würde sich der Earl wohl noch Zeit lassen, um mich mit seiner Anwesenheit zu beehren?

Sicher würde er mir gleich erzählen, was für ein viel beschäftigter Mann er doch war. Im besten Fall würde er mich mir selbst überlassen und mich bitten, ihn beim Tee zu entschuldigen.

Ich näherte mich den Porträts und blickte den beiden selbstbewusst entgegen, während ich Ähnlichkeiten zwischen ihnen und mir suchte. Ich fuhr meinen Nasenrücken mit dem Finger entlang. Da war ein kaum sichtbarer kleiner Huckel. Ich bildete mir ein, dass die Frau ebenfalls eine kleine Unebenheit auf der Nase hatte. Das, oder der Maler hatte gepatzt.

Weitere fünf Minuten vergingen, während das Knurren meines Magens das Prasseln des Feuers übertönte. Mir war schon ganz schlecht vor Hunger. Zwei Minuten würde ich dem Hausherrn noch geben, ehe ich mich auf die Etagere stürzen würde. Keine Sekunde länger, schwor ich mir.

Mein Handy vibrierte und kündigte eine neue Textnachricht an. Dankbar für die Ablenkung zog ich es aus meiner Handtasche.

»Ellie, alles okay bei dir? Laut Fahrplan hättest du schon vor über einer Stunde in Brighton ankommen müssen.«

Ich musste lächeln. So besorgt hatte ich meine Freundin bisher noch nie erlebt.

»Alles gut«, tippte ich schnell, um sie nicht länger als nötig im Unklaren über meinen Verbleib zu lassen. »Ich warte schon seit über zwanzig Minuten auf den Earl. Wahrscheinlich ist sein Rollator am Teppich hängen geblieben oder sein Hörgerät ausgefallen«, scherzte ich, um es mir selbst ein wenig leichter zu machen.

Holly schickte einen lachenden Smiley. »Dann bin ich ja beruhigt. Lass dich von dem alten Sack bloß nicht als Krankenschwester ausnutzen. Die haben ihre Finger immer zielsicher da, wo sie auf gar keinen Fall hinsollten.«

Ich lachte. »Keine Sorge, ich weiß mich zu wehren.«

Während Holly schrieb, waren die zwei Minuten Wartezeit, die ich dem Earl in meiner großmütigen Art eingeräumt hatte, verstrichen und mein Hunger war kaum noch auszuhalten. Also entschied ich mich für das einzig Richtige und griff nach einem der Gurkensandwiches. Wie es der Teufel wollte, knarzte die Tür in genau diesem Moment, und mir schoss blitzartig das Blut ins Gesicht.

»Wie ich sehe, fühlen Sie sich schon ganz wie zu Hause auf *Rosehill Manor*, Ms Willoughby.«

Mir fiel beinahe das Sandwich aus der Hand, als ich einen hochgewachsenen Mann Anfang dreißig in der Tür erblickte. Die Bilder vom senilen Greis, der kaum noch einen Fuß vor den anderen setzen konnte, zerplatzten wie Seifenblasen vor meinem geistigen Auge.

»Euer Lordschaft … Es tut mir leid … Ich wollte nicht …«

Würdevoll winkte er ab, während er mich ähnlich akribisch musterte wie meine Vorfahren an der Wand. Gelangweilt setzte er sich anschließend an den Tisch und zeigte auf den Platz ihm gegenüber.

»Bitte, setzen Sie sich doch«, bat er mich hoheitsvoll, während ich mir mit dem Sandwich in der Hand wie der letzte Dorftrampel vorkam.

Der eben noch so behaglich anmutende Raum verlor zusehends an Gemütlichkeit. Schon bereute ich es, mich vom Butler dazu überreden lassen zu haben, mit dem Earl den Afternoon Tea einzunehmen. So unwohl hatte ich mich schon lange nicht mehr in meiner Haut gefühlt. Nur sehr widerwillig folgte ich seinem Befehl, denn nichts anderes war seine freundlich verpackte Bitte.

Kaum dass wir uns beide niedergelassen hatten, kam wie durch Zauberhand Mr O'Donnell in das Kaminzimmer und schenkte mir und dem Earl Tee in zwei Porzellantassen, die viktorianisch aussahen.

»Ms Willoughby, ich will nicht lange um den heißen Brei herumreden«, offenbarte mir der Mann mir gegenüber, sobald der Butler das Feld geräumt und mich damit wieder mir selbst überlassen hatte. »Ich dulde Ihre Anwesenheit hier in meinem Haus, weil ich es muss. Nicht weil ich es will. Auch wenn ich keine Ahnung habe, warum Ihnen dieses Recht überhaupt zuteilwurde. Ich finde, Sie sollten das von vornherein wissen. Geklärte Verhältnisse sind schließlich immer besser. Und vielleicht ändert das ja Ihre Pläne, was Ihren Aufenthalt auf *Rosehill Manor* angeht.«

Bei den dreisten Worten des Earls verschlug es mir doch glatt die Sprache. Was bildete sich der Kerl eigentlich ein?

Ja, also gut. Ich hatte nicht wirklich damit gerechnet, dass man mich auf *Rosehill Manor* mit offenen Armen empfing. Dazu hatte man viel zu gewissenhaft jahrelang ein dickes Tuch aus Damast über meine bloße Existenz gelegt und war tunlichst darum bemüht gewesen, ungeschehen zu machen, was nicht hatte sein dürfen. Anscheinend sogar noch über den Tod der eigentlichen Besitzer hinaus, wenn nun der neue Earl nicht einmal Bescheid über mich wusste.

Und nun? Nun saß mir da so ein aufgeblasener Gockel gegenüber, der mit meinem Großvater nur über zig Ecken verwandt war, und bildete sich ein, mir die allerletzte noch gebliebene Möglichkeit nehmen zu können, mehr über die Familie meines Vaters in Erfahrung zu bringen.

Für gewöhnlich war ich nicht der Typ Mensch, der sich mit anderen anlegte oder besonders hartnäckig für seine Werte oder Vorstellungen eintrat. Aber was zu viel war, war zu viel.

Die Zwistigkeiten mit meiner Mum, die vielen Male, in denen ich sie gefragt, ja nahezu angefleht hatte, mir zu verraten, wer denn nun mein Vater sei, das Mobbing in der Schule und meine innere Unsicherheit darüber, wo ich denn hingehörte – das alles ließ in diesem Moment eine andere Ellie an meine Stelle treten. Eine Ellie, die jahrelang tief in meinem Inneren geschlummert und genau auf diesen Moment gewartet hatte.

Ich lächelte den Earl bemüht freundlich an. »Vielen Dank für Ihre klaren Worte, Euer Lordschaft.« Noch immer lächelnd griff ich nach der Tasse Tee vor mir, als mein Hals sich meinen Worten offenbar zu widersetzen versuchte und zu kratzen begann.

Das warme Getränk rann mir die Kehle hinunter, benetzte die entsprechenden Stellen mit seiner wohltuenden Wirkung und schaffte endlich den Raum, um meinen Worten Durchgang zu verschaffen.

»Doch ich habe nicht vor, mir von Ihnen noch von sonst jemandem etwas vorschreiben zu lassen.«

Als er den Mund öffnete, um mir seine Widerworte entgegenzuschmettern, erhob ich mich von meinem Platz.

»Nachdem wir nun hinreichend geklärt haben, wie wir beide zueinander stehen, schlage ich vor, dass wir uns weitmöglichst aus dem Weg gehen. Schließlich habe ich keine große Lust, meine Zeit mit einem Mann zu verbringen, der mir noch vor dem Tee erklärt, wie ungern er mich in seinem Haus weiß. Aber wissen Sie was, Euer Lordschaft? Sie können mir mit Unverschämtheiten kommen und mich mit Nichtbeachtung strafen. Ich bitte sogar darum. Was Sie mir allerdings nicht nehmen können, ist das Wohnrecht in diesem Haus.«

Damit schob ich meinen Stuhl ein Stück nach hinten, griff nach meiner Handtasche und eilte zur Tür.

Der Earl erwiderte noch etwas in meinem Rücken, was ich nicht verstehen konnte. Doch es war mir egal. Ich wollte es gar nicht hören. Das Einzige, was ich wollte, war, so schnell wie möglich von hier zu verschwinden.

Wie von der Tarantel gestochen, rannte ich auf die Treppe zu, ohne zu wissen, wo sich denn nun mein Zimmer befand. Aber das war mir in meiner momentanen aufgewühlten Verfassung total egal. Ich wollte nur möglichst viel Distanz zwischen mich und den Earl bringen. Alles andere würde sich schon noch finden.

Rasend vor Wut rannte ich in den armen Butler, der mich daraufhin entsetzt ansah.

»Geht es Ihnen nicht gut, Ms Willoughby? Kann ich irgendetwas für Sie tun?«

Am liebsten hätte ich ihn darum gebeten, meinen Koffer zu holen, damit ich von diesem gottverdammten Ort so schnell wie möglich verschwinden konnte. Doch dann besann ich mich eines Besseren. Diesen Gefallen würde ich dem Earl gerade nicht tun.

»Können Sie mir sagen, wo ich mein Zimmer finden kann?«, bat ich höflich. »Ich bin müde von der Reise«, brachte ich über die Lippen.

Das Sprechen fiel mir plötzlich schwer. Ich war keine besonders gute Lügnerin. Doch auch der Butler musste wissen, dass eine einstündige Zugreise in unserer Zeit mitnichten als besonders anstrengend deklariert werden konnte.

Falls er ähnliche Gedanken hatte, hielt er sich damit zurück, sie mir zu offenbaren. Stattdessen zeigte er in Richtung Treppe.

»Ihr Zimmer befindet sich im ersten Obergeschoss auf der linken Seite. Ich werde Sie gerne dorthin bringen.«

Ich wehrte heftig ab. »Nein, Mr O'Donnell, das ist nicht nötig.« Mein harscher Tonfall tat mir schon im nächsten Augenblick furchtbar leid. Der Butler war nicht der Mann, an dem ich meinen Frust ablassen sollte.

»Wie Sie wünschen, Ms Willoughby.« Er deutete eine Verneigung an und ich erwiderte sie, unsicher, ob das denn richtig war oder ob ich mich gerade zum Idioten machte, der keine Ahnung von Etikette hatte.

»Danke, Mr O'Donnell«, beeilte ich mich, meine Geste zu überspielen.

»Wenn Sie noch etwas brauchen, lassen Sie es mich bitte wissen. Das Dinner wird um zwanzig Uhr serviert.«

Ich wollte mich schon von dem älteren Herrn mit dem

schütteren schwarzen Haupthaar, dessen Farbe mich an Schuhcreme erinnerte, verabschieden, als mir noch ein Gedanke kam.

»Besteht denn die Möglichkeit, dass ich das Essen auf meinem Zimmer zu mir nehmen kann? Natürlich nur, wenn ich Ihnen damit keine allzu großen Umstände bereite«, setzte ich schnell noch nach, als mir meine Bitte plötzlich ziemlich unverschämt vorkam.

Schließlich war ich in diesem Haus nur zu Gast. Und obendrein auch noch ein unerwünschter.

»Aber selbstverständlich ist das möglich.« Dann bildete ich mir ein, den Hauch eines Lächelns auf seinen Lippen zu erkennen. »Ich werde alles Nötige veranlassen und dem Earl Bescheid geben.«

Zunächst wollte ich zurückrudern. Allerdings gefiel mir der Gedanke, dass dieser eingebildete Fatzke von einem Earl mitgeteilt bekam, dass ich keinen Wert auf seine Gesellschaft beim Abendessen legte. Je länger ich darüber nachdachte, desto besser gefiel er mir.

»Vielen Dank, Mr O'Donnell«, bedankte ich mich aufrichtig bei dem Butler, der mich in diesem Haus als Einziger wirklich willkommen geheißen hatte.

Er hatte es nicht gesagt, aber mir hinreichend zu verstehen gegeben, was er empfand. Ob er wohl auch schon für meinen Großvater gearbeitet hatte? Wenn ich ihn mir so ansah, passte er perfekt zu *Rosehill Manor*. Wie aus einer anderen Zeit.

»Sehr gerne, Eure Ladyschaft.«

»Aber ich bin keine …«, wollte ich dementieren, als mir der Butler zuvorkam.

»Ms Willoughby, ich weiß, dass es mir nicht zusteht, so offen mit Ihnen zu reden. Aber Ihr Vater hat Sie zeit seines Lebens geliebt und sich nach Ihnen gesehnt. Ihr Großvater hat in den letzten Wochen vor seinem Tod seine Entscheidung von damals bitter bereut. Wenn er gekonnt hätte, dann hätte er sie rückgängig gemacht. Davon bin ich überzeugt.«

Vollkommen überfordert von seinen Worten, so starrte ich ihn mit leicht geöffneten Lippen an und war unfähig, etwas zu erwidern.

»Und nun bringe ich Sie besser auf Ihr Zimmer. Ich habe es mir nicht nehmen lassen, Ihnen Badewasser einzulassen. Sie wirkten so ausgekühlt, als ich Sie am Bahnhof abholte. Und ich bezweifle, dass Sie die kurze Zeit in dem zugigen Kaminzimmer wieder ausreichend aufgewärmt hat.«

Während Mr O'Donnell vor mir die Treppe hinaufging, freute ich mich insgeheim darüber, dass sich jemand um mein Wohl sorgte. Das hätte ich bei dem Aufeinandertreffen mit dem unterkühlten Earl vor wenigen Minuten nicht zu träumen gewagt.

Nun, aller Anfang war schwer. Blieb nur zu hoffen, dass der weitere Verlauf meines Aufenthalts eine bessere Wendung nehmen würde, als im Moment zu erwarten war. So kurz vor Weihnachten wäre das Wunder, das Holly mir auf die Reise mitgegeben hatte, mehr als angebracht. Und bitter nötig.

Kapitel 13

Ellie

Das war also einst das Zimmer meines Vaters gewesen. Andächtig ließ ich den Blick durch den Raum gleiten, während ich darauf hoffte, etwas zu spüren. Der Boden war von einem dunklen Teppich mit orientalischen Ornamenten bedeckt. Darunter verbarg sich ein dunkles Fischgrätenparkett. Ein Himmelbett stand mitten im Raum. An den Seiten waren Vorhänge befestigt. Das Bett war so hoch, dass ich Mühe hatte, mich auf dieses zu setzen.

Zwei übergroße Fenster fluteten den Raum mit Licht. Dazwischen stand ein Sekretär aus Mahagoni. Es hatte aufgehört zu schneien. Zumindest konnte ich keine Flocken mehr erkennen.

Neben dem Bett ging eine Tür zu einem weiteren Raum ab. Ich vermutete dahinter das Badezimmer und damit das warme Wasser, das Mr O'Donnell mir liebenswürdigerweise in die Wanne eingelassen hatte.

Alles in dem Raum wirkte edel und sauber. Nichts ließ darauf schließen, dass hier ein Mensch dauerhaft gelebt hatte. Es lagen keine Bücher oder Kleidungsstücke herum. Jeder könnte in diesem Zimmer gewohnt haben. Wie bei einem Hotelzimmer fehlte ihm schlichtweg die persönliche Note.

Ich seufzte, schwang mich vom Bett und noch ehe ich

michs versah, lag meine Hand bereits auf der Klinke. Ein letztes Mal blickte ich in Richtung der Fenster, als ich auf dem Sekretär ein weiteres kleines Notizbüchlein entdeckte. Es war ebenfalls in Leder gebunden. Das konnte ich auch auf die Entfernung hin gut ausmachen. Mein Herz schlug sogleich schneller, und ich wandte mich von der Tür ab. War das womöglich ein weiteres Tagebuch meines Vaters?

Nicht dass ich es bisher gewagt hätte, auch nur einen Blick in das Buch zu werfen, das mir mein Großvater zugeschickt hatte. Aber die Vorstellung, dass es eine Fortsetzung geben könnte, beruhigte mich ungemein. Irgendwie. Vielleicht würde es mir mit diesem Wissen in naher Zukunft doch gelingen, es zu lesen, um mich meinem Dad über seine niedergeschriebenen Gedanken zu nähern.

Als ich den Raum durchquert hatte und das Notizbuch zunächst mit meinen Fingerspitzen entlanggefahren war, um es anschließend fest an meine Brust zu pressen, schweifte mein Blick zum Fenster hinaus und blieb an einem schwarzen Punkt haften, der sich nur mühsam durch den Schnee bewegte.

Der Earl hatte sich offenbar zu einem Spaziergang aufgemacht. Allein. Was mich nicht weiter überraschte. Seine herablassende und wenig freundliche Art machte es ihm sicher nicht besonders leicht, Freunde zu finden. Unwillkürlich fragte ich mich, ob er denn liiert war, nur um im nächsten Moment verwundert über meine eigenen Gedanken zu sein.

Ich sah nur seine Rückansicht mit dem langen schwarzen

Mantel, der seine breiten Schultern betonte. Dennoch überkam mich wieder die Wut auf diesen unfreundlichen Mann, der mir den Start in diesem einschüchternden Koloss aus Stein so schwer wie nur möglich gestaltet hatte.

Mit den Händen auf dem Rücken lief er einen Weg entlang, der komplett zugeschneit war. Noch immer starrte ich ihm beharrlich nach, während ich mich unweigerlich fragen musste, warum ich in der Gegenwart des Earls so aus der Haut gefahren war.

Für gewöhnlich war ich kein Mensch, der offen auf Konfrontation aus war. Ich suchte nach einem Mittelweg und besänftigte mein Gegenüber, anstatt es weiter anzustacheln. Wenn ich da an die vielen Male zurückdachte, in denen Mum mich schier zur Weißglut getrieben hatte und ich stets ruhig und besonnen geblieben war, kam mir die Frau, die ich heute im Kaminzimmer abgegeben hatte, beinahe wie eine Fremde vor.

Plötzlich blieb der Earl stehen und wandte sich zu mir um, als spürte er meinen Blick in seinem Rücken. Ohne Vorwarnung sah er direkt zu mir nach oben. Zu dem Fenster, an dem ich wie angewurzelt stand.

Das Rosenzimmer war eines der schönsten Zimmer des Hauses, wie Mr O'Donnell beteuert hatte. Ruckartig wich ich einen Schritt zurück, in der Hoffnung, ich könnte vom Earl unbemerkt geblieben sein. Doch anstatt seinen Weg fortzusetzen, hielt er noch immer in der Bewegung inne und starrte zu mir nach oben.

Ein Gefühl der Kälte umfing mich, und ich eilte fluchtartig ins Badezimmer, um mich in dem warmen Wasser aufzuwärmen. Der Duft von Rosmarin und Lavendel lag in der Luft, als ich die Tür öffnete. Eine freistehende Badewanne stand schräg im Raum. Sie schimmerte golden, schien auf Hochglanz poliert worden zu sein.

Eilig entledigte ich mich meiner Kleider und stieg in die Wanne. Das war eine wahre Wohltat. Nach und nach gelang es mir sogar, mich etwas zu entspannen. Auch wenn ich den grimmigen Gesichtsausdruck des Earls, der mich aus dem Schnee eindringlich angesehen hatte, einfach nicht aus dem Kopf bekam. Kaum dass ich die Lider geschlossen hatte, konnte ich ihn vor mir sehen, ganz so, als würde er mir unmittelbar gegenüberstehen.

Wahrlich, ein tatteriger Greis mit Rollator wäre mir in dem Moment wirklich lieber gewesen. Der hätte sich vielleicht sogar über ein wenig Gesellschaft gefreut und mich um einiges herzlicher empfangen. Zumindest in meiner Vorstellung.

Sobald ich aus der Wanne gestiegen war, musste ich unbedingt mit Holly telefonieren. Ich hatte ihr noch gar nicht auf ihre letzte Nachricht geantwortet, so sehr hatte mich die Unterhaltung mit dem Earl aus der Bahn geworfen.

Und das erste Mal seit meiner Ankunft fragte ich mich, ob ich nicht besser zu Hause in London geblieben wäre. Das weitere Notizbuch, das dort draußen auf dem Tisch lag, konnte ich problemlos einstecken und mit nach Hause nehmen. Es war egal, wo ich mich dazu durchrang, es zu lesen. Schließlich würde die Lektüre meinen Vater auch nicht wieder lebendig machen.

Und *Rosehill Manor* war mit Sicherheit ein beeindruckendes Gebäude. Etwas der Zeit entrückt, aber durchaus charmant. Unter anderen Umständen könnte ich den Aufenthalt in diesem geschichtsträchtigen Haus durchaus genießen, hätte meinen Spaß daran, auf Erkundungstour zu gehen. Aber so?

Warum sollte ich mich den offenen Anfeindungen des Earls weiterhin aussetzen, wenn es hier doch nichts gab, was mir Aufschluss über meinen Vater geben würde? Was konnte mir eine alte Truhe, ein Bett oder der Blick aus diesem Zimmer schon über ihn verraten? Jeder könnte in diesem Raum gewohnt haben. Nichts würde sich dadurch verändern.

Ich kämpfte die Tränen zurück. Nein, ich wollte nicht weinen, wollte mir meine Niederlage nicht eingestehen. Noch vor wenigen Stunden hatte ich auf ein Wunder gehofft, nur um jetzt hart und ungebremst auf dem Boden der Tatsachen aufzukommen.

Großvaters Nachlass war kein Schatz. Er war eine Bürde. Denn fortan musste ich mit dem Wissen leben, dass es da draußen in der Welt keinen Vater mehr gab, der sich nach mir sehnte, den ich mit Stolz erfüllte und der mich so liebte, wie ich war.

Meine Familie war meine Mum. Sie war alles, was mir noch geblieben war. Und dennoch war ich nach Brighton gefahren, ohne ihr die Wahrheit über meine Reise verraten zu haben. Ich hatte sie schamlos angelogen. Und wofür?

Ich war schon drauf und dran, aus der Wanne zu steigen, mich anzuziehen und meine Sachen zu packen. Doch zwei Dinge hielten mich davon ab: Die Tatsache, dass ich dem Earl damit einen großen Gefallen tun würde, und die Hoffnung, dass Mr O'Donnell und die übrigen Hausangestellten mir vielleicht doch noch etwas über meine Familie erzählen konnten.

Wenn ich jetzt das Feld räumen würde, konnte es gut und gerne sein, dass ich mich nie wieder dazu durchringen könnte, hierherzukommen.

Der kleine Etappensieg bei der Ankunft am Bahnhof war längst verpufft. Die süße Aufregung war einer bitteren Ernüchterung gewichen. Noch immer haderte ich mit mir, als ich nach dem Handtuch griff, das neben der Wanne auf einem Stuhl bereitlag. Mr O'Donnell hatte wirklich an alles gedacht.

Trotz des Feuers im Kamin fror ich in Dads altem Zimmer. Mein Koffer stand neben dem Schrank und wartete schon darauf, dass ich ihn auspackte. Doch noch war ich nicht so weit. Noch immer rangen die Vor- und Nachteile, die meine Anwesenheit auf *Rosehill Manor* mit sich brachte, in mir.

Ich griff nach meiner Handtasche, die ich auf dem Bett abgestellt hatte, und kramte darin nach meinem Handy. Zwei verpasste Anrufe und drei Sprachnachrichten von Holly. Entweder stand der *Golden Tearoom* in Flammen, oder sie wollte unbedingt wissen, wie es mir mit dem Earl ergangen war.

Ohne die Nachrichten abzuhören, wählte ich ihre Nummer.

»Ellie, na, wie ist es? Hat dir der Earl seine gesamte Lebensgeschichte erzählt, oder warum hast du dich nicht mehr gemeldet?«

Ein Wirrwarr aus Stimmen war in Hollys Hintergrund zu hören. Ich bildete mir sogar ein, George auf dem Klavier spielen zu hören. Wohlbekannte Klänge. Eine angenehme Atmosphäre. Heimat. Mein sicherer Hafen.

»Der tatterige Greis ist schätzungsweise ein Mittdreißiger, der keinen Hehl daraus macht, dass er mich lieber nicht in seinem Haus wüsste.«

Holly pfiff. »Oha, das klingt jetzt nicht ganz so, wie wir es uns erhofft haben. Wie sieht er denn aus? Und was meinst du mit *der keinen Hehl daraus macht, dass er mich lieber nicht in seinem Haus wüsste*?«, bohrte Holly nach.

Ich seufzte. »So, wie ich es gesagt habe: Er hat mir klipp und klar zu verstehen gegeben, dass es ihm lieber sei, wenn ich meine Sachen packen und wieder verschwinden würde.«

»Das ist doch nicht sein Ernst!«, schrie Holly so laut in den Hörer, dass ich inständig hoffte, sie hätte sich ausreichend von den Gästen entfernt und einen ruhigeren Ort für unsere Unterhaltung gewählt.

»Doch. Leider«, erwiderte ich resigniert, während ich mir die grünblauen Augen, die dunklen Haare, die kantigen Wangenknochen und die vollen Lippen in Erinnerung rief. Nur ganz beiläufig. Und kaum der Rede wert. Schließlich ging es hier lediglich um eine Bestandsaufnahme für Holly. Um nichts weiter.

»Was hast du jetzt vor?«, fragte Holly mit Sorge in der Stimme.

»Wenn ich das bloß wüsste«, offenbarte ich meiner Freundin meine Planlosigkeit. »Ich habe das Gefühl, einem Phantom nachzujagen. Es ist ein weiteres Tagebuch meines Vaters aufgetaucht. Aber was nun? Soll ich bleiben, obwohl man mich hier nicht haben will? Oder besser den Rückzug antreten?« Ich pustete laut Luft aus. »Holly, das hier ist echt anders, als ich es mir erhofft hatte. Ich meine, natürlich habe ich nicht erwartet, dass das Personal bei meinem Eintreffen Spalier steht und all das Zeug. Aber …«

Als ich nicht weitersprach, vollendete Holly meinen Satz. »… du hättest dir gewünscht, mit offenen Armen empfangen zu werden. Ich kann das sehr gut verstehen, Ellie, und es macht die Situation für dich sicher nicht leichter. Aber wenn du jetzt gehst, wirst du so schnell nicht mehr fahren. Ich kenne dich. Ich weiß, welche Überwindung es dich gekostet hat, heute nach Brighton aufzubrechen. Und ich bin mir ziemlich sicher, wenn ich behaupte, dass du das schaffen kannst. Earl hin oder her. Der Typ kann dir am Arsch vorbeigehen. Schließlich bist du nicht wegen ihm da.«

Hollys Worte rüttelten mich wach. Ich war nicht nach *Rosehill Manor* gereist, um schon an der kleinsten Hürde zu scheitern. Schnee und Eis hatten mich nicht von meinem Entschluss abhalten können, also würde ein schlecht gelaunter Earl auch nichts daran ändern.

»Ach, meine Holly, irgendwie wäre es schöner gewesen, wenn du mitgekommen wärst.«

Holly lachte laut. »Der Earl wäre sicher *not amused* über meinen türkisfarbenen Irokesen gewesen. Ich mag dieses *Downton Abbey*-Ding, aber es steht mir nicht.«

Nun musste auch ich lachen. »Ein bisschen Farbe würde dem Kasten hier echt nicht schaden. Und das dumme Gesicht des Earls hätte mir gefallen. Ich habe den Typ zwar nur ein paar Minuten gesehen, aber das hat schon vollkommen ausgereicht. Ich sag dir, der frisst Kinder zum Frühstück und läuft mit einem Stock im Arsch durch die Welt.«

»Ich sehe, dir wird es nicht langweilig.«

»Das bestimmt nicht.«

Es klopfte an der Tür.

»Holly, ich muss Schluss machen. Der Butler bringt mein Abendessen.«

»Oh, Madame dinieren heute auf Ihrem Zimmer?«, bemerkte Holly gestelzt.

»Sehr wohl«, erwiderte ich nicht minder gekünstelt.

»Wir hören uns, Süße. Ich glaub an dich und halte hier die Stellung. Alles wird gut. Wirst schon sehen.«

Mit Hollys aufmunternden Worten im Ohr beendete ich das Gespräch und eilte zur Tür, um Mr O'Donnell nicht länger warten zu lassen als nötig. Dabei öffnete ich diese so schwungvoll, dass mein kleiner Zeh traurige Bekanntschaft mit ihr machte.

»Verdammt!«, fluchte ich augenblicklich, als der Schmerz

meinen Körper flutete und ich für einen Moment die Augen schließen musste.

»Nun, so … hat mich bisher auch noch niemand begrüßt«, hörte ich plötzlich eine Stimme sagen, die mitnichten dem lieben Mr O'Donnell gehörte.

»Was machen Sie denn hier?«, fragte ich perplex, während ich mich darum bemühte, gleichmäßig ein- und auszuatmen.

Mein Gegenüber lachte. »Schon vergessen? Ich wohne hier.«

Das abschätzige Funkeln in den Augen des Earls war ein weiterer herber Schlag, den ich nur schwerlich verdauen konnte. Länger als beabsichtigt starrte ich ihn mit offen stehendem Mund an.

Der Earl hatte sich in Schale geworfen. Er trug einen schwarzen Anzug. Sogar sein verwegenes Haar hatte er zu meinem Leidwesen ansatzweise zu bändigen versucht. *Erde an Ellie, man könnte meinen, du hättest einen Schlag gegen den Kopf bekommen. Wir mögen diesen Kerl nicht. Ich wiederhole: Wir mögen ihn nicht!*, rief mich meine innere Stimme zur Vernunft.

Die Augenbrauen des Earls schnellten bei meinem Anblick nach oben. »Also, bevor Sie noch zu sabbern beginnen, komme ich gleich auf den Punkt. O'Donnell sagte mir, Sie wollten lieber auf dem Zimmer essen.«

»Spricht denn etwas dagegen?«, erwiderte ich so ruhig, wie ich nur konnte.

Am liebsten hätte ich dem Earl ganz andere Dinge an den Kopf geworfen. Aber gerade fühlte ich mich nicht imstande dazu, ihm die Stirn zu bieten. Dafür schmerzte mein Fuß zu sehr, während mich der Anblick des Earls verunsicherte.

Leger schob er sich die Hände in die Hosentaschen seiner Stoffhose, während er mich noch immer tiefgründig ansah. »Ms Willoughby, ich weiß nicht, ob Sie eine Vorstellung davon haben, was es bedeutet, in einem solchen Haus zu Gast zu sein. Ich bin der Earl von Cunningham und habe einen Ruf zu verlieren. Wenn meine Dienerschaft über diesen Vorfall tratscht, avanciere ich im Nullkommanichts zum Stadtgespräch. Und wenn ich auf etwas so gar keine Lust habe, dann ist es genau das. Sie werden also mit mir am Tisch dinieren. Ob es Ihnen passt oder nicht.«

Vor Wut verschränkte ich die Arme vor der Brust »Ach, und weil Sie einen Ruf zu verlieren haben und keine Lust auf Klatsch und Tratsch haben, muss ich mich mit Ihnen an einen Tisch setzen?« Dabei vergaß ich das Handtuch, das meinen nackten Körper bisher nur spärlich bedeckt hatte und nun auf dem Boden zu meinen Füßen lag.

Schlagartig schoss mir die Hitze ins Gesicht, während ich mit meinen Händen versuchte, so viel von meinem Körper zu bedecken wie nur möglich.

Die Mundwinkel des Earls zuckten verräterisch, während er keine Anstalten machte, sich von mir abzuwenden.

»Ich erwarte Sie in zwanzig Minuten unten.« Dann wandte er sich endlich von mir ab und ging ein paar Schritte, nur um sich erneut zu mir umzudrehen. »Angezogen.«

»Darauf können Sie lange warten!«, schrie ich ihm nach,

während ich das Tuch vom Boden fischte und mich darin einwickelte.

Der Earl machte eine wegwerfende Handbewegung. »Ich bin mir ziemlich sicher, dass Sie kommen werden. Mr O'Donnell hat Anweisung, Ihnen nichts zu bringen, und ohne fahrbaren Untersatz kommen Sie hier nicht weg. Wenn Sie also nicht verhungern wollen, sollten Sie sich dazu durchringen, mich mit Ihrer Anwesenheit zu beglücken.«

Das *beglücken* sprach er so widerwillig aus, als wäre es eine zähe Schuhsohle, auf der er herumkauen musste.

»Wir wissen doch beide, dass Sie keinen Wert auf meine Anwesenheit legen. Wozu also das Theater?«, fragte ich voller Verachtung für den Mann, der glaubte, mich erpressen zu können.

Wo waren wir denn bitte, dass ich mir von diesem reichen Schnösel sagen lassen musste, was ich zu tun und zu lassen hatte? Verdammt noch mal, wir lebten im 21. Jahrhundert und nicht in der Regency-Zeit. Frauen hatten mittlerweile das Wahlrecht erhalten und durften über ihre Zukunft frei entscheiden.

»Ms Willoughby, ich lege keinen Wert darauf, zum Inhalt eines wie auch immer gearteten Gesprächs zu werden. Ob Sie es glauben oder nicht, das Einzige, was ich möchte, ist meine Ruhe. Nicht mehr und nicht weniger. Und genau die werde ich nicht bekommen, wenn hier neugierige und klatschsüchtige Leute aus dem Ort aufmarschieren, um sich von den Verhältnissen auf *Rosehill Manor* selbst ein Bild zu machen oder ihre Infos an sensationsgeile Reporter der *Sun* zu verkaufen, die mir in der Folge auf Schritt und Tritt auflauern werden.«

Und damit ging er seines Weges, als seien der Worte genug gewechselt.

Nun, wenn er meinte. Er würde schon sehen, was er davon hatte.

Kapitel 14

Max

»Wie, sie wird nicht kommen?« Ich klang aufbrausender, als es mir recht war.

Am liebsten hätte ich O'Donnells Äußerung mit entsprechend stoischer Gelassenheit entgegengenommen. Aber diese Frau weckte einen Dämon in mir, den ich nur sehr unzureichend im Griff hatte. Um nicht zu sagen: gar nicht.

»Wie ich bereits sagte, Euer Lordschaft. Ms Willoughby lässt ausrichten, dass sie sich nicht wohlfühlt und den heutigen Abend auf ihrem Zimmer verbringen möchte«, erklärte O'Donnell sachlich, ohne dabei eine Miene zu verziehen.

Rasend vor Wut über die Frau, die mich so offen vor meinen Angestellten bloßstellte, wäre ich am liebsten zu ihr nach oben gegangen, um sie eigenhändig zum Dinner zu befördern. Aber das würde mit sehr großer Wahrscheinlichkeit noch größere Wellen schlagen. Also versuchte ich, meine Gefühle wieder unter Kontrolle zu bekommen.

»Das ist natürlich sehr bedauerlich«, presste ich zwischen meinen Lippen hervor.

O'Donnell sah mich für einen Augenblick eindringlich an. »Vielleicht sollte ich Ms Willoughby etwas aufs Zimmer bringen?«, schlug er vor und nahm mir damit den Wind aus den Segeln. Zumindest für den Moment.

»Machen Sie sich keine Gedanken wegen ihr. Ich werde mich höchstpersönlich um unseren Gast kümmern.«

Etwas in der Art, wie O'Donnell mich ansah, sagte mir, dass er mir kein Wort von dem, was ich gesagt hatte, abkaufte. Ganz im Gegenteil. Dennoch bewahrte er Haltung.

»Wie Sie wünschen, Sir. Darf ich Ihnen dann den ersten Gang auftragen?«

Ich nickte. »Ja, gerne.«

Als O'Donnell den Raum verlassen hatte, lehnte ich mich in meinem Stuhl zurück. Ellie Willoughby wollte also Krieg? Den konnte sie haben.

Noch bevor das Essen da war, hatte ich mir bereits einen Plan zurechtgelegt, wie ich der Frau zeigen konnte, wer hier der Herr im Haus war.

»Eine Butternut Squash Soup mit einem Hauch von Zimt«, erklärte O'Donnell, als er mir den Teller servierte.

Ich hatte gar nicht bemerkt, dass er schon zurück war.

»Danke, O'Donnell«, erwiderte ich und griff bereits nach dem Löffel.

»Es freut mich, Sie heute das erste Mal lächeln zu sehen«, erklärte mein Butler kaum hörbar. Es war ihm deutlich anzusehen, wie unwohl ihm in seiner Haut war. Schließlich sollte ein Mann in seiner Stellung keine derartigen Bemerkungen gegenüber seinem Arbeitgeber machen.

Ohne ihn für seine forschen Worte zu rügen, nickte ich lediglich und begann zu essen.

Die Suppe war köstlich.

Um null Uhr siebenundvierzig stand ich kurz davor, meinen ach so tollen Plan über den Haufen zu werfen. Ellie Willoughby hin oder her. Ich war müde und wollte nicht länger darauf warten, dass sie mir in die Falle ging.

Außerdem war das Warten in der dunklen Küche nicht sonderlich abwechslungsreich. Seit mehr als zwei Stunden harrte ich nun schon hier unten aus, in der Hoffnung, mein unerwünschter Gast würde sich bald blicken lassen. Doch es war ruhig geblieben. Viel zu ruhig.

Ich hatte schon die Befürchtung gehabt, meine Rechnung würde nicht aufgehen, als ein kaum hörbarer Laut ertönte und sich ein winziger Lichtkegel seinen Weg durch die Küche bahnte. Bingo!

Direkt neben dem Lichtschalter platziert, betätigte ich diesen hastig und sah daraufhin selbstzufrieden in das wie vom Donner gerührte Gesicht von Ms Willoughby.

»Hunger?«, fragte ich selbstsicher, während mich die Freude darüber, Ms Willoughby auf frischer Tat ertappt zu haben, zu einem Lächeln hinreißen ließ.

Nervös zupfte sie an ihrem Die-Schöne-und-das-Biest-Pyjama, dessen tiefer Ausschnitt mehr preisgab, als ihr lieb war. Zumindest ließ das die Art und Weise vermuten, wie sie versuchte, die beiden Kragenenden zusammenzuhalten.

»Durst!«, erwiderte sie trocken und wand sich an mir vorbei zum Kühlschrank.

Der Duft von Rosmarin und Lavendel umfing mich, und ich sah Eleonore kurzzeitig in meinen Gedanken aufblitzen. Denn es waren ihre Lieblingsdüfte. Doch als sie mahnend den Zeigefinger hob, um mich in Sachen Ms Willoughby zurechtzuweisen, schüttelte ich leicht mit dem Kopf. *Entschuldige bitte, mein Liebling! Das hier ist meine Angelegenheit.*

»Lauern Sie Ihren Gästen immer mitten in der Nacht im Dunkeln auf?«

Zu meinem Bedauern hatte sich Ms Willoughby viel zu schnell wieder gefangen. Die geweiteten Augen und der entsetzte Gesichtsausdruck waren bereits passé, noch ehe ich mich ausgiebig daran hatte weiden können.

»Das kommt ein bisschen darauf an, ob sie sich zuvor meinen Anweisungen widersetzt haben.«

Ms Willoughby schloss geräuschvoll die Kühlschranktür, nachdem sie sich ein Wasser genommen hatte.

»Wie bitte? Das ist ja wohl nicht Ihr Ernst. Sie sind eingeschnappt, weil ich nicht mit Ihnen zu Abend gegessen habe?«

Mit einem Schmunzeln auf den Lippen öffnete sie die Flasche und setzte sogleich zum Trinken an. Die Tatsache, dass der Pyjama etwas zu weit ausgeschnitten war, schien sie zwischenzeitlich vergessen zu haben.

Eleonore hob beschwichtigend die Hände in die Höhe und forderte mich auf, meinem Gast etwas freundlicher zu begegnen. Doch sie hatte ja keine Ahnung davon, wie schwer es mir fiel, eine Frau in meiner nächsten Nähe zu wissen.

Ich war nach Brighton gekommen, um etwas Ruhe zu finden. In London mit den vielen Einwohnern hatte ich mich immer unwohler gefühlt. Das Rad der Zeit drehte sich unaufhörlich weiter, während ich händeringend versuchte, über Eleonores Tod hinwegzukommen, einen Fuß in Richtung Zukunft zu setzen. Doch es wollte mir einfach nicht gelingen.

Egal, wie sehr ich mich auch bemühte, ich fühlte mich einfach nicht mehr wohl in meiner Haut. Manchmal ertappte ich mich dabei, wie ich durch die Stadt lief und jede Frau in Eleonores Alter unverhohlen ins Gesicht starrte, als müsste sie dort draußen noch irgendwo sein.

»Ich bin nicht *eingeschnappt*, weil Sie nicht mit mir gegessen haben. Ich bin …« Ich stockte für den Moment, da ich ihr nur ungern Einblick in meine wahre Gefühlswelt schenken wollte.

Ich wollte dieser fremden Person gegenüber nicht eingestehen müssen, was in mir vor sich ging, wie sehr ich um Eleonore trauerte und wie schwer es mir fiel, jeden Morgen aufs Neue aufzustehen, um mich dem Tag zu stellen. Einem Tag, der mir das Liebste, was ich je gehabt hatte, ohnehin nicht wiederbringen würde. Nie wieder.

Ms Willoughby stellte die Glasflasche scheppernd auf den Tisch in der Mitte des Raums.

»… es nicht gewöhnt, dass man nicht tut, was Sie sagen«, beendete sie meinen Satz und sah mich aus funkelnden Augen an.

»Was? Nein! Das wollte ich mit Sicherheit nicht sagen«, wehrte ich mich mit Händen und Füßen dagegen, als Macho deklariert zu werden.

»Ach ja? Was denn dann?«

Ms Willoughby hatte die Hände abermals in die Seiten gestemmt und sah mich auffordernd an. Ihr langes braunes Haar lag wie ein Fächer über ihren Schultern und ihre Lippen bebten leicht. Sie war eine sehr schöne Frau. Etwas an ihr erinnerte mich tatsächlich an Eleonore. Doch ich kämpfte den Gedanken zurück in die Abgründe, die sich gerade eben vor mir aufgetan hatten.

Ich durfte nicht länger Vergleiche zwischen anderen weiblichen Wesen und meiner verstorbenen Frau ziehen. Das war nicht gut für mich. Es schmerzte mich jedes Mal derart, dass ich das Gefühl hatte, mich erneut von Eleonore trennen zu müssen, wenn die Ernüchterung kam.

»Ich denke, wir sollten diesen Schlagabtausch vertagen. Es ist schließlich schon sehr spät.«

Auch wenn ich Ms Willoughby in diesem Moment mehr Aufwind verschaffte, als gut war, konnte ich doch nicht anders. Die Erinnerungen an Eleonore waren so übermächtig, dass ich kaum dazu in der Lage war, nur einen klaren Gedanken zu fassen.

»Wie bitte? Sie waren doch derjenige, der mir hier in der dunklen Küche wie ein Triebtäter aufgelauert hat. Und jetzt ziehen Sie den Schwanz ein und wollen mir nicht einmal sagen, warum Sie den Zirkus hier veranstaltet haben?«

Gegen mein Zutun musste ich grinsen. Aber Ms Willoughby dabei zu beobachten, wie sie sich über mich aufregte, war sehr erhebend. Beinahe wie damals, als ich mit Eleonore eine Grundsatzdiskussion über Moderne Kunst geführt hatte. Eleonore war schier ausgeflippt, als ich ihr sagte, dass ich bei vielen Künstlern dieser Epoche das Gefühl habe, sie würden die ersten Zeichenversuche eines Kindes nachahmen.

Eleonore hatte nicht glauben können, was ich da sagte. Es war eine herbe Schlacht gewesen, doch die Versöhnung danach war umso inniger verlaufen.

»Ich habe meine Gründe«, gab ich mich nebulös und wollte bereits auf dem Absatz kehrtmachen.

»Moment! Das lasse ich nicht gelten.«

»Sie lassen das nicht gelten?« Irritiert hob ich meine Augenbrauen. »Das hier ist mein Haus. Sie werden es gelten lassen müssen.«

»Wer sagt das?«, fragte sie aufbrausend.

»Ich sage das. Und damit: gute Nacht!«

»Verschließen Sie besser Ihre Tür.«

Ich schnaubte. »Wollen Sie mir etwa drohen?«

Noch immer fixierten mich diese dunklen Kulleraugen, ohne zu blinzeln.

»Ich? Ihnen drohen? Das steht mir sicher gar nicht zu. Schließlich ist es ja *Ihr* Haus.«

»So ist es.« Ich wollte es damit auf sich beruhen lassen und wandte mich abermals von der Frau ab. »Wir sehen uns dann zum Frühstück.«

Ich wartete schon sehnlichst auf die nächste verbale Ohrfeige, als ich das Quietschen der Kühlschranktür in meinem Rücken vernahm. Und da kam sie auch schon.

»Eher gefriert die Hölle«, hörte ich Ellie schmatzend sagen. Aus dem Augenwinkel erkannte ich, dass sie sich ein Stück Käse gemopst hatte.

Mit einem Lächeln auf den Lippen ging ich zur Tür hinaus.

Kapitel 15

Ellie

»Und du bist dir wirklich sicher, dass dir der Kerl nicht an die Wäsche wollte?«

Ich überlegte kurz, während ich an einem abstehenden Faden an der Bettdecke herumnestelte. »Ziemlich sicher. Der wollte nur sein geschundenes Ego aufpolieren und mir eins auswischen.«

»Und das alles nur, weil du nicht mit ihm zu Abend gegessen hast? Der Typ ist wirklich creepy.«

Ich lachte. »Wem sagst du das? Als der da gestern so in der Küche vor mir stand, hätte ich um ein Haar das ganze Haus zusammengeschrien. Ich meine, stell dir mal vor, du denkst an nichts Böses, kommst in einen Raum und dann geht plötzlich das Licht an und dein schlimmster Albtraum steht vor dir.«

Holly blies hörbar Luft aus. »Puh, Respekt, dass du so ruhig geblieben bist. Ich wäre ausgerastet und hätte voller Panik etwas nach ihm geworfen.«

Ich lachte abermals. »Das stelle ich mir lustig vor. Was hättest du dir denn gegriffen?«

Holly überlegte nicht lang. »Na, eine Pfanne oder ein Nudelholz bietet sich da wunderbar an. Ist beides schön schwer.«

»Da kann der Earl ja mal froh sein, dass er sich nur mit

mir rumschlagen muss. Ich werde ihm das bei Gelegenheit erzählen. Vielleicht ist er mir gegenüber dann nicht mehr ganz so … schroff und unnahbar.«

Nun lachte Holly. »Aber jetzt mal Schluss mit lustig. Was hast du denn jetzt vor? Meinst du wirklich, du bist dort sicher?«

Ich nickte, ehe mir bewusst wurde, dass mich Holly ja nicht sehen konnte. »Der Typ ist harmlos. Hat wohl so ’ne Art Autoritätsproblem, wenn man ihn nicht als Herrscher und Gebieter preist und ihm nicht nach dem Mund redet. Aber mit dem werde ich schon fertig.«

Bei meinem letzten Satz musste ich mich unweigerlich fragen, wem ich damit Mut zuzusprechen versuchte. Denn wenn ich ehrlich zu mir selbst war, dann war das gestern Abend keine leichte Nummer gewesen. Ich hatte mir beinahe vor Angst in die Pyjamahose gemacht und wäre am liebsten schreiend aus dem Zimmer gelaufen.

Keine Ahnung, wie ich so geistesgegenwärtig hatte handeln können. Vermutlich war die Wut über den Kerl einfach größer als meine Angst gewesen. Zudem konnte ich es einfach nicht fassen, dass er sich in der Küche neben dem Kühlschrank postiert hatte, um mich daran zu hindern, mich dort zu bedienen.

Nun, so ungern ich es auch zugeben mochte, aber sein Plan war aufgegangen. Mittlerweile hatte ich seit über vierundzwanzig Stunden nichts mehr gegessen. Das winzige Stück Käse konnte man nun wirklich nicht zählen.

In meinem Magen hatte sich eine gähnende Leere breitgemacht. Permanent musste ich an die Köstlichkeiten denken, die im Tearoom serviert wurden. Ich gäbe aktuell meinen kleinen Zeh dafür, auch nur ein winziges Gurkensandwich mit Butter und Kresse zu bekommen.

»Nur für den Fall, dass er dir doch noch mal krumm kommt, solltest du vielleicht das Nudelholz unter dem Bett deponieren. Und nachts die Streifzüge durchs Haus einstellen«, warnte mich Holly. Widerwillig gab ich ihr recht.

Das Telefonat an diesem frühen Dienstagmorgen mit Holly hatte mich nur für wenige Augenblicke davon abgehalten, an meinen permanenten Hunger zu denken. Fieberhaft überlegte ich nun, wie ich an Nahrung herankommen sollte, ohne dabei zur Diebin zu mutieren oder dem Earl ein weiteres Mal ins Netz zu gehen.

Die Küche schien in meinen Augen kein sicherer Ort zu sein. Und auch wenn es gerade einmal sechs Uhr dreißig – ja, der Hunger wollte mich auch nicht wirklich schlafen lassen – war, musste ich dennoch damit rechnen, dass da unten schon Eier pochiert und eine Hollandaise angerührt, Orangen gepresst und Marmelade eingekocht wurden.

Ich war so hungrig, dass ich kurzzeitig auf die Idee kam, im Haus auf die Suche zu gehen. Schnell verwarf ich diese jedoch wieder, da ich mir eingestehen musste, dass ich keinen Plan hatte, wo sich was in diesem riesigen Kasten befand. Schließlich konnte ich ja schlecht durchs Haus schleichen und an jede Tür klopfen. Was geschah, wenn ich dem

Earl dabei direkt in die Arme lief?

Schläfrig massierte ich meine Schläfen, während ich meinen Kopf zurück auf das äußerst bequeme Kissen bettete. Ich war doch sonst nicht so hilflos. Aber der Hunger brachte mich noch um den Verstand. Keinen klaren Gedanken konnte ich mehr fassen, und die Müdigkeit tat ihr Übriges.

Wenn der Earl allerdings glaubte, mich auf diese Weise mürbe machen zu können, dann hatte er sich gewaltig geschnitten. Schließlich war ich bei meiner Mutter aufgewachsen. Auch wenn ich sicher nie in ihre Fußstapfen treten würde, hatte ich dennoch das ein oder andere von ihr gelernt, das mir in diesem Kampf sicher helfen würde.

Wenn nur dieser verdammte Hunger nicht wäre! Mittlerweile knurrte mein Magen so laut, dass ich Sorge hatte, das halbe Haus damit aufzuwecken. Auch wenn ich mir nicht mal sicher war, ob hier neben dem Earl und der Dienerschaft überhaupt noch jemand anderes wohnte.

Ich hob meinen Arm, um einen Blick auf meine Armbanduhr werfen zu können. Sechs Uhr fünfunddreißig. Entnervt zog ich das Kissen unter meinem Kopf hervor, presste es mir auf das Gesicht und schrie so laut ich konnte hinein. Das durfte doch alles nicht wahr sein.

Warum tat ich dem eingebildeten Idioten nicht einfach den Gefallen und frühstückte mit ihm? Warum zeigte ich nicht Größe und ging einen Schritt auf ihn zu? Um des lieben Friedens willen? Okay, vielleicht ging es mir auch einfach nur um meinen verdammten Hunger.

Wahrscheinlich würde er mich eh nicht einmal beachten, geschweige denn mit mir reden. Warum nur sträubte ich mich so heftig dagegen, mit diesem Mann in ein und demselben Raum zu essen?

Die Antwort war so simpel, dass mich nicht einmal die Vorstellung von frischem Rührei und Scones mit Clotted Cream und Erdbeermarmelade davon abbringen konnte: Ich wollte diesem aufgeblasenen Gockel nicht das Gefühl geben, er hätte in diesem Ding – was auch immer das genau war, das da zwischen uns lief – gewonnen.

Schwungvoll warf ich das Kissen von mir, sodass es zu Boden fiel. Eilig öffnete ich meinen Koffer und kramte nach einer langen Jeans, meinem dicken grauweiß melierten Rollkragenpullover sowie frischer Unterwäsche und den handgestrickten Ringelsocken, die Mum von ihrer Reise nach Peru mitgebracht hatte. Als ich alles gefunden hatte, verabreichte ich mir eine Katzenwäsche im Badezimmer, zog mich schnell an, bändigte mein langes braunes Haar zu einem lockeren Dutt am Hinterkopf und sah mich ein letztes Mal im Spiegel an.

Meine Entscheidung war gefallen. Ich würde mich heimlich, still und leise aus dem Haus schleichen und nach Brighton laufen. So weit war das gar nicht. Zumindest war die Fahrt am gestrigen Tag vom Bahnhof nach *Rosehill Manor* schneller verlaufen, als mir lieb gewesen war.

Zurück in meinem Zimmer schlüpfte ich in meinen Wintermantel und öffnete im Anschluss daran die Tür zum Flur, steckte meinen Kopf prüfend nach links und rechts blickend hinaus, ehe ich mich auf und davon machte.

Mein Herz schlug mir bis zum Hals, als wäre ich eine Kriminelle auf der Flucht. Die Vorstellung war lächerlich, und dennoch konnte ich das Adrenalin in meinen Adern spüren, als meine Fingerspitzen das steinerne Geländer berührten und meine Füße wie im Flug über die Stufen hinwegsausten.

Nur sehr widerwillig ließ sich die große Eingangstür dazu überreden, mich hinauszulassen. Offenbar steckte sie mit dem Earl unter einer Decke. Als sie sich schließlich doch noch knarzend öffnen ließ, eilte ich so schnell nach draußen, dass ich beinahe über die drei Stufen umfassende Treppe gestolpert und in hohem Bogen im Schnee gelandet wäre.

Kaum dass ich der klirrenden Kälte gewahr wurde, bereute ich meinen überhasteten Aufbruch auch schon wieder. Wenn ich mehr Zeit zum Nachdenken gehabt hätte, dann hätte ich sicher Schal und Handschuhe sowie meine Mütze mitgenommen. Oder wäre verhungert.

Es brachte nichts, mich länger über mein Versäumnis zu ärgern. Also machte ich das Beste aus der Sache, zog mir die Kapuze meines Mantels weit über den Kopf bis zur Stirn und lief los.

Vierundvierzig Minuten später musste ich mir die Frage stellen, ob ich überhaupt wusste, was ich da tat. Nicht zum ersten Mal hatte ich das Gefühl, an einem Baum oder einer Lichtung schon einmal vorbeigelaufen zu sein. Und das nicht etwa in einem früheren Leben, sondern genau heute.

Mein Smartphone war mir leider auch keine besonders große Hilfe. Offenbar befand ich mich gerade mitten im Nirgendwo. Und es kam noch besser: Es gab kein Netz. Ich konnte mich gar nicht mehr daran erinnern, wann ich das letzte Mal in einem Funkloch unterwegs gewesen war. So aussichtslos war meine Lage bisher noch nie gewesen.

Denn weder wusste ich, wo es denn nun nach Brighton oder zu einem nahe gelegenen Dorf ging, noch war mir klar, wie ich zurück zum Herrenhaus gelangte. Ich hatte mich in nicht einmal einer Stunde so heillos verlaufen, dass ich überhaupt nicht mehr wusste, wo ich mich befand.

Hilflos stand ich also da, reckte meinen Arm weit in die Höhe und hielt dabei mein Handy fest umklammert in der Hand. Immer wieder drehte ich mich im Kreis, als könnte sich dabei doch noch irgendwo ein winzig kleines Netzfenster auftun. Wie gebannt starrte ich auf die Signalanzeige auf dem Display. Fehlanzeige! Da tat sich rein gar nichts.

Während meine Finger schon so eisig waren, dass ich sie fast nicht mehr spüren konnte – von meinen Füßen gar nicht erst zu sprechen –, bekam ich allmählich Panik. Niemand würde mich vermissen. Holly konnte ich nicht anrufen. Und der Earl war sicher froh darüber, dass ich seinem Wunsch gefolgt war und in einer Nacht-und-Nebel-Aktion das Haus verlassen hatte.

Der Schnee unter meinen Füßen war vereist. Die gestern noch so nett anzusehenden Schneeflocken waren zu großen Eisklumpen geworden. Das Gehen war die reinste

Schlitterpartie. Und schlagartig hatte die weiße Winterwunderlandschaft ihren Reiz auf mich verloren.

Wieder lief ich ein paar Schritte, streckte die Hand in die Höhe und ließ dabei das Display meines Smartphones nicht aus den Augen. Wie durch Zauberhand war plötzlich ein Balken zu erkennen. Jetzt würde ich zumindest jemanden anrufen können. Dem Himmel sei Dank! Doch sobald ich meine Hand in Richtung meines Ohrs bewegte, war das Signal wieder verschwunden.

Mühsam versuchte ich, Hollys Kontakt herauszusuchen, während ich meinen Arm weiterhin ausgestreckt hielt. Ich lehnte mich gegen einen Baum, um etwas mehr Halt und Stabilität auf dem zugefrorenen Untergrund zu bekommen. Als ich endlich auf die entsprechende Taste drückte, um ihre Nummer zu wählen, streifte mich etwas am Arm und mein Handy fiel in hohem Bogen in den Schnee.

Ich kam ins Wanken, schlitterte unbeholfen und wild mit den Armen rudernd über den vereisten Untergrund. Für den Wimpernschlag eines Augenblicks hatte ich noch die Hoffnung, nicht auf ebendiesem aufzuschlagen. Doch die Ernüchterung folgte auf dem Fuße. Ein lauter Schrei entwich meiner Kehle, als ich unsanft mit meinem Hintern auf dem harten Boden aufkam. Der Schmerz war so übermächtig, dass ich für einen Moment die Augen schließen musste.

Als plötzlich ein dröhnendes Lachen in meinem Rücken zu hören war, erschauderte ich und blickte mich verwundert um. Ich hatte gar nicht bemerkt, dass ich nicht mehr allein war. So abrupt war das Ganze abgelaufen.

Zunächst konnte ich nur die Umrisse eines hochgewachsenen menschlichen Wesens erkennen. Die Sonne stand so ungünstig, dass ich meine Hand schützend über meine Augen legen musste, um etwas zu sehen. Dabei drehte ich meinen Rumpf in die entsprechende Richtung und verzog schmerzerfüllt das Gesicht. Mein Steißbein brannte höllisch. Hoffentlich war es nicht gebrochen.

»Sie!«, schrie ich wütend, als ich erkannte, wer dort lässig am Baum lehnte und mich schadenfroh angrinste.

Ich war schon drauf und dran, zurück auf die Füße zu springen, als sich mein Steißbein erneut bemerkbar machte.

»Ms Willoughby, ich wusste gar nicht, dass Sie eine Frühaufsteherin sind. Oder suchen Sie ebenfalls eine passende Tanne für das Weihnachtsfest?«

Noch immer strahlte das Lächeln auf den Lippen des Earls of Cunningham mit der Sonne um die Wette. Fluchend und ächzend versuchte ich, erneut aufzustehen. Nur ungern wollte ich mich länger als nötig in der Nähe dieses Mannes aufhalten. Seine bloße Anwesenheit trieb mich auf die Palme. Und dieses selbstgefällige Grinsen machte mich rasend vor Wut.

»Sie wissen so einiges nicht von mir. Und das ist auch gut so!«, erwiderte ich bissig, während ich zurück auf den Hosenboden knallte und mein Gesicht schmerzerfüllt verzog.

Was bitte hatte ich dem Universum bloß angetan, dass es mich derart bestrafte? Betrübt ließ ich den Blick gen Boden sinken, als ein Schatten vor mir auftauchte.

Der Earl streckte mir seine Hand auffordernd entgegen,

und ich konnte ihn das erste Mal an diesem noch so frühen Morgen genauer betrachten. Im Gegensatz zu dem schniegeken Smoking, den er am gestrigen Abend zum Dinner getragen hatte, stand er heute in ziemlich lässigen Jeans vor mir. Sein schwarzer Mantel war geöffnet und gab den Blick auf einen braunen Wollpullover frei, der so eng anlag, dass ich seine Muskelpartien im Brustbereich sehr gut erkennen konnte.

Winzige schwarze Bartstoppeln zierten sein Kinn und die Wangen. Sie gaben ihm etwas Verwegenes und bildeten gleichzeitig einen herrlichen Kontrast zu seinen grünblauen Augen. Sein sonst eher geschniegeltes dunkles Haar war heute gänzlich ungebändigt. Es lockte sich leicht an den Seiten und hing ihm wirr in die Stirn. Für den Hauch eines Augenblicks hatte ich das Gefühl, einem gänzlich anderen Menschen gegenüberzustehen. Doch ich wurde schneller eines Besseren belehrt, als mir lieb war.

»Worauf warten Sie denn noch? Nehmen Sie schon meine Hand! Je länger Sie dort auf dem kalten Boden herumsitzen, desto mehr kühlen Sie aus.«

»Danke! Ich krieg das schon allein hin«, lehnte ich sein Angebot wenig freundlich ab und bemühte mich, möglichst schnell wieder auf die Füße zu kommen.

Ob es am quälenden Hunger, am Widerwillen, dem Earl meine Hand zu reichen, oder an den widrigen Wetterverhältnissen lag, lässt sich in der Gänze wohl nie wirklich klären. Tatsache war jedoch, dass ich kaum, dass ich den Versuch gestartet hatte, wieder aufzustehen, kläglich versagte und so hart auf meinem Steißbein aufkam, dass ich Sternchen sah.

Ich presste meine Lider sowie die Lippen fest aufeinander und unterdrückte dabei den kläglichen Aufschrei, der sich bereits in meiner Kehle breitgemacht hatte. Der Schmerz, der meine Nervenbahnen in Sekundenschnelle flutete, war derart schrecklich, dass mir sogar einige Tränen aus den Augen quollen.

Und dennoch gab ich mich noch immer nicht geschlagen. Denn die Hilfe des Earls anzunehmen, war das Letzte, was ich wollte. Ich wollte diesem Menschen keinen Gefallen schuldig sein. Und schon gar nicht wollte ich ihm dankbar sein müssen. Das kam auf gar keinen Fall infrage. Lieber erfror ich hier mitten im Nirgendwo. Das war sogar gar nicht so abwegig, wenn ich mich weiterhin stur stellte. Aber ich hatte eben auch meinen Stolz.

Verbissen krallte ich mich im eisigen Schnee fest und bemühte mich, auf die Knie zu kommen. Ein weiteres Mal auf mein Steißbein zu fallen, wäre mit Sicherheit mein Ende. Schon jetzt war der Schmerz so übermächtig, dass ich kaum noch einen klaren Gedanken fassen konnte.

»Sie sind ganz schön starrsinnig«, kommentierte der Earl mein Handeln.

»Das sagt der Richtige«, schoss ich zurück.

»Wie darf ich das denn verstehen?«, fragte der Earl mit pikiertem Unterton in der Stimme.

»Genau so, wie ich es gesagt habe«, warf ich ihm an den Kopf, während ich einen Fuß aufstellte.

Hastig drückte ich mit meinen Händen gegen den Oberschenkel des aufgestellten Beines, um mich erneut komplett aufzurichten und dem Earl nicht länger vor den Füßen zu liegen. Denn wenn ich recht darüber nachdachte, dann war diese Tatsache noch unangenehmer als das verletzte Steißbein.

Das Glücksgefühl, der Schwerkraft getrotzt zu haben, beflügelte mich dermaßen, dass ich – kaum in aufrechter Haltung – abermals zu straucheln begann und mit an Sicherheit grenzender Wahrscheinlichkeit auf dem Boden aufgeschlagen wäre. Wäre da nicht der Earl gewesen, der geistesgegenwärtig und beherzt nach meinen fuchtelnden Armen gegriffen und mich an sich gezogen hätte.

Als meine Wange an seine muskulöse Brust traf, verschlug es mir den Atem. Auch Minuten später umklammerte der Earl meine Oberarme dermaßen fest, als könnte ich jeden Moment wieder auf den Boden fallen.

Ich sog einen Duft aus intensiver Frische in meine Lungen. So klar wie eine starke Meeresbrise – vermischt mit einer fruchtigen Nuance. Und ganz viel Männlichkeit. So viel Männlichkeit, dass ich fast nicht mehr in der Lage war, auch nur noch einen klaren Gedanken zu fassen. Schlagartig vergaß ich, an wessen stählerner Brust ich da ruhte, und schmiegte mich noch ein wenig fester an sie.

»Ms Willoughby?«, hörte ich eine Stimme wie aus weiter Ferne sagen.

»Hm«, machte ich verträumt, während ich meine Augen nach wie vor geschlossen hielt.

»Ms Willoughby, was machen Sie da?«

Mit der Wucht eines Vorschlaghammers wurde mir klar, was ich da machte. An wem ich lehnte, viel zu lange schon. Und mich verträumten Fantasien hingegeben hatte.

Sobald die Einsicht in mein Bewusstsein vorgedrungen war, riss ich mich los und begann sogleich damit, auf dem glatten Untergrund zu schlittern.

Wieder griff der Earl nach meinen Armen, um mich vor Schlimmerem zu bewahren. Doch er zog mich nicht noch einmal an seine Brust, sondern hielt zu meinem Leidwesen gebührenden Abstand zu mir.

Mir war die ganze Angelegenheit schrecklich unangenehm. Dabei konnte ich nicht einmal mit Gewissheit sagen, was mir am meisten zusetzte. Als besonders peinlich war wohl die Sache mit meiner Wange an seinem breiten Oberkörper einzustufen. So peinlich, dass ich es nicht wagte, dem Mann abermals in die Augen zu schauen, während er meine Arme noch immer festhielt.

»Was zum Henker haben Sie sich dabei gedacht, bei einem Waldspaziergang durch Schnee und Eis solche Schuhe anzuziehen? Wildlederstiefel mit zehn Zentimeter Absatz sind vielleicht für London ganz schick, aber hier auf dem Land brechen Sie sich damit, wenn es dumm läuft, die Füße. Oder gleich das Genick.«

Der magische Moment zwischen uns beiden, den ich mir vermutlich ohnehin nur eingebildet hatte, war so schnell verpufft, wie er gekommen war. Der Earl schlug wieder andere Töne an. Herbere. Garstigere. Töne mit unschönem

Klang eben.

Dabei hatte ich gerade noch geglaubt, Besorgnis und einen Hauch von Verwunderung in seinen Augen erkennen zu können. Aber vermutlich hatte ich mich auch in dieser Hinsicht getäuscht.

»Wenn Sie nicht so dickköpfig wären, dann hätte ich nie und nimmer den Versuch gewagt, mit meinen Stiefeln durch den Wald zu flüchten. Aber Sie ließen mir einfach keine andere Wahl«, setzte ich mich zur Wehr.

Schließlich war mein verletztes Steißbein und das alles hier einzig und allein die Schuld des Earls. Wäre er nicht so halsstarrig gewesen, dann läge ich womöglich sogar noch im Bett. Denn der Hunger hätte mich mit Sicherheit nicht die halbe Nacht wach gehalten. Und überhaupt wäre ich nie auf die Idee gekommen, Hals über Kopf das Haus zu verlassen, um auf Nahrungssuche zu gehen.

»Jetzt bin ich also schuld daran, dass Ihr Outfit nicht den Witterungsverhältnissen angepasst ist? Wahrscheinlich schieben Sie mir ebenfalls die Schuld für Ihren Sturz in die Schuhe«, echauffierte sich der Earl und löste dabei ruckartig seine Hände von mir.

Das warme Gefühl, das sich von den beiden Stellen, die er berührt hatte, über meinen ganzen Körper ausgebreitet hatte, verebbte im selben Augenblick. Das alles geschah so schnell, dass ich nicht fassen konnte, welche Wirkung der Mann auf mich hatte.

Gerade noch war ich felsenfest davon überzeugt gewesen, dass das nur eine abstoßende sein könnte. Doch nun war ich mir nicht mehr ganz so sicher. Gepaart mit der Wut, die abermals in meinem Bauch kochte, war die Verwirrung perfekt. Zum Glück brachte ich meinen Unmut dennoch zu Wort.

»Natürlich sind Sie für meinen Sturz verantwortlich. Herrgott noch mal, Sie haben mich doch schließlich angerempelt, woraufhin ich erst hingefallen bin. Wären Sie nicht gewesen, wäre ich überhaupt nicht gestürzt.«

Ich warf die Hände theatralisch in die Höhe. Diesem Mann war wirklich nicht mehr zu helfen. Und jedes Wort, das ich ihm schenkte, war vergeudete Liebesmüh. Es gab Menschen, mit denen kam man einfach nicht auf einen Nenner. Und das war beim Earl of Cunningham ganz offensichtlich der Fall.

Wir beide waren wie Feuer und Wasser. Und unser Zusammentreffen kam dem Urknall nahe. Es fehlte nicht mehr viel, und die Wut in meinem Bauch würde sich in einer Explosion entladen. Ich spürte schon, wie sich meine Wangen erhitzten. Das Gefühl, ungerecht behandelt zu werden, war so übermächtig, dass ich am liebsten geschrien hätte, um meinen Unmut darüber kundzutun.

Doch leider musste ich mir eingestehen, dass der Earl zumindest hinsichtlich meiner Schuhe recht behielt. Noch ehe ich michs versah, strauchelte ich schon wieder. Anstatt meine Arme schwungvoll in die Höhe zu werfen, hätte ich besser ganz stillgestanden. Zumindest so lange, bis der Earl wieder verschwunden war.

Die glatte Sohle unter meinen Stiefeln setzte sich gegen

meinen Willen in Bewegung und in drei, zwei, eins würde mich die Schwerkraft ein weiteres Mal darüber belehren, wie sie funktionierte. Ich spürte schon den Schmerz, noch ehe er eingesetzt hatte.

Dann umfassten warme Hände die meinen, zogen mich an sich und noch ehe ich verstand, was da geschah, hob er mich hoch und warf mich über seine Schulter.

Alles ging so schnell. Als ich jedoch verinnerlichte, wo ich mich da befand, und der Earl Anstalten machte, einfach loszulaufen, schlug ich ihm mit den Händen auf den Rücken.

»Lassen Sie mich sofort wieder runter. Hören Sie? Ich will hier runter. Sofort! Wenn Sie nicht gleich tun, was ich von Ihnen verlange, dann werde ich so laut schreien, bis Ihnen Hören und Sehen vergeht.«

Ich wagte nicht zu hoffen, in dieser entlegenen Gegend auf eine weitere Menschenseele zu treffen, die mir helfen würde. Also drohte ich mit meiner Stimme. Doch meine wütende Schimpftirade erntete nur das selbstgefällige Lachen des Earls.

»Schreien Sie nur so laut und lange, wie Sie möchten. Hier wird Sie eh niemand hören, und ich kann sehr gut damit umgehen.«

Und dann watete er mit mir über der Schulter wie ein Neandertaler, der ein Wildschwein erlegt hatte, stoisch durch den Schnee, als sei ich leicht wie eine Feder. Vereinzelt unternahm ich noch den Versuch, mich aus meiner unwürdigen Haltung zu befreien. Doch als es mir nicht gelingen wollte, fügte ich mich in mein Schicksal und gab mich geschlagen. Zumindest für den Moment.

Kapitel 16

Max

Erst als ich *Rosehill Manor* in der Ferne erblickte, spürte ich, wie meine Mundwinkel sich zu einem Grinsen nach oben gebogen hatten.

Ms Willoughby auf meiner Schulter jammerte noch immer, aber weit weniger als zu Beginn unserer kleinen ungeplanten Reise. So langsam machte sich ihr Gewicht auf meiner Schulter bemerkbar. Und das, obwohl sie ein Fliegengewicht war. Wie viel mochte sie schon wiegen. Fünfzig, fünfundfünfzig Kilo?

Ich war definitiv aus der Übung. Aufgrund meiner Tätigkeit als Journalist war ich oft und lange an den Stuhl gefesselt. Zum Ausgleich hatte ich mich in London in einem Fitnessstudio angemeldet und war morgens gelaufen. Heute hatte ich meine alte Gewohnheit wieder aufnehmen wollen und mir vorgenommen, mich im Wäldchen auf die Suche nach einem geeigneten Weihnachtsbaum zu machen. O'Donnell hatte mir unmissverständlich klargemacht, dass diese Aufgabe dem Hausherrn vorbehalten war. In der Ferne war mir plötzlich Ms Willoughbys Silhouette ins Auge gefallen und ich hatte den Drang verspürt, ihr nachzugehen.

Es war an der Zeit, mit alten Gewohnheiten von Neuem zu beginnen. Auch wenn mir Eleonore bei der Runde durch den Park nicht mehr Gesellschaft leisten konnte.

Das hier war jedenfalls eine ganz andere Art der Fitnessübung. Wie einen nassen Sack, so setzte ich Ms Willoughby zurück auf ihre Füße.

»Meinen Sie, Sie schaffen den Rest des Weges allein? Wie gesagt: Ich habe keine Lust auf Gerede.«

Ms Willoughby sah mich aus zu schmalen Schlitzen verengten Augen an. »Sie wollen kein Gerede?«, äffte sie mich nach.

Ich verdrehte die Augen. »So langsam wird das mit Ihren ständigen Wiederholungen lästig. Wenn Sie nicht richtig hören sollten, schlage ich Ihnen vor, einen Ohrenarzt aufzusuchen. Ich kenne einen guten in London.«

»Ich«, sagte sie und deutete dabei auf sich »und nicht richtig hören? Sind Sie denn noch ganz bei Trost? Sie packen mich wie einen zusammengerollten Teppich über ihre Schulter, schleifen mich durch den halben Wald und meinen am Ende auch noch, meine Sinneswahrnehmungen seien gestört?«

Händeringend kämpfte ich dagegen an, dass sich meine Mundwinkel neuerlich nach oben bogen. Das Bild des zusammengerollten Teppichs war aber auch zu komisch. Was machte diese Frau nur mit mir? Seit sie hier war, hatte ich das Bedürfnis, ständig zu fluchen, laut zu lachen, und gleichzeitig wollte ich Bäume ausreißen. Riesige Bäume. So lebendig fühlte ich mich in ihrer Gegenwart.

In Ms Willoughbys Gegenwart. Nicht in Eleonores.

Denn Eleonore war tot und würde nie wieder zu mir zurückkehren. Die Erkenntnis traf mich wie ein Schlag in die Magengrube. Dabei war es nicht einmal ein Jahr her, dass ich meine Frau hatte zu Grabe tragen müssen.

In diesem Moment schämte ich mich für die neckischen Kabbeleien zwischen dieser mir gänzlich unbekannten Person und mir. Ich schämte mich, dass ich mich so hatte gehen lassen, dass ich hemmungslos gelacht und dabei beinahe sogar ein paar Freudentränen verdrückt hätte. Ich schämte mich dafür, mein Leben wieder zu genießen, während Eleonore nie wieder dazu in der Lage sein würde.

»Ich denke, zwischen uns ist alles hinreichend geklärt.«

Mit diesen Worten zwängte ich mich an Ms Willoughby vorbei und lief in Richtung des Hauses.

»Hinreichend geklärt? Sind Sie denn von allen guten Geistern verlassen? Sie haben mich gegen meinen Willen querfeldein geschleift!«, rief sie mir wütend hinterher.

Ich hob eine Hand. »Nichts zu danken«, erklärte ich und setzte meinen Weg unbeirrt fort, als ich einen stapfenden Laut dicht hinter mir hörte.

Keine zwei Sekunden später tauchte die kleine, impulsive Brünette neben mir auf und schoss funkelnde Blitze aus ihren Augen in meine Richtung.

»Sie können mich nicht einfach so stehen lassen. Die Sache zwischen uns ist noch nicht geklärt.«

Ich hielt in der Bewegung inne und hob meine Augenbrauen. »Von welcher Sache sprechen Sie da bitte? Sie sind gestürzt. Ich habe Ihnen geholfen. Mehr war da nicht.«

»Sie sind ja überhaupt erst schuld daran, dass ich hingefallen bin. Hätten Sie mich nicht aus dem Hinterhalt angerempelt, wäre nichts passiert und ich könnte schon längst in einem kleinen, süßen Café in Brighton beim Frühstück sitzen.«

Ihre großen dunklen Augen sahen mich mahnend an, während Eleonore sich in die ganze Angelegenheit einmischte und mich zu maßregeln versuchte.

»Ach, daher weht der Wind«, sagte ich und wollte schon weiter, als mich Ms Willoughby zurückhielt.

»Bitte was?« Wütend stemmte sie ihre Hände in die Hüften, während sie mich durchdringend ansah.

»Sie haben Hunger. Daher die schlechte Laune.«

Ms Willoughbys Mund öffnete sich vorwurfsvoll zu einem großen O. »Das ist ja wohl …«

»… total menschlich«, erwiderte ich schulterzuckend. »Ihr Körper befindet sich im Ausnahmezustand. Da kann das schon mal passieren.«

Wenn überhaupt noch möglich, so schoben sich ihre Augenbrauen noch ein Stück höher, während ihr der Mund offen stehen blieb. »Sie sind so ein Idiot.«

»Ich sagte ja bereits, Sie befinden sich nicht ganz auf der Höhe.« Dann warf ich einen Blick auf meine Armbanduhr. »Ich kann Sie allerdings beruhigen.«

»So, können Sie das?«, fragte sie mich skeptisch.

»Ja, durchaus. O'Donnell wird das Frühstück schon angerichtet haben. Glauben Sie mir, mit ein wenig Rührei, frischen Scones und einem frisch gepressten Orangensaft sieht die Welt gleich ganz anders aus.«

Angespannt verschränkte Ms Willoughby auf meine Worte hin die Arme vor der Brust. »Ich werde ganz sicher nicht mit Ihnen frühstücken.«

Erwähnte ich unlängst, dass sie sich ständig wiederholte?

»Ich verspreche Ihnen auch, Ihnen nicht zu nahe zu kommen und am anderen Ende der Tafel Platz zu nehmen. Der Tisch ist für zwölf Personen ausgelegt. Wir sollten uns also problemlos aus dem Weg gehen können. Und jetzt seien Sie nicht störrischer als eines dieser schottischen Hochlandrinder. Es wäre schließlich ein Jammer, wenn Sie nach meiner heldenhaften Rettungsaktion am Hungertod sterben würden. Dann hätte ich mir die Plackerei nämlich auch sparen können.«

Daraufhin setzte ich mich erneut in Bewegung. Langsam wurde nämlich auch mir kalt. Der Wind pfiff eisig durch die Bäume und neuer Schnee kündigte sich an. Ich konnte ihn schon riechen.

Drei, vier Meter vor der Treppe zum Herrenhaus hatte mich Ms Willoughby abermals eingeholt. Offenbar hatten ihr meine letzten Worte länger den Atem verschlagen als jene zuvor.

»Sie sind …«

Weiter kam sie nicht, denn in diesem Augenblick öffnete uns O'Donnell die Tür und empfing uns mit den Worten: »Das Frühstück ist angerichtet.«

Das klang nicht nur in Ms Willoughbys Ohren verheißungsvoll.

»Perfekt, O'Donnell. Ms Willoughby ist furchtbar hungrig, und ich könnte auch etwas vertragen. Der außerplanmäßige Morgensport hat mir alles abverlangt.«

Daraufhin errötete Ms Willoughby zu meiner Linken, während uns O'Donnell ungläubig beäugte. Ich schmunzelte in mich hinein. Die Doppeldeutigkeit in meinem letzten Satz verfehlte offenbar ihre Wirkung nicht. Denn Ms Willoughby fehlten die Worte, während sie mich aus weit aufgerissenen Augen ansah. Und O'Donnell schienen das erste Mal, seit ich ihn kannte, die Gesichtszüge zu entgleisen. Hatte ich den Butler auf seine alten Jahre also doch noch aus der Reserve locken können.

Beschwingten Schrittes trat ich auf die Treppe zu, rieb mir die Hände, ehe ich O'Donnell auf die Schulter klopfte und damit endgültig seinen Herzinfarkt riskierte.

Hungrig wie ein Bär machte ich mich wenig später über die Vielzahl an Speisen her. Neben frischen Croissants und Scones gab es Rührei, Toast sowie Bohnen mit Speck. Die Tafel an der Wand des Raumes bog sich beinahe durch, so viel hatte man uns heute aufgetischt. Offenbar war die Kunde über den ausufernden Appetit von Ms Willoughby bereits bis zur Küche durchgedrungen.

»Kaffee?«, fragte ich versöhnlich in die Richtung der jungen Frau, die sich nach wie vor nicht sicher darüber war, ob sie gehen wollte oder lieber bleiben sollte.

»Ich trinke nur Tee«, erwiderte sie schnippisch und zugleich verlegen, uneinig mit sich selbst, ob sie überhaupt in der Lage war, Ansprüche zu stellen.

Ich lächelte sie freundlich an. So schwer konnte das doch nicht sein. Wir beide würden doch irgendwie zwei, drei Sätze miteinander wechseln können, ohne uns dabei gleich an die Gurgel zu gehen.

»Das sollte kein Problem sein. Wir haben hier auch heißes Wasser und verschiedene lose Teesorten«, hörte ich mich sodann wie ein Kellner sagen, während ich in die entsprechende Richtung wies.

Ms Willoughbys Blick folgte meiner Bewegung, und ich konnte den sehnsüchtigen Ausdruck in ihren Augen erkennen. Nicht mehr lange, und der Fisch zappelte an der Angel.

»Bedienen Sie sich bitte.«

Mein erneutes Friedensangebot trug Früchte. Denn endlich ging mein Gast darauf ein.

Mit einem mit Rührei, Speck und Bohnen beladenen Teller setzte sie sich wenig später mir gegenüber ans andere Ende der Tafel. Für den Hauch eines Augenblicks hatte ich gehofft, sie würde weniger Abstand zwischen uns wählen. Vielleicht war ich sogar ein wenig enttäuscht darüber, zwang das Gefühl aber schnell wieder in die Untiefen meines Bewusstseins. Hier draußen hatte es nämlich nichts zu suchen.

»Schmeckt es Ihnen?«, fragte ich wie der beste Gastgeber aller Zeiten.

»Es ist vorzüglich. Aber glauben Sie ja nicht, dass ich Ihnen die Sache da draußen im Wald schon verziehen hätte. Sie haben mich geschubst.«

»Ich habe Sie gerettet«, berichtigte ich sie. »So langsam sollten auch Sie einsehen, dass ich es nur gut mit Ihnen meine.«

Daraufhin verzog sie schmerzerfüllt das Gesicht. Zunächst dachte ich, der Ausdruck stünde in Verbindung mit meinen Worten. Doch als sie sich hastig vom Stuhl erhob und sich an den Rücken fasste, offenbarte sich meine Fehleinschätzung.

»Haben Sie sich bei Ihrem Sturz verletzt?«, fragte ich besorgt und erhob mich ebenfalls von meinem Platz. »Kann ich irgendetwas für Sie tun?«

Ms Willoughby hob abwehrend die Hand in meine Richtung. »Bleiben Sie bloß, wo Sie sind. Sie haben schon genug für mich getan.«

»Ach, jetzt seien Sie doch nicht kindisch. Soll ich nach einem Arzt rufen, oder wollen Sie zurück nach London?« Meine Absichten waren in diesem Moment wirklich nur die besten. Auch wenn Ms Willoughby diesbezüglich offenbar anderer Meinung war.

»Daher weht der Wind. Sie haben mich da draußen im Wald umgerannt, damit ich wieder nach Hause fahre und Ihnen mit meiner Anwesenheit nicht länger lästig bin. Hab ich recht?«

Ich wollte etwas erwidern, doch sie ließ mich gar nicht erst zu Wort kommen.

Wütend schob sie den Stuhl weit von sich. »Ich sag Ihnen jetzt mal etwas, mein lieber Earl. Ich werde bleiben. Ob es Ihnen passt oder nicht.«

Dann verzog sie abermals schmerzerfüllt das Gesicht, während ich mir immer mehr Sorgen um sie machte.

Was kümmert dich Ms Willoughbys Gesundheit? Sei doch froh, wenn sie wieder geht, hörte ich die eine Stimme tief in meinem Inneren sagen, die nach Eleonores Tod den größten Teil meiner Einsamkeit bestimmte.

Doch etwas in mir regte sich. Ob Mitleid oder Sehnsucht nach etwas, das ich längst verloren glaubte, konnte ich in diesem Moment nicht sagen. Nur eins stand außer Frage: Ich wollte mich um Ms Willoughby kümmern. Ich wollte ihr helfen, ihr beistehen. Und dabei ging es mitnichten um die Einhaltung irgendwelcher Anstandsregeln.

»Auch wenn Sie es nicht glauben werden, Ms Willoughby, aber ich bin nicht der Unmensch, für den Sie mich halten. Ferner bin ich kein Sadist, der andere gerne leiden lässt. O'Donnell wird mir meinen Wagen vorfahren, und dann bringe ich Sie zu Dr Manson. Der Gute hat schon meinen gebrochenen Fuß gegipst, nachdem ich von einem viel zu hohen Baum gesprungen war.«

»Um jemanden hinterrücks niederzustrecken?«, fragte Ms Willoughby, die offensichtlich furchtbar nachtragend war.

Ich schüttelte den Kopf. »Nein, um ein Mädchen zu beeindrucken.«

Beim Gedanken an den Sommer hier in Brighton, in dem ich das erste Mal Schmetterlinge in meinem Bauch verspürt hatte, geriet ich in nostalgische Stimmung.

Etwas mehr als mein halbes Leben war es nun her, dass ich mich Hals über Kopf in Kit verliebt hatte. Sie war ein ausgesprochen hübsches Mädchen mit langen roten Zöpfen und stechend grünen Augen gewesen. Und sie hatte den Mut eines Indianers gehabt, war auf Bäumen herumgestiegen und todesmutig in den Weiher ganz in der Nähe von *Rosehill Manor* gesprungen. Als ich es ihr gleichtun wollte, verfehlte ich das Wasser um Haaresbreite und trug in der Folge mehrere Wochen einen Gips am Bein.

Der Sommer war gelaufen. Obwohl Kit sich rührend um mich gekümmert hatte. Schließlich war es doch noch zu einem Happy End zwischen uns gekommen. Zumindest für jenen Sommer. Was wohl aus Kit geworden war?

»Hallo? Hören Sie mich?«, unterbrach mich Ms Willoughby, und die Seifenblase meiner Kindheit zerplatzte, noch ehe ich bis drei zählen konnte.

Doch die Erkenntnis blieb: Liebe war nicht nur schmerzvoll. Auch wenn ich seit Monaten das Gefühl hatte, meine Trauer um Eleonore würde mich jeden Tag ein Stück weiter ins Grab bringen.

Kapitel 17

Ellie

»Nennen Sie mich doch Max.«

Das Angebot machte mich sprachlos. Nichts, aber auch rein gar nichts hatte darauf schließen lassen, dass ich am heutigen Vormittag in dem Bentley des Earls in Richtung Brighton sitzen würde und er mir das Du anbieten könnte.

Wenn ich seine Hundertachtzig-Grad-Wendung Revue passieren ließ, dann konnte man fast meinen, er hätte sich verletzt und nicht ich mich. Schließlich hatte mich derselbe Mann vor weniger als vierundzwanzig Stunden nicht schnell genug aus seinem Haus komplementieren können. Und nun das.

Eine Kopfverletzung vielleicht. Oder spontaner Gedächtnisverlust, ausgelöst durch zu viel Boshaftigkeit. Oder ein verfrühtes Weihnachtswunder. Wobei uns noch etwas weniger als eine Woche vom Fest der Feste trennte.

So oder so, der Kerl war mir ein Rätsel. Mehr noch. Es gelang mir einfach nicht, aus ihm schlau zu werden. Noch vor wenigen Minuten hätte ich Stein und Bein darauf geschworen, dass er alles daransetzt, um mich doch noch loszuwerden. Und nun saß ich in seinem Wagen, und er fuhr mich zu einem Arzt. Das war viel zu einfühlsam für den Mann, der mich bei unserer ersten Begegnung mit einer derart eisigen Kälte empfangen hatte, wie ich sie bisher noch von keinem Menschen zu spüren bekommen hatte.

Und das erste Mal fragte ich mich, ob ich nicht meinen Teil dazu beigetragen hatte, dass unser Start so mies verlaufen war. Es wäre vielleicht ganz anders verlaufen, wenn ich Max – allein seinen Vornamen in Gedanken zu verwenden, fühlte sich mehr als merkwürdig an – gesagt hätte, wer ich war und warum mir keine andere Wahl geblieben war, als hierherzukommen und nach meiner Herkunft zu forschen.

Aber da ich mir mittlerweile selbst nicht mehr im Klaren darüber war, wer ich war und was ich wirklich wollte, behielt ich dieses intime Detail über meine Person lieber für mich.

»Ich bin Ellie«, quittierte ich sein Angebot, während ich auf meinem Sitz herumrutschte.

Nicht vor Nervosität, sondern wegen der Schmerzen, die mir mein Steißbein nach wie vor bescherte.

»So schwer war es doch gar nicht. Oder?«

Max hielt den Blick weiter fest auf die Straße vor uns gerichtet. Es hatte wieder zu schneien eingesetzt und die Straßen waren teilweise noch nicht geräumt. Ein-, zweimal waren wir bereits über den vereisten Untergrund geschlittert. Nicht weit und nicht beängstigend, aber ich hatte mich dennoch nur mit viel Mühe davon abhalten können, panisch loszukreischen.

Ich fuhr nicht besonders oft mit dem Auto. Einen Führerschein besaß ich aus naheliegenden Gründen auch nicht. Mum hätte mir diesbezüglich die Hölle heißgemacht. Und außerdem war es viel bequemer, in London mit den öffentlichen Verkehrsmitteln zu reisen. Allein die Parkplatzsuche kostete viele Einwohner der Stadt unzählige Stunden ihres Lebens.

»Wie lange brauchen wir noch?«, wich ich seiner Frage aus.

Der Kuschelkurs behagte mir nicht. Ich brauchte einen Moment, um mich an die neuen Gegebenheiten zu gewöhnen. Ferner konnte ich mich Fremden gegenüber nur sehr schwer öffnen.

In meinem Tearoom war das kein Problem. Mit den Gästen blieb ich für gewöhnlich auf einer eher oberflächlichen Ebene und tauschte mich in lockerem Small Talk aus. Das hier versprach weit über das gewohnte Maß an Vertraulichkeit mit meinen Kunden hinauszugehen. Und ich hatte keine Ahnung, ob mir diese Vorstellung gefiel.

Letztlich war es doch so, dass ich nach *Rosehill Manor* gekommen war, um meine Wurzeln zu finden. Bei meinem Wunsch, etwas mehr über meinen Vater und seine Familie in Erfahrung zu bringen, hatte ich meine Rechnung offenbar ohne das Schicksal gemacht. Denn die Bekanntschaft mit einem Mann stand definitiv nicht auf meiner Liste. Besonders nicht mit solch einem attraktiven.

Max schenkte mir ein schelmisches Grinsen. O Mann, er hatte mich durchschaut.

»Wir sollten in wenigen Minuten bei Dr Manson ankommen. Ich habe uns bereits angekündigt«, erklärte er und klang dabei wieder sachlicher und betont distanziert.

Seine plötzliche Kehrtwendung gefiel mir noch weniger. Gott, war ich heute wählerisch. Oder verwirrt. Oder beides. Am Hunger konnte es definitiv nicht mehr liegen. Den hatte ich bei dem üppigen Frühstück nämlich mehr als hinreichend gestillt.

Vor meinen Augen zogen kahle Bäume vorbei, deren Äste reichlich mit Schnee bedeckt waren. Als die ersten Häuser in meinem Blickfeld aufragten, atmete ich erleichtert auf. Die Stimmung zwischen Max und mir war undefinierbar. Ich wusste nicht, was im nächsten Moment auf mich wartete. Und ich ertappte mich dabei, wie ich mir unseren Schlagabtausch von heute Morgen zurückwünschte.

Die Wut auf Max hatte mich über so einiges hinwegtäuschen können, dem ich jetzt machtlos ausgeliefert war. Seinem vertrauten Geruch. Der Erinnerung an seine muskulöse Brust, an der ich erst vor wenigen Stunden Halt gefunden hatte. Und dem unverschämt guten Gefühl, das ich verspürt hatte, während er mich zum Herrenhaus zurückgetragen hatte. Ich konnte mich beim besten Willen nicht daran erinnern, wann ich mich das letzte Mal so geborgen gefühlt hatte.

Als Max den Wagen vor einem unscheinbaren sandfarbenen Backsteinhaus abbremste, schämte ich mich für meine Gedanken. Abermals bedachte er mich mit diesem schiefen Grinsen, und ich glaubte schon, er könnte wie meine Mutter in meinem Gesicht wie in einem offenen Buch lesen. Also wandte ich mich schnell von ihm ab.

»Ist das Dr Mansons Praxis?«, fragte ich unnötigerweise.

»Soll ich mit reinkommen und Händchen halten?«

Da war er wieder: Der unsympathische Idiot, der nichts ahnende Wanderer zu Fall brachte und sich nicht einmal dafür entschuldigte. Denn trotz des wahnsinnig betörenden Dufts, der von ihm ausging und der gefühlt jeden Kubikmillimeter des Wagens einnahm, konnte ich noch klar denken. Zumindest ansatzweise. Gut, die Tendenz ging gegen null. Aber da war was. Ich war mir ganz sicher.

»Hahaha! Wären Sie nicht gewesen, müsste ich jetzt nicht zum Arzt.«

Okay, ein Hauch Verstand war mir offenbar noch geblieben. Doch ich wagte zu bezweifeln, dass dem so bleiben würde, wenn ich mich noch länger mit dem Earl auf engstem Raum befand.

Wieder dieses Grinsen. Das Leuchten der grünblauen Augen. Ein gekonnt legerer Griff ins Haar.

Du musst jetzt standhaft bleiben, Ellie!, rief mir meine innere Stimme wie durch dicke rosafarbene Zuckerwatte hindurch zu. Ich konnte sie kaum verstehen und eigentlich wollte ich es auch gar nicht.

Viel lieber glitt ich mit meinem Blick an seinen kantigen Wangenknochen bis zu seinem Kinn entlang und blieb schließlich an seinen vollen Lippen hängen. Sie waren leicht geöffnet. Wie es sich wohl anfühlte, sie zu berühren, von ihnen zu kosten?

Panisch schüttelte ich den Kopf, als ich mir meiner eigenen Gedanken bewusst wurde. Es musste an dem fehlenden Sauerstoff oder meinem Unfall liegen, dass ich plötzlich Dinge sah und spürte, die nicht gut für mich waren.

»Ich bin anderer Meinung. Früher oder später wärst du in diesen hohen Stiefeln hingefallen, Ellie. Erinnerst du dich? Wir waren schon beim Du.«

Wie er sich leicht zu mir vorbeugte und mich dabei auf diese selbstgefällige Art angrinste, machte mich wahnsinnig.

»Ach, dann soll ich Ihnen also auch noch dankbar dafür sein? Und nein, ich leide nicht unter Gedächtnisverlust, sondern nur an gesundem Menschenverstand. Ich möchte niemanden duzen, der mich hinterlistig umschmeißt und sich im Anschluss daran als mein Held und Retter aufspielt.«

Max machte ein gespielt betrübtes Gesicht, während er sich mit einer Hand theatralisch an die Brust griff.

»Das trifft mich jetzt bis ins Mark. Ich wollte doch nur helfen … Und nun das.«

Ich verdrehte genervt die Augen, ehe ich die Tür auf meiner Seite öffnete und bereits mit einem Fuß im Schnee versank. Vor Dr Mansons Haus war noch nicht geräumt worden. Äußerst fahrlässig, wenn man bedachte, dass viele Kranke und vor allem ältere Mitbürger zu ihm in die Sprechstunde kamen.

»Noch kannst du es dir anders überlegen«, meinte Max verheißungsvoll und hielt mich mit seinen Worten davon ab, auch meinen zweiten Fuß aus dem Wagen in den Schnee zu setzen.

»Was genau?«, hakte ich nach. Aber eigentlich hätte ich es besser wissen müssen. Mittlerweile kannte ich mein Gegenüber schon besser, als gut für mich war. Schließlich war ich nicht nach Brighton gekommen, um ihn besser kennenzulernen.

»Na, das mit dem Händchenhalten.«

Abermals verdrehte ich genervt die Augen und erntete dafür das laute und ausgelassene Lachen eines viel zu gut aussehenden Mannes. Grübchen bohrten sich in seine Wangen. Das war so sexy! Verdammt! Was tat ich da bloß?

»Eher gefriert die Hölle.«

»Schon wieder?«, neckte mich Max, während ich auch den zweiten Fuß auf den Bordstein stellte und mich auf wackligen Beinen auf den Weg zum Gartentor machte.

»Ich bin in einer Stunde zurück«, vermeldete Max in meinem Rücken. »Bis dahin wird Dr Manson seine wahre Freude mit dir haben. Der arme Mann tut mir jetzt schon leid.«

Ich ging unbeirrt Schritt für Schritt auf das Tor zu und hob zur Antwort meine rechte Hand in die Höhe und streckte den Mittelfinger aus. Damit waren der Worte genug gewechselt.

Kapitel 18

Max

»Eine Prellung des Steißbeins ist nicht unbedingt das, wonach man sich sein ganzes Leben lang sehnt. Das sehe ich ja ein. Aber derart grimmig brauchst du deshalb auch nicht durch die Welt zu schauen. Dr Manson meinte doch, dass du keine bleibenden Schäden davonträgst.«

Zugegeben, nach der Diagnose des Arztes hatte ich ein schlechtes Gewissen verspürt. Nicht weil ich sie, wie Ellie nicht müde wurde, mir gegenüber zu behaupten, willentlich geschubst hatte, sondern weil ich sie nicht schnell genug zu fassen bekommen hatte.

Die Ärmste würde das Weihnachtsfest nun unter Schmerzen verbringen müssen. Das tat mir wirklich leid für sie. Aber es gab Schlimmeres. Auch wenn Ellie davon nur schwer zu überzeugen war.

»Ich denke, ich möchte mich nicht mit Ihnen darüber unterhalten, wie ich dreinschaue. Und schon gar nicht möchte ich mir von Ihnen sagen lassen müssen, was ich zu tun oder zu lassen habe. Wenn ich es mir recht überlege, möchte ich mich überhaupt nicht mehr mit Ihnen unterhalten.«

Das war deutlich.

»Nur für mich als kleine Randnotiz: Was genau hat die Stimmung zwischen uns wieder in eisige Gefilde abdriften lassen?«

Ein aufgebrachtes Schnauben war zu hören, während Ellie sich angurtete.

»Fahren Sie einfach los!«, pfefferte sie mir so harsch entgegen, dass ich für den Moment nicht wusste, wie ich darauf reagieren sollte.

»Und du willst mir wirklich nicht sagen, was drinnen in Dr Mansons Praxis vorgefallen ist? Du machst auf mich einen … verstörten Eindruck.«

Eigentlich hatte ich fuchsteufelswild sagen wollen, aber das schien mir in Anbetracht der Lage nicht sonderlich klug zu sein.

Ellie hob eine Augenbraue. »Nun, ich wüsste nur zu gerne, wie Sie reagieren würden, wenn Ihnen ein schätzungsweiser siebzigjähriger und vor allem notgeiler alter Sack an die Wäsche will.«

Ich konnte nicht anders, und im nächsten Augenblick tat es mir auch schon wieder leid, dass ich bei Ellies Worten losprustete.

»Was hat der alte Schwerenöter denn diesmal getan?«, fragte ich ehrlich interessiert.

Ellie sah mich entsetzt an. »Sie wussten es also und haben mich diesem Kerl auf Gedeih und Verderb ausgeliefert?«

Sie schäumte vor Wut, während sie jede meiner Regungen genauestens beobachtete. Und ich sie.

Ich konnte nicht anders, besah mir ihre großen Rehkitzaugen, die gerade noch eine Spur dunkler wirkten als ohnehin. Ihr Brustkorb hob und senkte sich viel zu schnell, während ihre Halsschlagader gut sichtbar pulsierte. Ihre Lippen bebten, während sich ihre Wangen leicht röteten. Und dennoch oder gerade deswegen: Sie gefiel mir. Sehr sogar.

»Na ja, er hatte früher einen gewissen Ruf. Aber ich hatte ja keine Vorstellung davon, dass er mit über siebzig noch immer kein bisschen ruhiger geworden ist.«

Schlagartig sah mich Ellie aus zu schmalen Schlitzen verengten Augen an. »Kann es sein, dass ich so etwas wie Bewunderung für diesen Widerling aus Ihrer Stimme heraushöre?«

Mahnend hob sie den Zeigefinger in die Höhe, während mir auch Eleonore bedeutete, besser zurückzurudern.

»Von Anerkennung kann überhaupt nicht die Rede sein.«

Ich wich Ellies Blicken aus und startete den Motor.

Es war an der Zeit, nach *Rosehill Manor* zurückzukehren und die Ereignisse des noch jungen Tages sich setzen zu lassen. Außerdem brauchte ich eine kleine Verschnaufpause, um zu verstehen, was Ellies Gegenwart mit mir anrichtete.

Den Rest der Fahrt verbrachten wir in einvernehmlichem Schweigen. Ellie hatte ihren Blick von mir abgewandt und beobachtete die Schneeflocken, die vom Himmel fielen, genauestens. Ganz so, als würde sie sie zählen.

Wahrscheinlich war ihr gerade jedes Mittel recht, um meine körperliche Anwesenheit in diesem Wagen auszublenden. Beinahe tat es mir schon wieder leid, wie ich mich ihr gegenüber verhalten hatte.

Unter anderen Umständen hätte ich meinem Gast den Pier, den Royal Pavillon oder den Hafen gezeigt. Die Stadt war wunderschön. Zumindest im Sommer, wenn die Touristen in die Stadt strömten und den Einheimischen kaum noch Luft zum Atmen ließen.

Im Winter war es zwar um einiges karger, aber dafür musste man nirgends anstehen und konnte, wenn man Glück hatte, einen Spaziergang am Strand machen, ohne dabei einer Menschenseele zu begegnen.

Doch irgendwas sagte mir, dass solch ein Sightseeing-Rundgang unsere Lage nicht verbessern würde. Ganz im Gegenteil. Also beließ ich es dabei und nahm schon nach wenigen Minuten, in denen ich Brighton hinter uns gelassen hatte, Kurs auf den schmalen Kiesweg, der unter Schnee begraben lag und uns zum Herrenhaus führen würde. Meinem neuen Zuhause. Und jetzt wohl auch irgendwie das von Ellie. Ein Stich durchfuhr mein Herz bei dem Gedanken. Die einzige Frau, mit der ich mein Leben hatte teilen wollen, war Eleonore gewesen. Niemand würde sie mir ersetzen können.

»Wir sind da«, bemerkte ich unnötigerweise. *Rosehill Manor* ragte bereits vor unseren Augen wie eine schlafende Schönheit empor, die sich durch nichts und niemanden aus der Fassung bringen ließ. Beneidenswert.

Kaum dass der Wagen vor dem Haus zum Stehen gekommen war, öffnete O'Donnell bereits die Tür. Ich fragte mich, ob er wohl seit unserem Aufbruch vor zwei Stunden dort an der Pforte auf uns gewartet hatte, nur um uns bei unserer Ankunft rechtzeitig die Tür öffnen zu können.

»Willkommen zurück«, empfing er uns freundlich, aber

zurückhaltend. »Lady Brunswick wartet im Kaminzimmer auf Sie.«

»Was?«, fragte ich empört. »Wie kommt sie dazu?«

O'Donnell machte ein bekümmertes Gesicht. »Es tut mir sehr leid, Sir, aber sie ließ sich einfach nicht abwimmeln. Bestand darauf, auf Sie zu warten, bis Sie zurück seien.«

Auch das noch. Das hatte mir heute zu meinem Glück noch gefehlt.

»Ist sie allein?« Noch hatte ich Hoffnung. Doch die zerschlug sich bei O'Donnells folgenden Worten schneller als eine Tontaube, auf die geschossen wurde.

»Nein, Sir. Ihre Tochter Anne begleitet sie.«

Ellie stand ganz dicht bei mir.

»Besuch! Das ist doch wunderbar. Nicht wahr, Euer Lordschaft?«, neckte sie mich.

Aber ich war ganz und gar nicht in der Stimmung, auf ihre Spitze einzugehen. Das hier war mein Untergang. Die Vorstellung, die aristokratischen Mütter dieser Gesellschaft könnten mir schon bald das Haus einrennen und mir tagtäglich ihre Töchter feilbieten, widerte mich an.

Alles, was ich in der Abgeschiedenheit von *Rosehill Manor* gesucht hatte, war etwas Ruhe und Ablenkung von meinem Leben in London. Ich hatte sogar Hoffnung gehabt, dass es hier leichter für mich werden würde, mit Eleonores Tod zurechtzukommen. Auch wenn sie immer ein Teil von mir bleiben würde.

»Sagen Sie Lady Brunswick und ihrer Tochter, ich sei noch nicht wieder zurück. Und es könne noch Stunden dauern, bis ich wiederkomme.« Ich flüsterte O'Donnell meine Anweisungen entgegen, während ich auf dem Absatz kehrtmachte und schon im Begriff war, wieder in Richtung meines Bentleys zu verschwinden.

»Ah, da ist er ja«, hörte ich da eine mir unbekannte sehr hohe und vor allem weibliche Stimme sagen, ehe das Gesicht dazu in der geöffneten Tür erschien.

»Schachmatt«, flüsterte Ellie mir mit einem Lächeln auf den Lippen zu, während sich meine Hände zu Fäusten ballten.

Was zur Hölle bildete sich diese Lady Brunswick eigentlich ein? Kam, wie es ihr beliebte, und kündigte ihren Besuch nicht einmal entsprechend an. Dieses Verhalten würde ich auf keinen Fall dulden.

Nur weil ich jetzt der Earl of Cunningham war, hieß das noch lange nicht, dass ich mich zur Marionette machen ließ, um in der Gesellschaft akzeptiert zu werden. Denn nichts lag mir ferner als das.

Ich wollte nicht zu Teestunden und Gartenpartys eingeladen werden. Und auf all den anderen Schnickschnack, der mit meinem Titel einherging, legte ich auch überhaupt keinen Wert. Doch leider schien das niemanden außer mich zu interessieren.

»Der Tee ist serviert«, erklärte O'Donnell verunsichert, während er mit mir Blickkontakt suchte. Darauf konnte er jedoch lange warten.

Verräter! Ein anständiger Butler wimmelte unerwünschte Gäste ab und verteidigte den Zugang zum Haus zur Not mit seinem Leben. Nachdem er auf mich gänzlich unverletzt wirkte, die Uniform nach wie vor wie angegossen saß und auch das schüttere Haupthaar nicht weniger geworden war, bekam ich Zweifel daran, wie viel diesem Mann wirklich an seinem Job lag.

Noch immer grinste Ellie schadenfroh in meine Richtung. Ich konnte es ihr nicht einmal übel nehmen; bei allem, was heute vorgefallen war, hatte sie vielleicht sogar ein Recht darauf. Vielleicht auch nicht. Aber im Moment konnte ich nicht mehr klar denken.

Sollte ich die wenigen Schritte zum Auto fortsetzen und einfach von hier verschwinden? Und was dann? Mich spät in der Nacht wie ein Dieb in mein eigenes Haus schleichen, in der Hoffnung, der Besuch wäre bis dahin wieder verschwunden? Und was war beim nächsten Besuch? Sollte ich dann fluchtartig nach London abreisen? In eine Wohnung, die nicht mehr mir gehörte, und in eine Stadt, in der mich alles an Eleonore erinnerte?

Was war mit Ellie? Würde ich sie je wiedersehen, wenn ich *Rosehill Manor* aufgab?

Also fügte ich mich zähneknirschend in mein Schicksal, während jede Faser meines Körpers sich dagegen wehrte, erklomm die wenigen Stufen zum Eingang, die ich vor wenigen Minuten nicht schnell genug hatte hinter mich bringen können, und wappnete mich für das, was mir bevorstand. Ohne zu pessimistisch wirken zu wollen: Ein Nachmittag mit dem Teufel in der Hölle wäre sicher aufregender gewesen.

Ellies breites Grinsen begleitete mich Stufe für Stufe. Sie folgte mir auf dem Fuße, nur um sicherzustellen, dass ich es mir nicht doch noch mal anders überlegen könnte. Ganz so, als steckte sie mit Lady Brunswick und ihrer Tochter unter einer Decke.

»Es ist mir eine solche Freude, dass Sie Zeit für uns gefunden haben«, tönte es da bereits von Lady Brunswick mit ihrer viel zu hohen Stimme.

Noch bleibt dir Zeit, dich aus der Affäre zu ziehen, warf meine innere Stimme ein, und ich widerstand ihr nur zögerlich.

An der Tür angekommen, begab ich mich mehr oder weniger freiwillig in die Hände der untersetzten, pausbäckigen Frau mit dem grauen Pagenschnitt und den stechend olivfarbenen Augen. Sie gab sich nett und freundlich, lächelte mich sogar an. Doch die Verbissenheit in ihrem Blick konnte sie damit auch nicht überspielen.

Lady Brunswick hatte sich einen Plan zurechtgelegt und in den Kopf gesetzt und würde mich nur dann wieder aus ihren Fängen lassen, wenn ich ihr einen plausiblen Grund dafür nannte. Eindringlich suchte ich nach ebendiesem, als mein Blick abermals auf die lachende Ellie fiel.

»Mein Schatz, geh du doch schon mal nach oben und ruh dich aus. Mit dem geprellten Steißbein ist nicht zu spaßen.« Ich wagte es bei meinen Worten nicht, Ellie anzusehen. Anstatt in ihre Richtung zu schauen, schwenkte ich meinen Blick lieber sogleich hinüber zu meinem Butler. »Ms Willoughby wird Ihren Tee in *unseren* Gemächern zu sich nehmen. Ich werde mich unterdessen um *unsere* Gäste kümmern.«

Meine Worte verfehlten ihre Wirkung nicht. Lady Brunswick sah mich an, als hätte ich ihr literweise Zitronensaft in den Tee gekippt, und O'Donnell wirkte so, als könnte er einen Schnaps gebrauchen. Einen doppelten. Aber da war er nicht der Einzige. Ferner hielt sich das Mitleid mit meinem Butler in Grenzen. Schließlich hatte er mir die Suppe erst eingebrockt, indem er die Gäste ins Haus gebeten hatte.

Verstohlen warf ich nun doch einen Seitenblick zu Ellie, die mit leicht geöffnetem Mund wie angewurzelt auf der Stelle stand. Offenbar hatten meine Worte auch bei ihr ihre Wirkung nicht verfehlt. Im Gegensatz zu den übrigen Beteiligten dieser illustren Runde schien sie jedoch verwundert darüber zu sein.

»Gehen wir doch hinein!«, bot ich an. »Es ist kalt, außerdem muss Ellie sich ausruhen.«

Ich legte bei diesen Worten einfühlsam eine Hand auf ihren Rücken. Zu meiner grenzenlosen Erleichterung schlug sie sie nicht gleich weg. Meine Überrumpelungstaktik war mir offenbar geglückt.

Währenddessen schenkte ich Lady Brunswick mein einnehmendstes Lächeln und lief mit Ellie an meiner Seite an ihr vorbei ins Haus.

»Was zur Hölle …«

Erschreckenderweise fand Ellie viel schneller ihre Sprache wieder, als ich erwartet hatte.

Doch dann kam Hilfe aus gänzlich unerwarteter Richtung.

»Ihre Mutter hat für Sie angerufen, Ms Willoughby. Sie bittet Sie eindringlich, sie so schnell wie möglich zurückzurufen.«

In diesem Moment entwich alle Farbe aus ihrem Gesicht. Wie ein Häufchen Elend stand sie neben mir, während ich noch immer meine Hand auf ihrem Rücken hielt.

»Meine Mutter?«, fragte sie verunsichert. So, als hätte sie soeben ein Ferngespräch geführt und in der Leitung hätte es plötzlich zu knistern begonnen.

O'Donnell tat ihr jedoch nicht den Gefallen und revidierte seine Aussage.

»So ist es, Ms Willoughby, Ihre Mutter.«

In diesem Moment warf sich Ellie die Hände vor den Mund, löste sich aus meiner Berührung und steuerte auf die Treppe zu. Zwei Stufen auf einmal nehmend, rannte sie nach oben, als wäre der Teufel hinter ihr her.

Als wir von unten eine laut ins Schloss fallende Tür vernahmen, stand Lady Brunswick noch immer erwartungsvoll neben mir. Eins stand außer Frage: Den Gefallen, ihre Tochter zu holen und einfach wieder zu verschwinden, würde sie mir unter keinen Umständen tun. Das konnte ich an ihrem Gesichtsausdruck erkennen.

Pflicht ergeben wandte ich mich also dem Kaminzimmer zu, während meine Augen ein letztes Mal die Treppe hinaufblickten.

Kapitel 19

Ellie

Mit zitternden Händen suchte ich Hollys Kontaktdaten aus meinem Smartphone heraus und wählte sogleich ihre Nummer. Es brauchte mehrere Anläufe, bis Holly den Anruf entgegennahm. Im *Golden Tearoom* war bestimmt viel los. Der Lunch erfreute sich großer Beliebtheit und gehörte zu den Stoßzeiten des Tages. Unter anderen Umständen hätte ich gewartet. Aber dieses Telefonat duldete keinen Aufschub. Ich musste umgehend wissen, was vorgefallen war.

Als Hollys Stimme endlich zu hören war, ließ ich sie gar nicht erst ausreden.

»Wie kann es sein, dass meine Mum heute hier auf *Rosehill Manor* angerufen und nach ihrer Tochter gefragt hat? Und jetzt komm mir nicht mit irgendwelchen Verkettungen unglücklicher Umstände. Ich will die Wahrheit hören. Nichts als die Wahrheit.«

Wie ein Aufziehmännchen lief ich kreuz und quer durch den Raum und änderte erst dann meine Richtung, wenn ich mit einem Möbelstück zu kollidieren drohte. Als wäre mein Adrenalinspiegel auch so nicht schon hoch genug.

»Beruhige dich erst mal, Ellie«, versuchte Holly, mich zu beschwichtigen, während die Gedanken in meinem Kopf wild umhersausten.

Ich brauchte schnellstmöglich Antworten. Dank des

Funklochs hier am Ende der Welt hatte Mum mich noch nicht auf dem Handy erreicht. Aber irgendwann würde es ihr gelingen, oder sie würde wieder im Herrenhaus anrufen.

Bevor das geschah, musste ich unbedingt in Erfahrung bringen, was sie über meinen Aufenthalt hier auf *Rosehill Manor* wusste.

»Ich kann mich erst dann wieder beruhigen, wenn du mir erzählt hast, was vorgefallen ist«, fuhr ich meine Freundin ungehalten an.

Schon im nächsten Augenblick taten mir meine schroffen Worte furchtbar leid. Schließlich kannte ich Mum nur zu gut. Wenn sie etwas wissen wollte, dann hatte sie ihre Mittel und Wege, um die entsprechenden Informationen aus jemandem herauszukitzeln.

Das Stimmengewirr in Hollys Hintergrund ebbte ab. Es war ihr offensichtlich gelungen, sich ein ruhiges Plätzchen zu suchen. Meine Nerven waren zum Zerreißen gespannt. Kalter Angstschweiß brach mir auf der Stirn aus. *Komm schon, komm schon*, feuerte ich sie in Gedanken an, während ich nervös vor mich hin trippelte.

»Deine Mum war hier«, vermeldete Holly wenig später.

Mir blieb das Herz bei ihren Worten fast stehen. Fieberhaft überlegte ich, ob irgendwas an meiner Geschichte mit der Teereise ihre Zweifel geweckt haben könnte. Schließlich war ich keine besonders gute Lügnerin.

»Und was wollte sie? Jetzt lass dir doch nicht jedes Wort aus der Nase ziehen!«

Meine Ungeduld hatte ein Ausmaß angenommen, das

kaum noch auszuhalten war. Gedankenverloren ließ ich mich schwer auf einen der stoffbezogenen roséfarbenen Sessel dicht am Kamin plumpsen, nur um im nächsten Moment höllisch aufzuschreien und wie von der Tarantel gestochen in die Höhe zu schnellen.

»Ellie? Ist alles okay bei dir? Ellie? Sag doch etwas?«

»Ja«, krächzte ich vor Schmerzen.

Mein geprelltes Steißbein hatte ich in der Aufregung komplett vergessen.

»Was ist denn passiert?« Holly ließ nicht locker, während nichts als Sorge aus ihrer Stimme zu hören war.

Ich stöhnte abermals auf. »Das ist eine lange Geschichte. Ich erzähle sie dir bei Gelegenheit. Aber jetzt zu Mum. Was ist passiert?«

Holly seufzte. »Sie hat dir die Geschichte mit der Teeverkostung bei unserem Lieferanten nicht ganz abgekauft und mir versucht, auf den Zahn zu fühlen. Ich war gerade erst vom Bahnhof gekommen, da stand sie schon im Tearoom.« Holly lachte jäh auf.

»Und das erzählst du mir erst jetzt? Was hat sie gesagt? Und noch viel wichtiger: Was hast du ihr geantwortet?«

»Na ja, du kennst deine Mum. Ich musste mir eine halbwegs plausible Geschichte aus den Fingern saugen. Was übrigens nicht so einfach war, da die Bude hier rund um die Uhr so voll ist, dass ich fast nicht mehr zum Durchatmen komme.«

Schon überkam mich das schlechte Gewissen. Während ich hier tatenlos rumsaß, schuftete Holly für uns beide in

London und musste sich dabei auch noch mit meiner Mutter herumärgern. Die Ärmste!

»Das tut mir wirklich leid. Soll ich nicht besser doch zurückkommen?«

Wenn ich den nächsten Zug nach London nehmen würde, könnte ich vielleicht gleich zwei Fliegen mit einer Klappe schlagen: Mum den Wind aus den Segeln nehmen und Holly unter die Arme greifen. In wenigen Tagen wollte sie ohnehin zu ihrer Familie fahren, um mit ihnen das Weihnachtsfest zu begehen.

Dann musste ich an Max denken und an die Blicke, die wir uns heute zugeworfen, die Berührungen, die wir ausgetauscht hatten. Wie einen Film ließ ich den Vormittag in meinem Kopf Revue passieren, bis er hier im Eingang des Hauses abrupt endete.

Wut loderte in meinem Inneren auf. So unerwartet, dass ich einen Moment brauchte, um mir dessen bewusst zu werden. Wie hatte Max vor dieser Lady Brunswick nur behaupten können, uns würde eine vertraute Beziehung verbinden? Wir beide waren zwei Fremde, die zufällig im selben Haus wohnten. Aber auch das nur auf Zeit. Und gerade im Moment wusste ich auch gar nicht, ob ich das überhaupt weiterhin wollte.

Flucht war ein Instinkt, der Rettung aus diesem ganzen Gefühlschaos versprach. Aber eine Flucht würde auch bedeuten, dass ich diesem Gefühl nicht weiter nachspüren konnte, das sich zwischen Max und mir zu entfalten begann. Ich wusste, dass sich hinter den vielen Auseinandersetzungen und Neckereien noch etwas anderes verbarg. Ich wusste nur nicht, ob ich wirklich mit der Nase darauf gestoßen werden wollte.

»Das brauchst du nicht. Ich schaffe das hier schon. Deine Mum sollte auch kein Problem mehr darstellen. Zumindest nicht für mich.«

Hollys letzte Worte klangen ziemlich kleinlaut. Ein ungutes Gefühl beschlich mich.

»Holly, was hast du ihr gesagt?«

Holly atmete tief durch, ehe sie erneut zu sprechen begann.

»Das, was ich dir jetzt sage, wird dir mit Sicherheit nicht gefallen. Aber es war das einzig Plausible, was mir auf die Schnelle eingefallen ist.«

Innerlich wappnete ich mich gegen die folgenden Worte meiner Freundin, auch wenn ich keinen blassen Schimmer hatte, was auf mich zukommen könnte. Mein Blick flog zum Fenster und verfing sich in den Bäumen des nahe gelegenen Wäldchens, in dem ich heute Morgen umhergeirrt und schließlich Max in die Arme gestolpert war. Sehnsucht, Neugier, über das Was-wäre-Wenn und ein Quäntchen Furcht vermengten sich zu einem hochexplosiven Gemisch.

»Sag es!«, forderte ich Holly auf.

Ich brauchte Gewissheit. Zumindest in dieser Angelegenheit.

»Ich soll dich übrigens auch noch mal ganz lieb von meiner Mum fragen, ob du zu Weihnachten nicht zu uns kommen möchtest. Sie würde sich nämlich sehr freuen, dich mal wiederzusehen, und außerdem …«

»Holly!«, schrie ich. »Was hast du meiner Mum gesagt? Keine Ausflüchte mehr, auch wenn das Angebot deiner Mum wirklich sehr liebenswürdig ist.«

»Also gut. Du willst es ja nicht anders. Ich hab ihr gesagt, dass du einen neuen Freund hättest. Dass dieser allerdings ein Earl sei und du ihr deshalb die Lüge mit dem Teelieferanten aufgetischt hättest.«

»Du hast was?«

Mein Puls raste, während mir das Herz beinahe aus dem Brustkorb sprang.

»Zunächst dachte ich noch, es sei eine glorreiche Idee. Schließlich habe ich die wahre Geschichte nur ein bisschen aufgepeppt. Was ich dabei allerdings nicht bedacht habe, ist, wem ich sie erzählt habe.«

Ich schloss die Augen. »Sie ist ausgeflippt. Oder?«

»Jepp«, erwiderte Holly mit so viel Nachdruck in der Stimme, dass ich mir die Szene zwischen ihr und meiner Mum im *Golden Tearoom* sehr gut vorstellen konnte.

»Was hat sie gesagt?«, wagte ich dennoch, nach den Details zu fragen.

»Lass mal überlegen … O ja, sie nannte den Kerl unbekannterweise und stellvertretend für seine ganze Zunft einen Halsabschneider, der das Volk unterjochen würde, machte sich Gedanken darüber, was an ihrer Erziehung nur schiefgelaufen sein könnte, dass du auf so einen Typ Mann hereingefallen bist, und hat nicht lockergelassen, bis ich ihr die genauen Koordinaten deines Aufenthaltsorts mitgeteilt habe.«

Trotz der Wärme in meinem Zimmer – der aufmerksame Mr O'Donnell hatte den Kamin angeschürt – wurde mir von jetzt auf gleich so kalt, dass ich mich ein wenig wie am heutigen Morgen im Wald fühlte. Hilflos der Witterung ausgesetzt, unfähig, den richtigen Weg zu finden, und verzweifelt, da mir die Alternativen ausgegangen waren.

»Und wie zur Hölle ist sie dann an die Telefonnummer gekommen?«, wollte ich wissen, als sei dies das wichtigste Detail an der ganzen Geschichte.

Holly lachte auf. »Das fragst du mich? Es ist doch deine Mum. Du weißt doch, wie sie ist. Sie kennt doch immer jemanden, der jemanden kennt.«

»Der wiederum auch wieder jemanden kennt. Ja, ich weiß.« Mit der freien Hand presste ich meine Finger an die Stirn und rieb daran, als wäre mein Kopf die Flasche eines Dschinns, der mir gleich mit der Erfüllung von drei Wünschen zur Seite stehen und meine Probleme in einem Aufwasch lösen würde.

»Von der Post deines Großvaters und der Tatsache, dass du dich gerade in dem Haus deiner Familie aufhältst, habe ich ihr aber wirklich nichts gesagt. Das musst du mir glauben.«

Schon tat mir meine beste Freundin leid. Sie hatte ja nur

versucht, mich zu decken, um mir die Möglichkeit zu geben, unbehelligt einem Geist nachzujagen.

Doch seit meiner Ankunft hatte ich nicht einmal den kleinsten Versuch unternommen, an Informationen über meinen Vater und dessen Familie heranzukommen. Ich hatte meine ganze Zeit damit verplempert, mich mit dem Earl of Cunningham zu streiten, ihm aus dem Weg zu gehen und mir das Steißbein zu prellen. Das war wahrlich keine besonders erbauliche Bilanz, wenn man bedachte, dass meine Mum den Laden hier im Nullkommanichts aufmischen würde.

Denn wie ich meine Mutter kannte, war sie bereits auf dem Weg hierher. Ich verfluchte den Moment, als ich nichts Besseres zu tun gehabt hatte, als hinzufallen und mich anschließend an Max' breitem Oberkörper in Schwärmereien zu verlieren. Ohne diesen vermaledeiten Vormittag wäre ich in der Lage gewesen, ihren Anruf entgegenzunehmen und meine Mum von der fixen Idee abzubringen, ich könnte etwas mit einem reichen, aristokratischen Schnösel haben.

Meine Gedanken flogen zu Max' und meiner ersten Begegnung. Ich durchlief unsere bisherigen Stationen und bemerkte die Wandlung zwischen uns, die Entwicklung, die unsere Beziehung in der kurzen Zeit bereits genommen hatte.

Mein Herz raste bei diesen Gedanken, während ich mich tunlichst darum bemühte, mich wieder auf das Wesentliche zu konzentrieren.

»Das ist gut«, sagte ich, während ich an Dads Sekretär haltmachte und mit meinen Fingern über den ledernen Einband des Notizbuchs strich. Nur ganz sanft, als könnte ich es sonst aus einem langen und tiefen Schlaf erwecken – verbunden mit Konsequenzen, denen ich mich nicht gewachsen sah.

»Weißt du, wann sie dich im Herrenhaus zu erreichen versucht hat?«, lenkte Holly meine Gedanken wieder in geordnete Bahnen.

Links und rechts meines imaginären Weges türmten sich unterdessen die vielen Probleme zu Schneelawinen auf. Es fehlte nicht mehr viel, und sie würden mich unter sich begraben.

Ich überlegte kurz. »Schätzungsweise zwischen zehn und zwölf Uhr. So genau kann ich das nicht sagen, da ich ja nicht da war.«

»Dann könnte sie jetzt schon auf dem Weg zu dir sein. Es ist ja bereits kurz nach vierzehn Uhr und der Zug braucht nur etwas mehr als eine Stunde.«

Bei Hollys Worten war meine Aufregung einer nie da gewesenen Panik gewichen, die mir pennygroße Schweißperlen auf der Stirn ausbrechen ließ. Nein, nein, nein! Das durfte einfach nicht sein. Nicht jetzt. Und am besten überhaupt nicht.

Meine Ausgangslage war auch ohne meine Mum schon mehr als schwierig. Ich war auf der Suche nach etwas, das ich bisher nicht greifen konnte. Wenn Mum allerdings wirklich hier eintreffen würde, gäbe es so schnell keine Möglichkeit mehr für mich, meine Ängste zu überwinden und auf all die Fragen, die mich bereits mein ganzes Leben begleiteten, Antworten zu finden.

Wer war ich?

Was wollte ich vom Leben?

War ich gut so, wie ich war?

»Soll ich zu dir kommen?«, fragte Holly besorgt, nachdem ich einige Minuten schweigend am Telefon mit ihr verbracht hatte.

»Nein, keine Sorge, ich krieg das schon hin«, sagte ich zu meiner Freundin und hoffte, dieser beschwörend geäußerte Wunsch würde in Erfüllung gehen.

Worauf hatte ich mich da bloß eingelassen?

Kapitel 20

Max

»Und dann erst diese ganzen Schwerenöter, die ihre Anwesen nicht halten können und hinter dem Geld unserer Familie her sind. Anne werden beinahe täglich Avancen gemacht. Können Sie sich das vorstellen?«

Ohne der blassen und unscheinbaren Mittzwanzigerin mir gegenüber zu nahe treten zu wollen, konnte ich mir das beileibe kein bisschen vorstellen. Sie entsprach so gar nicht dem gängigen Schönheitsideal, und auch wenn ich mich diesbezüglich nie dem Mainstream verschrieben hatte, war sie leider auch keine Frau, der ich auf der Straße einen zweiten Blick zugeworfen hätte.

Ich schämte mich für die Oberflächlichkeit meiner Gedanken und bemühte mich darum, Lady Brunswick und ihrer Tochter ein pflichtbewusster Gastgeber zu sein. Also schenkte ich bereits zum dritten Mal Tee in ihre Tasse. Auch wenn ich mir nichts sehnlicher wünschte, als dass die Besagte endlich austrank und sich mit ihrer Tochter im Schlepptau verabschiedete.

Mein Blick flog zur Tür. Was Ellie wohl gerade machte? Warum hatte ihre Mutter hier angerufen? Was genau hatte sie überhaupt mit der Familie der Cunninghams zu tun?

Fragen über Fragen, von denen ich noch vor wenigen Stunden behauptet hätte, dass ich kein Interesse daran hegte, ihnen auf den Grund zu gehen. Aber meine Sicht der Dinge hatte sich verändert. Mittlerweile wollte ich sehr wohl wissen, was in meinem Haus vor sich ging, wer hier ein und aus ging und vor allem, was Ellies nächste Schritte sein würden.

Vielleicht hatte Ellies Mum angerufen, um ihrer Tochter einen Trauerfall in der Familie mitzuteilen. Ellie könnte gerade im Moment damit beschäftigt sein, ihre Sachen zu packen und auf Nimmerwiedersehen zu verschwinden, während ich mich so anregend mit Lady Brunswick unterhielt. Ihre Tochter hüllte sich derweil in Schweigen, die übrige Zeit verbrachte sie mit grazilem An-der-Teetasse-Nippen.

Ungeduldig tippte ich auf der ledernen Armlehne des klobigen Chesterfield-Sessels herum, während ich mich nur unter Aufbietung all meiner Kräfte daran hindern konnte, aufzuspringen und diesen Raum zu verlassen.

Lady Brunswick war eine sehr einflussreiche Frau, und ich wollte sie nicht schon zu Beginn meiner Zeit als Earl of Cunningham gegen mich aufbringen. Man wusste ja nie, was solch eine Fehde einmal für Früchte tragen würde. Ferner hatte ich schon zu viel Zeit investiert, um sie von meinem guten Willen zu überzeugen. Viel zu viel Zeit, wie ich in diesem Moment entschied.

»Ich muss mich leider entschuldigen, Lady Brunswick. Ellie, meine Verlobte, hatte heute Morgen einen Unfall. Ich würde gerne nach ihr sehen, um mich zu vergewissern, dass es ihr gut geht.«

Lady Brunswick warf bei meinen Worten fünf Würfelzuckerstücke in ihre Tasse und rührte im Anschluss daran äußerst bedächtig mit ihrem Teelöffel darin herum. Derweil machte sie keinerlei Anstalten, in nächster Zeit aufzustehen und den Weg nach Hause anzutreten. Nicht im Geringsten.

Sie lächelte mich milde an. »Wir Frauen sind viel robuster, als ihr Männer von uns glaubt. Meine Anne beispielsweise hat sich einmal ihren Finger gebrochen und hat dennoch den ganzen Abend, ohne mit der Wimper zu zucken, am Klavier gesessen und gespielt.«

Langsam, aber sicher kam ich mir wie auf einer Auktion vor, auf der mir ein und dasselbe Kaufobjekt immer und immer wieder feilgeboten wurde. Ob ich wollte oder nicht. Und ich wollte ganz sicher nicht. Das stand außer Frage, auch wenn Eleonore mich rügte. Aber Anne war so ganz und gar nicht mein Typ. Ferner sah ich vor meinem geistigen Auge ständig das Gesicht von Ellie aufblitzen. Ihr Lächeln. Die funkelnden Augen. Wie sich ihr Mund kräuselte, wenn ihr etwas zuwider war. Oder die kleinen Lachfältchen um ihre Augen, die sie wie die Strahlen der Sonne umrankten.

»Ich muss Sie dennoch bitten, jetzt zu gehen.«

In diesem Moment war ein Klingeln an der Tür zu hören und ich dankte dem Herrn für sein Zeichen. Auch wenn es die Zeugen Jehovas oder die nächste Anwärterin auf den Posten der Countess of Cunningham sein sollte, war mir jedes Mittel recht, um diese Unterhaltung zu einem baldigen Ende zu führen.

»So plötzlich? Wir haben uns doch kaum unterhalten, Anne hatte noch nicht einmal die Gelegenheit, ihr Talent am Klavier unter Beweis zu stellen. Sie hat ein Stipendium der *Royal Academy of Music*, müssen Sie wissen.«

Wenn mich diese Unterredung zuvor noch an eine Auktion erinnert hatte, so driftete sie zunehmend in Richtung eines türkischen Basars ab. Ich konnte die aufsteigende Enttäuschung in Lady Brunswicks Gesicht erkennen und ebenso die Panik, die sich gleichzeitig in Annes Miene widerspiegelte. Wie oft sie wohl schon in solch einer Situation gesteckt hatte? Warum tat sie sich das überhaupt an?

Sie war jung, offenbar äußerst talentiert, und wir lebten in einer Zeit und in einem Land, in dem sich jeder frei entfalten konnte. Anne hatte es überhaupt nicht nötig, von ihrer Mutter auf diese unwürdige Art verschachert zu werden. Denn die oberste Prämisse ihrer Mutter schien nicht das Glück ihrer Tochter zu sein, sondern ein entsprechender Adelstitel. Als wäre der heutzutage noch so viel wert.

Manche Menschen waren so sehr der Vergangenheit und der Erinnerung an vermeintlich bessere Tage zugeneigt, dass ihnen das Leben gänzlich durch die Finger rann. Jeder Tag, an dem man sich diesen gesellschaftlichen Zwängen unterwarf, die längst an Bedeutung eingebüßt hatten, war ein verlorener Tag.

Ebenso wie die Tage, an denen man in der Trauer um einen geliebten Menschen verharrte und nicht akzeptieren wollte, dass einem das Schicksal neue Wege offenbarte.

Das abermalige Klingeln der Glocke, das nun zu einem

Sturmläuten ausgeartet war, riss mich abrupt aus meinen Gedanken. Plötzlich war ich mir nicht mehr ganz so sicher, ob dort draußen vor der Tür wirklich jemand stand, den ich als Geschenk des Himmels bezeichnen konnte.

Lady Brunswick sah mich verwundert, ja nahezu empört an. Ganz so, als wäre ich für diesen Radau verantwortlich. Anne ließ sich dagegen zu einem zaghaften Lächeln hinreißen. Offenbar gefiel es ihr, wenn jemand gegen ihre Mutter rebellierte. Auch wenn derjenige nicht wissen konnte, wen er mit diesem ohrenbetäubenden Lärm verärgerte. Vielleicht hatte sie sich aber auch einfach nur Hoffnungen gemacht, mich doch noch mit ihrem Charme betören zu können. Oder ihrem Klavierspiel. Doch für beides war ich heute nicht besonders empfänglich.

»Wie Sie hören, warten noch weitere Verpflichtungen auf mich!«, schrie ich gegen das Getöse an und erhob mich von dem Sessel. »Wenn Sie beim nächsten Mal Ihren Besuch anmelden würden, wäre sicher uns beiden geholfen.«

Dann konnte ich nämlich rechtzeitig Vorkehrungen treffen, um an diesem Tag auf keinen Fall auch nur in der Nähe von *Rosehill Manor* zu sein.

Aufs Äußerste pikiert, nahm Lady Brunswick ihre Handtasche und eilte schnaubend und schnurstracks auf die Tür zu. Anne hatte Mühe, ihr zu folgen.

Während ich noch überlegte, wie dieser Tag so komplett aus dem Ruder hatte laufen können, stürmten die beiden durch die Eingangshalle auf O'Donnell zu, der gerade im Begriff war, die Tür zu öffnen.

Mit einem »Wir kommen wieder«, das in meinen Ohren wie eine Drohung klang, verabschiedete sich Lady Brunswick von mir und wand sich an der Frau im Türrahmen vorbei, deren Gesichtsausdruck nichts Gutes erahnen ließ.

Während ich mich fragte, ob ich mich gerade auf dem Weg vom Regen in die Traufe befand, kam Ellie die Treppe heruntergerannt. Ihre langen braunen Haare wippten bei jeder ihrer Bewegungen wie bei einem Kind, das einem Ball nachjagte, der einfach nicht stehen bleiben wollte und Stufe um Stufe herunterpurzelte.

Mein Blick haftete an ihr. In ihrer Nähe verspürte ich das Bedürfnis, mich endlich wieder auf eine Zukunft zu freuen. Auch wenn ich diese ohne Eleonore erleben würde. Es gab Hoffnung. Ich lebte. Und ich hatte die verdammte Pflicht, mein Leben zu leben. Eleonore würde nicht wollen, dass ich den lieben langen Tag Trübsal blies und mich selbst bedauerte.

Eleonore war eine starke Frau gewesen, die ihren Weg gegangen und keiner Auseinandersetzung ausgewichen war. Sie hatte mich so geliebt, wie ich war. Ihr Glück war mein Glück. Und mein Glück war ihr Glück. Wir liebten uns. Und diese Liebe würde nie verschwinden, nur weil einer von uns gestorben war.

Aber es gab ein Leben danach. Und je länger ich Ellie dabei beobachtete, wie sie die Treppe ins Erdgeschoss herunterlief, desto mehr fragte ich mich, ob ich dieses Leben nicht mit ihr verbringen wollte. Nur zögerlich ließ ich den

Gedanken zu und war dankbar für die Ablenkung, die sogleich einsetzte.

»Mum!« Ellies markerschütternder Schrei gellte durch den Eingangsbereich des Hauses. Das Dröhnen war wie ein Donnergrollen.

Ellies Mutter ließ den armen O'Donnell an der Tür stehen, der sie eben gefragt hatte, wen er melden dürfe.

»Also ist es wahr?«, fragte Mrs Willoughby in Richtung ihrer Tochter, ohne auch nur Notiz von mir oder O'Donnell zu nehmen.

Die Gedanken in meinem Kopf überschlugen sich. Was war hier los?

»Mum, ich …«

Ellie sah betreten drein, als hätte sie einen fruchtbaren Fehler begangen. Sie sah so traurig aus, dass ich am liebsten zu ihr geeilt wäre und sie in die Arme genommen hätte. Ein Gefühl, das ich schon lange für keinen anderen Menschen mehr empfunden hatte und dessen Tragweite mich für einen Moment innehalten ließ.

Warum gerade jetzt? Warum gerade sie? Ellie war so anders als Eleonore. Viel kratzbürstiger. Sie suchte regelrecht die Auseinandersetzung mit mir.

Gut, in dieser Hinsicht hatte ich sicher meinen Beitrag dazu geleistet. Schließlich hatte ich mich Ellie gegenüber bei unserer ersten Begegnung nicht unbedingt als Gentleman gezeigt. Und auch in der Folge hatte ich nichts unversucht gelassen, sie auf die Palme zu bringen.

»Hallo, Mrs Willoughby«, begrüßte ich meinen Gast und

erntete dafür einen entsetzten Blick aus Ellies Richtung.

Ich zuckte mit den Schultern, weil ich nicht verstand, was ich denn jetzt wieder falsch gemacht hatte.

»Darf ich Sie vielleicht in das Kaminzimmer bitten? Dort stehen frisch aufgebrühter *English Breakfast Tea* sowie eine handverlesene kleine Auswahl an Törtchen und Sandwiches für Sie bereit.«

Die Endvierzigerin mit den langen blonden Locken sah mich so entgeistert an, dass ich fieberhaft überlegte, ob etwas an meinem freundlichen Angebot missverstanden werden konnte.

»So ködern Sie also einsame, ja verzweifelte Großstädterinnen und locken Sie hier in die Pampa!«, blaffte mich Mrs Willoughby mit einer Härte in der Stimme an, die ich in dem vermeintlich zarten Wesen nie erwartet hätte.

»Wie bitte?«, fragte ich verwirrt und blickte hoffnungsvoll in Ellies Richtung, die nur mit dem Kopf schüttelte und mir damit zu verstehen gab, nicht weiter auf das einzugehen, was ihre Mutter eben gesagt hatte.

»Wir hätten auch *Earl Grey*, wenn Sie den *English Breakfast* nicht mögen«, bot ich noch immer freundlich an, ohne auf Mrs Willoughbys Vorwurf einzugehen.

Was genau hatte ihr Ellie von mir erzählt? Und warum sollte ich Ellie nach *Rosehill Manor* eingeladen haben? Wir kannten uns vor ihrer Ankunft doch gar nicht.

Ellies Mum warf ihren Jutebeutel so plötzlich und mit einer Heftigkeit zu Boden, dass ich kurzzeitig zusammenzuckte. In wenigen Schritten kam sie herrisch und gänzlich aufgelöst auf mich zugelaufen. »Ich pfeife auf Ihren Tee. Das Einzige, was ich will, ist meine Tochter. Ich habe nicht dreißig Stunden unter den schlimmsten Schmerzen, die Sie sich nur vorstellen können, in den Wehen gelegen, um dieses Kind«, ereiferte sie sich und deutete dabei mit dem Finger zu Ellie hinüber, ohne den Blick allerdings von mir abzuwenden, »einem Lackaffen wie Ihnen zu überlassen!«

Ellie schluckte schwer und warf mir einen entschuldigenden Augenaufschlag zu, während ich nicht so recht wusste, was ich auf das Gesagte antworten, wie ich Mrs Willoughby begegnen sollte.

Mittlerweile wäre mir Annes Klavierspiel um einiges lieber gewesen. Aber wer hätte das noch vor wenigen Minuten ahnen können? Was hatte diese Frau nur gegen mich? Sie kannte mich doch überhaupt nicht. Was hatte ich ihr bloß getan, dass sie mir so feindselig begegnete?

Abwehrend hob ich die Hände in die Höhe, als sie sich immer weiter auf mich zubewegte und mir schließlich ihren Zeigefinger in die Brust bohrte.

»Ellie ist ein freier Mensch. Sie kann gehen, wohin immer sie möchte.«

Ich hatte damit ausdrücken wollen, dass Ellie nicht meine Gefangene war und sich aus freien Stücken in meinem Haus aufhielt. Doch bei meiner Kontrahentin schienen die Worte gänzlich in den falschen Hals geraten zu sein.

»Wollen Sie damit etwa andeuten, ich hätte meine Tochter hierzu erzogen?« Dabei riss sie die Arme in die Höhe und ließ sie kreisen. »Sehe ich in Ihren Augen etwa wie eine aufgedunsene, verblödete Kuh aus, die das hier schön oder gar erstrebenswert findet?«

Bei näherer Betrachtung konnte ich diese Frage ruhigen Gewissens verneinen. Mrs Willoughbys extrovertierter Kleidungsstil, die langen Federohrringe sowie die bunten Bänder im Haar, die mir eben erst auffielen, ließen eher auf einen Alt-Hippie schließen als auf eine Kopie von Lady Brunswick. Zwei Frauen, die nicht gegensätzlicher sein könnten und die mich dennoch, jede auf ihre Weise, an den Rand des Wahnsinns brachten.

Ich wusste schon nicht mehr, was ich sagen oder besser nicht sagen sollte. Hilfe suchend blickte ich erneut zu Ellie hinüber, die wild mit den Händen in der Luft herumfuchtelte und mir irgendetwas zurief, was ich nicht verstehen konnte.

Im Grunde konnte mir das alles total egal sein. Das war eine Sache zwischen Mutter und Tochter. Ich hatte mir jedenfalls nichts zuschulden kommen lassen. Weder hatte ich Ellie zu mir ins Herrenhaus eingeladen, noch hielt ich sie hier gefangen. Sie war aus freien Stücken bei mir. Und wenn es nach mir gegangen wäre, konnte sie mittlerweile gerne so lange bleiben, wie sie wollte.

»Jetzt beruhige dich doch erst mal, Mum, und lass den armen Max in Ruhe.«

Ellie hatte offenbar wieder zu ihrer Sprache gefunden. Keinen Moment zu früh. Denn mittlerweile bohrte sich der spitze Zeigefinger ihrer Mutter so tief in mein Fleisch, dass es wehtat.

Mit einem Hauch Verwunderung und grenzenloser Freude nahm ich zur Kenntnis, dass Ellie mich zum ersten Mal bei meinem Vornamen genannt hatte. Noch vor wenigen Stunden wäre das undenkbar gewesen. Doch irgendetwas sagte mir, dass mir diese Vertrautheit, die da aus ihrer Stimme zu uns sprach, nicht geheuer sein sollte.

Während ihre Mutter mich aus zu schmalen Schlitzen verengten Augen ansah und mir leise irgendwelche Krankheiten an den Hals wünschte, schob sich Ellie zwischen uns und positionierte sich sodann an meiner Seite.

Als sie nach meiner Hand griff, spürte ich, wie ich zu einer Requisite aus einem Theaterstück wurde. Jede Fähigkeit zu eigenem Denken oder Handeln wurde mir aberkannt. Das Einzige, was ich zu tun hatte, war still dazustehen und Ellie machen zu lassen.

Dieser Gedanke widerstrebte mir zutiefst und doch hatte ich das Gefühl, Ellie vertrauen zu können. Auch wenn ich keinen blassen Schimmer hatte, wo uns das Ganze hinführen würde.

»Ich finde, wir sollten Max' Angebot annehmen und im Kaminzimmer in aller Ruhe über alles sprechen«, schlug Ellie sachlich vor, während ihre Mum Blitze aus ihren Augen in unsere Richtung abfeuerte.

»Soll ich dabei eine Serviette auf den Schoß legen und meinen kleinen Finger abspreizen, wenn ich mir die Teetasse an den Mund führe? Hab ich dich denn dazu erzogen, Ellie? Hab ich dich nicht immer vor diesen Leuten gewarnt und dir erklärt, dass nichts Gutes von denen zu erwarten ist? Kann es denn wirklich sein, dass ich auf ganzer Linie versagt habe?«

In die Härte von Mrs Willoughbys Stimme mischte sich etwas, das man wohl am ehesten als Verzweiflung bezeichnen konnte. Ihr Blick wurde milder. Zumindest der, den sie ihrer Tochter schenkte. Mich behandelte sie derweil wie Luft. Doch ich konnte nicht behaupten, dass mich diese Tatsache besonders traf. Ganz im Gegenteil.

Ich stand wie angewurzelt auf dem ockerfarbenen Marmorboden der Eingangshalle. O'Donnell schloss die Tür und wartete auf weitere Instruktionen.

»Mum!«

Ellies Stimme klang flehentlich, und ich hatte das Gefühl, dass ihre Mutter sich allmählich etwas beruhigte. Zumindest hatten sich ihre angespannten Gesichtsmuskeln wieder etwas gelockert und auch die geballten Fäuste öffneten sich, wenn auch nur wie in Zeitlupe.

»Also schön. Dann trinken wir also eine Tasse Tee und essen eine Kleinigkeit dazu. Aber du wirst mir haarklein erklären, wie es dazu hat kommen können und warum du mich schamlos angelogen hast.«

Ellie nickte und wies ihrer Mutter den Weg.

Kaum hörbar hauchte sie mir im Anschluss daran ein »Bitte spielen Sie mit!« zu und hob dabei ihre Hände demütig zum Gebet.

Ich wusste nicht, ob ich mich darüber freuen sollte, ihr Verbündeter zu sein, während Ellie wieder dazu übergegangen war, mich zu siezen. Ich wusste nur eins: Die kommenden Minuten würden kräftezehrender werden als die mit Lady Brunswick und ihrer Tochter Anne.

Kapitel 21

Ellie

Während Mum auf dem goldbraunen Chesterfield dicht am Kamin Platz nahm, setzten Max und ich uns auf die Couch ihr gegenüber. Unsere Hände lagen so nah beieinander, dass ich seine Wärme spüren konnte. Was gäbe ich nur dafür, mich für einen winzig kleinen Augenblick an seine breite Brust schmiegen und alles und jeden um mich herum ausblenden zu können?

Mein Herz schlug mir bis zum Hals, während ich daran dachte, was nun auf mich warten würde. Es war viel zu wenig Zeit gewesen, um mich auf die Konfrontation mit meiner Mutter vorzubereiten. Wenn man sich darauf überhaupt vorbereiten konnte. Mittlerweile war ich mir schon nicht mehr sicher, ob es eine gute Idee war, meinen Plan auszuführen. Andererseits fehlten mir die Alternativen.

Nein, das hier war die einzige Chance, Mum von dem eigentlichen Grund meiner Reise nach Brighton abzulenken.

Irgendwann würde ich ihr davon erzählen. Ganz sicher. Wenn etwas Gras über die Sache gewachsen war und wir uns alle wieder beruhigt hatten. So in zehn bis fünfzehn Jahren sah ich das perfekte Zeitfenster dafür.

Mum war stinksauer. Noch immer sah sie mich an, als hätte ich eine Bank ausgeraubt oder jemanden hinterrücks erschlagen. Für sie war die Vorstellung, ich könnte etwas mit einem Mann wie Max anfangen, wie ein Schlag ins Gesicht. Alles, wovor sie mich ihr ganzes Leben gewarnt, von dem sie mir wie von dem Untergang des Abendlandes berichtet hatte, tat sich vor ihr mit einem Mal wie der Höllenschlund auf.

Und ich war auch noch schuld daran. Ihre einzige Tochter.

»Also, wie ist das zwischen euch *passiert*?«

Das letzte Wort presste Mum angewidert zwischen den Lippen hervor, während sie uns ungeduldig ansah. Ihre Beine hatte sie übereinandergeschlagen. Mit dem oberen wippte sie so schnell, dass ich immer nervöser wurde.

»Was meinen Sie damit?«, fragte Max wenig geistreich und erntete dafür ein genervtes Augenrollen meiner Mutter.

»Na, wo ihr beiden euch kennengelernt habt.«

»Im Hyde Park«, behauptete Max.

Während ich im selben Atemzug »Im Tearoom« sagte.

Mum sah verblüfft zwischen uns beiden hin und her. Auf ihrer Stirn hatte sich eine dicke Denkerfalte gebildet, und ich konnte bereits spüren, wie sie mir auf die Schliche kam.

»Was nun? Im Park oder im Tearoom?«

Verdammt, ich war einfach keine besonders gute Lügnerin. Gekoppelt an den Umstand, dass meine Mum in meinem Gesicht wie in einem offenen Buch lesen konnte, war diese ganze Vertuschungsaktion eh von vornherein zum Scheitern verurteilt gewesen.

Ich sollte dringend die Reißleine ziehen und retten, was

noch zu retten war. Auch wenn ich es nicht oft zugab und schon gar nicht darüber sprach: Ich liebte meine Mum. Sie war alles, was ich hatte. Vielleicht war es an der Zeit, mit der Wahrheit herauszurücken, anstatt hier diesen dämlichen Eiertanz aufzuführen.

Was würde denn schon passieren?

Klar, am Anfang würde sie mich wahrscheinlich ansehen, als hätte ich ihr einen Dolch ins Herz gerammt. Aber nach ein, zwei Monaten hätte Barnie sie so weit, dass sie wieder mit mir redete. Wahrscheinlich würde sie mich dann auch nur beschimpfen und kein gutes Haar an mir lassen, aber das war immerhin alles besser als ihre Ich-habe-gar-keine-Tochter-Offensive.

Wo hatte ich mich da nur hineinmanövriert?

Und warum fiel es mir so schwer, meiner Mutter ein einziges Mal die Stirn zu bieten? Mit meinen fast dreißig Jahren sollte ich doch inzwischen alt genug sein, um über den Dingen zu stehen. Aber vielleicht stand man nicht besonders gut über den Dingen, wenn man selbst nicht wusste, wo sein Platz im Leben war.

»Beides«, antwortete Max.

»Im Park«, log ich im selben Moment.

Mums Blick verfinsterte sich noch eine Spur mehr, wenn das überhaupt möglich war.

»Tee?«, bot ich mit einem gequälten Lächeln auf den Lippen an, in der Hoffnung, eine kurze Verschnaufpause in dieser Angelegenheit zu erwirken. Doch da hatte ich meine Rechnung ohne meine Mutter gemacht.

»Was für ein Schmierentheater führt ihr beiden hier auf? Ich will jetzt wissen, was hier gespielt wird. Sofort!«

Max erhob sich von meiner linken Seite und steuerte in Richtung Tür.

War ja klar, dass er lieber die Biege machte, anstatt mir hier beizustehen.

Aber so enttäuscht ich auch über sein Verhalten war, musste ich ihm doch zugestehen, dass er keinen blassen Schimmer davon hatte, was hier vor sich ging. Max war mir ergeben in das Kaminzimmer gefolgt. Direkt in die Höhle des Löwen. Ohne mit der Wimper zu zucken, hatte er sich bereit erklärt, mir beizustehen. Dabei hatte er keine Ahnung davon gehabt, was ihn hier erwarten würde. Das sollte ich ihm besser hoch anrechnen, anstatt ihn zu verurteilen.

So sehr ich ihn dafür hassen wollte, dass er mich im Stich ließ, so bewusst war ich mir darüber, dass der Fehler bei mir und nicht bei ihm lag. Das hier war mein Problem und Max war nicht mein Problemfresser. Er war … er war ein Mann, den ich ganz attraktiv fand, mit diesen Grübchen in der Wange und …

Nein, nein, nein! Das hier war weder der richtige Ort noch die passende Zeit, um mir über derartige Dinge Gedanken zu machen. Mühevoll wischte ich sie beiseite und versuchte, mich wieder auf das Wesentliche zu besinnen. Nämlich auf den knackigen Arsch, der mir bei Max bisher noch gar nicht aufgefallen war. Der Kerl war wirklich heiß und …

»Möchten Sie vielleicht ein Lachssandwich?«

Anstatt schnurstracks durch die Tür zu verschwinden – ich an seiner Stelle hätte nicht zweimal überlegen müssen – , hatte Max ein paar Sandwiches von der Etagere auf einen Teller gelegt und bot sie nun meiner Mum an.

Die machte einen gequälten Gesichtsausdruck. So, als hätte sie gerade auf eine Zitrone gebissen. Nach einigen Sekunden des bangen Wartens sah Mum zwischen dem Teller und Max hin und her. Irgendwann entschied sie sich dann dafür, eines der fingerlangen Sandwiches zu nehmen. Begierig blickte sie dabei in Max' Richtung, als warte sie darauf, im Gegenzug endlich Antworten auf ihre Fragen zu bekommen.

Die Situation war zum Zerreißen gespannt. Wenn es nicht mächtig auffällig gewesen wäre, dann hätte ich am liebsten an meinen Fingernägeln gekaut. Aber das war der untrüglichste aller Beweise dafür, dass ich meiner Mum etwas vormachte. Anstatt dem Drang nachzugeben, setzte ich mich also demonstrativ auf meine Hände und überlegte fieberhaft, welche halbwegs plausible Geschichte ich ihr auftischen konnte, ohne Gefahr zu laufen, den Streit des Jahrtausends zwischen uns beiden vom Zaun zu brechen.

Hyde Park … Tearoom … Aber mir wollten einfach keine passenden Daten und Fakten einfallen, mit denen ich den Raum zwischen den beiden Orten füllen konnte. Alles, woran ich denken konnte, war Max' Lachen, seine breite Statur, die vielen Muskeln und der ausgeprägte Knackarsch, auf den ich auch in diesem Moment wieder einen äußerst guten Blick werfen konnte.

Wer zur Hölle sollte sich bei dem Anblick denn bitte schön konzentrieren können? Und warum musste mir das gerade jetzt auffallen?

Als Max mir den Teller reichte, lehnte ich dankend ab. Wenn es eins gab, was ich im Moment noch schlechter konnte, als zu sprechen, dann war es, jetzt etwas zu essen. Keinen Bissen würde ich herunterbekommen.

Max zwinkerte mir verschwörerisch zu, während er mit dem Rücken zu meiner Mum stand, und schenkte mir dieses wunderbare schiefe Grinsen, das diese Grübchen in seine Wangen zauberte. Sein Lächeln beruhigte mich schlagartig. Zumindest, was die Angelegenheit mit meiner Mum anbelangte.

Meine Hormone tanzten derweil Limbo durch meine Blutbahnen und erhöhten das Tempo nach jedem Durchgang, sodass mir immer heißer wurde. Was machte dieser Mann nur mit mir? Und warum war ich gerade jetzt so empfänglich für seine Flirtversuche?

Das waren doch Flirtversuche. Oder?

Gefühlt lagen die letzten Annäherungsversuche, die von einem Mann in meine Richtung ausgegangenen waren, Lichtjahre zurück. Der Tearoom, die Selbstständigkeit, die Sorge, für alles und jeden nicht gut genug zu sein, hatten mich oft gehemmt und davon abgehalten, Kontakte zu knüpfen oder Chancen beim Schopf zu packen.

In der letzten Zeit war dann noch die Bequemlichkeit hinzugekommen. Die vielen Enttäuschungen der letzten Jahre hatten mich zwischenzeitlich glauben lassen, dass es den richtigen Mann irgendwo da draußen für mich eh nicht gab. Irgendwann hatte ich mir eingeredet, dass ich allein viel besser dran war.

Womöglich hatte das sogar für eine Zeit lang gestimmt. Aber dann hatte ich mich aus meiner Komfortzone nicht mehr herausgewagt, hatte Flirtversuche im Keim erstickt und die Beine in die Hände genommen, wenn ein fremder Mann auch nur den Versuch gestartet hatte, mich anzusprechen.

Max, noch immer ganz die Ruhe selbst, ließ sich zurück auf den Platz neben mir fallen.

»Es war an einem verregneten Sonntagmorgen im Oktober, als Ellie und ich uns im Hyde Park begegneten.«

Max sprach laut und deutlich. Nichts an seiner Stimme oder gar an seiner Mimik verriet dabei, dass er gerade im Begriff war, meiner Mum einen Bären aufzubinden. Einen gewaltigen, wie es den Anschein hatte.

»Ellie geht nicht in den Hyde Park«, behauptete meine Mum und hatte damit sogar recht.

Vor Jahren hatte mich dort mal ein Eichhörnchen angefallen. Das Tier hatte sich in meinen Haaren verfangen, mich gekratzt und wie verrückt gezappelt. Ich hatte mich so erschrocken, dass ich noch wochenlang danach Albträume hatte. Seither mied ich das Areal großflächig.

»Es war eine … Ausnahme«, kam ich Max zu Hilfe, der sogleich unbeirrt fortfuhr.

»Dann habe ich es also einem Zufall zu verdanken, dass ich dir begegnet bin?«

Nun, vielmehr dem Nachlass meines Großvaters. Aber das sollte ich an dieser Stelle besser nicht zur Sprache bringen.

Max sah mir bei seinen Worten so tief in die Augen, dass ich mich in dem grünblauen Meer gänzlich verlor. Raum und Zeit standen plötzlich still. Nichts war mehr von Bedeutung außer diesem Moment zwischen ihm und mir.

Ich verspürte ein verheißungsvolles Prickeln auf meinen Lippen und den sehnlichen Wunsch, mich Max noch ein Stückchen zu nähern. Es fehlte nicht mehr viel und ich konnte ihn berühren, ihm ganz nahe sein.

»Kinder, könnt ihr das bitte auf später verschieben. Ich kenne diese Blicke«, unterbrach uns Mum jäh, sodass wir hastig auseinanderschreckten.

Max' Blick wirkte abwesend. Als hätte er einen Geist gesehen. Ich wusste nicht, ob ich es mir nur einbildete, aber ich hatte das Gefühl, er hätte sich in diesem Moment nicht nur körperlich von mir abgewandt.

»Was war nun im Park, dass du, Ellie, dich von dem Typen hast einlullen lassen?«

Wo Mum stand und ging, wuchs wirklich kein Baum mehr. Wenn sie es denn so wollte. Und natürlich nahm sie auch in diesem Fall kein Blatt vor den Mund.

»Es hat geregnet und ich hatte keinen Schirm dabei«, spann ich die Geschichte mutig weiter, als Max auf mich nicht den Eindruck machte, er würde gerne weitererzählen.

»Und dann hat er dir«, sagte meine Mum und deutete dabei auf Max »angeboten, dich unter seinem Schirm mitzunehmen? Hab ich recht?«

Ich nickte und ließ den Blick eingeschüchtert sinken. Mum konnte so schroff und unnahbar sein. Und sie konnte einem prima das Gefühl vermitteln, einen furchtbaren Fehler begangen zu haben.

Wenn sie doch nur wüsste, welch urknallartigen Fehler sie vor langer Zeit begangen hatte. Schließlich war sie diejenige von uns beiden gewesen, die tatsächlich etwas mit einem Mann gehabt hatte, der Anwärter auf den Titel eines Earls gewesen war.

Aber dieses winzige und vor allem weltverändernde Detail konnte ich auf keinen Fall ins Rennen schicken. Nicht jetzt. Und nicht später. Am besten nie.

»Ist es das, was ich dir beigebracht habe? Vor einem Mann Schwäche zu zeigen und auf den ältesten Trick seit Menschengedenken hereinzufallen?«

Ihre Worte klangen so, als hätte ich alles Geld von meinem Bankkonto abgehoben und einem völlig Fremden geschenkt. Einfach so. Und ohne die Hoffnung auf Rückzahlung. Ich hasste es, wenn sie mich als so naiv und kindlich darstellte. Denn auch wenn sie vom Gegenteil überzeugt war, war ich weder das eine noch das andere.

»Ich verstehe nicht ganz«, mischte sich Max ein. »Was ist an meinem Angebot falsch gewesen? Warum hätte Ellie davor zurückschrecken sollen, mit mir gemeinsam unter dem Schirm zu laufen?«

Mum verdrehte die Augen. »1883 war das vielleicht gang

und gäbe. Aber wir haben uns weiterentwickelt. Die Menschheit hat eingesehen, dass wir Frauen gleichberechtigt sind, und die Ära des Feminismus wurde eingeläutet. Mr …«

»Nennen Sie mich doch bitte Max.«

Max blieb ganz die Ruhe selbst, während Mum zu einem Monolog ansetzte. Ungewollt hatte ihr Max eine Steilvorlage geliefert. Nun würde sie sich in endlosen Tiraden darüber auslassen, wie dieser arglose Schirm zum Instrument der Unterjochung der Frauen in dieser Gesellschaft eingesetzt worden war. Doch das war sicher bloß der Anfang. Mir graute vor den nächsten Minuten.

»Na schön. Dann also *Max*.«

Mum spie seinen Namen wie Gift aus. Das konnte ja noch heiter werden.

»Haben Sie eine Vorstellung davon, was es noch vor hundert Jahren hieß, als Frau auf diese Welt zu kommen? Was es in vielen Regionen dieser Welt noch heute bedeutet? Es gibt Länder, da dürfen Mädchen nicht zur Schule gehen, müssen einem Mann Gehorsam leisten, was auch immer er ihr antut, und haben darüber hinaus auch noch Stillschweigen zu bewahren, um die Familienehre nicht zu beschmutzen.«

Ich hatte mich getäuscht. Mum war gleich zum großen Ganzen übergegangen. Der Schirm war offenbar passé.

»Und was genau hat der arme Schirm damit zu tun?«, hakte Max völlig unbedarft nach, während Mum wild mit den Händen in der Luft fuchtelnd Stellung bezog. Ausufernde Stellung, wenn man so wollte.

Ich unterdrückte ein Grinsen, das sich auf meine Lippen geschlichen hatte. Das Letzte, was ich wollte, war, Mum das Gefühl zu geben, ich würde sie auslachen. Das würde die ganze Sache hier nur unnötig verkomplizieren und einen dicken, fetten Keil zwischen uns treiben.

Und dennoch konnte ich nicht anders, als in mich hineinzuschmunzeln. Max verhielt sich mit seiner ruhigen, ja bedachten Art so konträr zu meiner aufbrausenden Mutter, dass es ein Fest war, den beiden bei diesem Schlagabtausch zuzusehen.

Ferner empfand ich es als unglaublich entlastend, dieses Gefecht nicht allein ausstehen zu müssen. Es fühlte sich gut an, dass mir jemand zur Seite stand. Auch wenn es nicht darum ging, Mum in irgendeiner Weise zu verletzen oder ihr das Gefühl zu geben, sie und ihre Meinung seien mir egal.

Das würde zwar einiges einfacher machen. Aber so war es ganz und gar nicht.

»Was der Schirm damit zu tun hat, wollen Sie wissen? Er ist der Anfang vom Ende. Und noch ehe man sichs versieht, steckt man in so einer Bude fest wie hier und kommt nie wieder raus. Was sind Sie? Ein Earl, ein Duke oder der nächste Anwärter auf den Thron?«

Max lachte so heiter auf, dass auch mir ganz warm ums Herz wurde. Die Anspannung der letzten Minuten legte sich allmählich, und ich verspürte nicht mehr das Bedürfnis, auf meinen Fingernägeln herumzukauen oder fluchtartig das Zimmer zu verlassen.

»Ein Earl. Aber zu meiner Verteidigung: erst seit wenigen Wochen. Eigentlich bin ich Journalist.«

Bei diesen Worten wurde meine Mutter hellhörig. Ebenso wie ich. In meiner Vorstellung hatte ich Max in eine Schublade gestopft, auf der in großen Buchstaben *Verstaubter Aristokrat* gestanden hatte. Nie im Leben wäre ich auf die Idee gekommen, Max könnte einem geregelten Beruf nachgehen.

Plötzlich schämte ich mich dafür, dass ich ihn nur zu bereitwillig in meine Schublade gepresst und ihm nicht mal den Hauch einer Chance gegeben hatte, sich mir so vorzustellen, wie er wirklich war.

Aber unser Start war mehr als bescheiden verlaufen, woran er nicht ganz unschuldig gewesen war.

»Journalist also.«

Mum sah ihn abwägend an. Ich konnte richtiggehend spüren, wie sich das Blatt in den nächsten Sekunden wenden könnte.

»Freier Journalist. Ich arbeite vorzugsweise mit der *Times* zusammen.«

Mum sah abermals zwischen Max und mir hin und her. Der skeptische Gesichtsausdruck war verschwunden, ebenso wie die breite Falte auf ihrer Stirn. Wie durch Zauberhand hatte sie sich geglättet.

»Das wirft natürlich ein ganz anderes Licht auf das alles

hier. Wobei ich noch nicht sagen kann, wie viel besser es mir wirklich gefällt. Haben Sie in diesem Kasten noch ein Zimmer frei?«

»Mum!«, zischte ich empört.

Doch Max legte beschwichtigend seine Hand auf meine. Kaum dass sich unsere Finger berührten, entflammte ein Feuer in meinem Inneren, das ich nicht mehr zu löschen vermochte. Rasend schnell breitete es sich in mir aus, und mir blieb keine Zeit mehr, auch nur noch ansatzweise über die mehr als unverschämte Selbsteinladung meiner Mum nachzudenken.

»Natürlich haben wir ein Zimmer für Sie frei, Mrs Willoughby. Wenn ich gewusst hätte, dass Sie uns mit Ihrer Anwesenheit beehren würden, dann hätte ich es schon früher richten lassen.«

Mr O'Donnell stand plötzlich in der Tür und wartete auf Anweisungen.

»O'Donnell, richten Sie bitte das Lavendelzimmer für Mrs Willoughby her.«

Wenn der Butler sich über diesen Umstand wunderte, ließ er es sich nicht anmerken. In Gedanken ergänzte er vermutlich gerade ein Gedeck für das Abendessen und machte sich weitere Notizen in seinem Kopf, was zu bedenken war.

»Sehr wohl, Sir. Kann ich sonst noch etwas für Sie tun?«, fragte er ehrerbietig.

Max winkte ab. »Nein, das war für den Moment alles. Ich danke Ihnen.«

Ich schluckte bei dem Gedanken, dass wir noch weitere

unzählige, ja quälende Minuten in diesem Raum beisammensitzen würden, bis Mum endlich ihr Quartier beziehen konnte. Außerdem versuchte ich, in mir nachzuspüren, was es mit mir anrichtete, dass meine Mutter sich dazu entschlossen hatte, in dem Haus meines Vaters zu übernachten. Ein Hauch von Eifersucht mischte sich mit Unbehagen.

Das hier war mein Versuch, etwas über die Vergangenheit zu erfahren. Mum sollte nicht die Möglichkeit bekommen, mir in dieser Sache dazwischenzufunken. Das würde ich nicht zulassen. Und irgendwas sagte mir, dass ich in dieser Angelegenheit nicht mehr allein auf weiter Flur stand. Ich sah zu Max, und die Wärme, die mich abermals beim Blick in seine Augen umfing, war so allumfassend, dass ich mich für den Moment nur diesem Gefühl hingab. Alles andere konnte warten.

Kapitel 22

Max

Als Ellies Mum das Kaminzimmer verlassen hatte, hob ich abwartend eine Augenbraue. Doch nichts geschah. Ellie saß noch immer wie versteinert neben mir auf der Couch. Das Feuer im Kamin prasselte, während ein eisiger Wind ums Haus pfiff.

Weitere Minuten des Stillschweigens legten sich wie eine dicke Decke über uns. Ich haderte mit mir, ob ich Ellie auf das Geschehene ansprechen sollte. Und wenn ja, wie ich es am besten anstellte.

»Willst du darüber reden?«, wagte ich es schließlich doch, Antworten auf meine Fragen zu suchen.

Ich beobachtete Ellie bei meinen Worten genau. Wartete schon darauf, dass sie aufsprang und Hals über Kopf aus dem Zimmer stürmte. Oder mir laut und deutlich zu verstehen gab, dass das ihre Angelegenheit wäre und nicht meine. Doch ich hatte mich getäuscht. Sie blieb. Und schwieg.

Dennoch verspürte ich das mulmige Gefühl in meinem Bauch, eine unsichtbare Grenze überschritten zu haben. Die Verbundenheit, die ich vor wenigen Minuten noch zu Ellie gespürt hatte, war wie weggeblasen. Wir waren nichts weiter als Fremde, deren Wege sich kurzzeitig gekreuzt hatten.

Als ich schon im Begriff war, meinerseits den Raum zu verlassen, erhob Ellie das Wort an mich.

»Nicht hier. Lass uns draußen ein paar Schritte gehen.«

Sie sah mir nicht in die Augen. Vielmehr blickte sie verschämt zur Seite.

Ich nickte nur, lief zur Tür und hielt sie geöffnet, sodass Ellie hindurchgehen konnte. Keine fünf Minuten später liefen wir durch den Garten, der sich auf der Rückseite des Hauses befand.

Im Sommer war er mit seinen duftenden bunten Rosen, den Rhododendren und den Ginsterbüschen eine wahre Augenweide. Schmetterlinge wie Bienen schwirrten umher, belebten die grüne Oase mit ihrer bloßen Anwesenheit.

Als ich noch ein Kind war, hatte man einen kleinen Pool aufgestellt. Daneben stand ein Trampolin. An einem starken Ast einer Weide war eine Schaukel angebracht worden. Und von einem Baumhaus aus ging eine steile gewundene Rutsche direkt ins Wasser. Der ganze Garten war ein einziges Paradies gewesen. Nun, da er so karg und trist vor mir lag und der Schnee ihn unter einer großen weißen Decke versteckt hielt, fragte ich mich, ob er dies je wieder sein würde. Und inwieweit ich dazu bereit war, meinen Beitrag zu leisten.

»Bevor ich das, was eben passiert ist, erklären kann, muss ich wohl ein wenig weiter ausholen«, sagte Ellie plötzlich, die sich offenbar ein Herz gefasst hatte.

Ich schüttelte leicht den Kopf und ließ die Bilder aus vergangenen Tagen daraus verschwinden. Erinnerungen waren schön und gut, auf eine ganz bestimmte Weise sogar wichtig. Aber sie waren auch eine Bürde.

»Wie du sicher unschwer erkennen konntest, ist meine Mum eine waschechte Altachtundsechzigerin, auch wenn sie zu dieser Zeit noch in die Windeln gemacht hat.«

Ich grinste, und Ellie lächelte mich an. Das Eis war gebrochen. Zwar nur am Rand, aber der Rest würde sich auch noch ergeben.

»Sie wirkte ziemlich hippiemäßig auf mich. Muss cool gewesen sein, mit solch einer Mum aufzuwachsen«, sagte ich und erntete sogleich Ellies verwunderten Augenaufschlag.

»Cool? Es war anders, anstrengend, oft ziemlich nervig und meistens hab ich mich dadurch wie eine Außenseiterin gefühlt. Wirklich cool war daran nichts.«

Ich konnte die Traurigkeit in ihrer Stimme hören, während wir unseren Spaziergang durch den Garten fortsetzten. Mein Blick schweifte umher und suchte nach der alten Eiche, in der sich ein Loch befand, in dem wir Kinder immer Mrs Gilmores Zitronenlimonade versteckten. Als ich den Baum fand, breitete sich ein Lächeln auf meinen Lippen aus.

»Was gibt es denn da zu grinsen?«, fragte mich Ellie empört.

»Ich … Das mit dem Grinsen … Nur eine Kindheitserinnerung. Nichts weiter«, winkte ich ab.

Eine von so vielen, die ich auf keinen Fall missen wollte.

Ohne es zu wissen, hatte ich eine unbekümmerte, traumhafte Kindheit verleben dürfen. Dankbarkeit bahnte sich ihren Weg zu meinem Herzen.

Es gibt so viele Dinge, die wir einfach als gegeben hinnehmen. Wir hinterfragen sie nicht, freuen uns darüber, wenn sie uns guttun, und ärgern uns darüber, wenn wir uns falsch verstanden oder schlecht behandelt fühlen. Doch jeder Moment ist einzigartig. Er kommt nie wieder zurück. Sosehr wir uns auch danach sehnen, dachte ich traurig.

Ellies Miene verriet mir, dass sie nicht so recht wusste, ob sie mir glauben sollte. Zunächst schwieg sie, und ich hatte schon Sorge, sie könnte nicht weitererzählen.

»Meine Mum ist mit mir unzählige Male umgezogen. Wir haben oft in Kommunen gelebt, in denen ich meist nur eine Matratze auf dem Boden hatte und ein kleiner Stoffhase mein einziges Zuhause darstellte.«

Ellie zog sich ihre dicke Wollmütze etwas weiter über die Ohren und stellte den Kragen ihres Mantels auf. Der Wind war wirklich unerbittlich. Er blies so eisig, dass mir bereits Nase, Wangen und Lippen schmerzten. Doch ich lief weiter.

»Einen Vater gab es nicht. Also zumindest nicht im herkömmlichen Sinn. Ich hatte keine Ahnung, wer er war, und Mum hat nie über ihn gesprochen.«

Schmerz und Trauer hatten viele Gesichter. Das Bild von Eleonore schlich sich vor mein geistiges Auge. Aber ich wollte nicht länger an sie denken, indem ich mich an ihren Tod erinnerte. Wir waren so viel mehr als dieser eine schwarze Moment, der alles verändert hatte.

Dann blieb Ellie plötzlich neben mir stehen. »Tja, und vor einigen Tagen bekam ich dann Post von meinem Großvater väterlicherseits, der mir berichtete, dass mein Vater tot sei und er selbst auch bald das Zeitliche segnen würde. Und nun bin ich hier.«

Erwartungsvoll blickte Ellie mich an. Sie schien abzuwägen, ob der Groschen bei mir gefallen war oder ob sie noch etwas deutlicher werden musste, damit ich verstand.

»Dann bist du eine direkte Nachfahrin der Cunninghams?«, fragte ich verblüfft.

Ellie nickte. »Sieht wohl so aus. Mein Großvater hat meinem Vater den Umgang mit mir verboten. Aber wer kann ihm das bei meiner Mutter schon verübeln? Du hast sie ja kennengelernt.«

Ellies gequältes Lächeln erreichte ihre Augen nicht. Sie wirkte müde und abgespannt. Und was mir besonders missfiel, sie sah traurig aus.

Plötzlich verspürte ich das Bedürfnis, alles zu tun, damit Ellie glücklich war. Ich sah es als meine Pflicht an, für sie da zu sein, mich um sie zu sorgen und mich ihrer anzunehmen. Aber nicht, weil ich ein neues Betätigungsfeld suchte und nicht wusste, was ich mit meiner vielen freien Zeit anstellen sollte. Nein, ich wollte es. Ich wollte mich für sie öffnen, ihr einen Platz in meinem Herzen geben, ihr die Sommer zeigen, die ich als Kind verlebt hatte.

Ellie hatte ein Stück von diesem unfassbar großen Glück

verdient und ein Zuhause, das weit über einen zerfledderten Stoffhasen hinausging.

»Und jetzt bist du hier, um dir das Zuhause anzusehen, das du nie hattest«, wagte ich einen Vorstoß in eine Richtung, von der ich nicht wusste, ob sie mich ans Ziel führen würde.

Ellie seufzte schwer, hielt den Blick zu mir allerdings aufrecht. Ein gutes Zeichen, wie ich hoffte.

»Ich weiß nicht so genau, wonach ich wirklich auf der Suche bin. Ich habe zwei Tagebücher von meinem Dad geerbt, seine intimsten Gedanken, wenn man so will. Doch ich hab es noch nicht mal geschafft, sie zu öffnen, um einen Blick hineinzuwerfen. Das alles ist um so vieles schwerer, als ich angenommen hatte. Und Mum …«

Ellie brach mitten im Satz ab. Nun bekam ich eine ungefähre Vorstellung davon, warum sie mich gebeten hatte, ihrer Mutter gegenüber vorzugeben, wir seien ein Paar.

»Weiß deine Mutter denn nicht, wer dein Vater war?«

Ellie schüttelte den Kopf und zuckte dabei mit den Schultern. »Ich denke nicht. Mum ist viel zu direkt, als dass sie diesen Umstand ungesagt gelassen hätte, als sie heute kam. Nein, sie weiß nichts von der wahren Identität meines Vaters. Und bei genauerer Betrachtung ist es wohl auch besser so.«

Ich überlegte, welche Anziehungskraft die Gegensätze vor fast dreißig Jahren gehabt haben mussten, damit Ellie entstehen konnte. Gleichzeitig sinnierte ich darüber, wie ihre Mum sich auf *Rosehill Manor* geschlagen hätte und ob der eigentliche Nachfolger des Titels des Earls of Cunningham an einem gebrochenen Herzen gestorben war.

In meiner Erinnerung war Ellies Vater ein sehr verschlossener, intelligenter Mann gewesen, der an der Universität von Oxford Literatur unterrichtet hatte. Er hatte seinen Job geliebt und die Zeit weitab von seinem Familiensitz genossen. Auf *Rosehill Manor* hatte ihn stets eine gewisse Melancholie umhüllt. Ich konnte mich nicht einmal daran erinnern, ihn je lachen gesehen zu haben.

»Deshalb auch die kleine Bitte an mich«, schloss ich folgerichtig.

Ellie nickte. »Entschuldige bitte, dass ich dich da mit reingezogen habe. Aber ich kann es meiner Mum nicht sagen. Noch nicht. Ich weiß ja selbst noch gar nicht, was der Aufenthalt hier in diesem alten Kasten mit mir anstellt.«

Ich grinste.

»Was gibt es denn da schon wieder zu lachen?«, hakte Ellie nach.

»Ich finde es seit einiger Zeit ziemlich schön hier auf *Rosehill Manor*.«

Ellie verstand die Doppeldeutigkeit in meinen Worten und errötete leicht. Vielleicht war es aber auch nur die Kälte, die mittlerweile in jede Faser unserer Körper gekrochen war.

Als Ellie sich zu einem kleinen Lächeln hinreißen ließ, strich ich ihr eine Strähne aus der Stirn und streifte sie hinter ihr Ohr. Ellie sah mich mit großen Augen an, während ich mich kaum an ihr sattsehen konnte.

»Und … sollen wir dieses kleine Spielchen vor deiner Mum fortführen? Was meinst du?«

Meine Frage war eigentlich eine ganz andere. Ich hoffte, dass Ellie mich auch ganz ohne Worte verstand, als ich mit meinem Daumen vorsichtig über ihre Wange strich und an ihrem Kinn entlangfuhr.

Ihre Lippen waren leicht geöffnet. Ihr Mund wirkte so verheißungsvoll auf mich wie der erste Schnee des Jahres. Er hatte etwas Zauberhaftes, ja Magisches an sich. So wie Ellie.

»Un-unbedingt«, stotterte Ellie verlegen, die es nicht wagte, sich unter meinen Berührungen zu bewegen.

»Dann sollten wir alles dafür tun, dass sie uns das Ganze auch abkauft. Findest du nicht?«

Ich versuchte, mich meiner nächsten Schritte zu vergewissern, nachzuspüren, ob Ellie es auch wollte. Oder ob alles nur ein Produkt meiner Fantasie war.

Mein Herz setzte für einige Schläge aus, als Eleonore mich anhielt, genau so weiterzumachen, wie ich es Ellie indirekt vorgeschlagen hatte. Ich spürte diese unbändige Vorfreude in mir und genoss es, wie neue Lebenskraft meinen Körper mit Energie durchströmte. Das war ein Neuanfang in jedweder Hinsicht. Doch ich konnte nicht behaupten, dass er mir missfiel. Ganz im Gegenteil.

Ich beugte mich ein Stück zu Ellie hinunter, ohne den Blick von ihr zu lösen. Als sie ihre Augen schloss, wusste ich, was zu tun war. Ganz vorsichtig legte ich meine Lippen auf ihre. Die Berührung war so intim, dass ich zunächst innehielt, ehe ich Ellie küsste.

Verheißungsvoll schloss auch ich meine Lider und wartete darauf, dass sie meinen Kuss erwiderte. Zunächst lagen unsere Lippen reglos aufeinander. Doch als ich mich schon wieder von ihr lösen wollte, ergriff Ellie die Initiative und küsste mich so leidenschaftlich, dass mir das Atmen schwerfiel.

Wie eine Ertrinkende legte sie ihre Hände in meinen Nacken und zog mich ganz fest an sich. Die Wärme und Geborgenheit, die von ihrem Körper ausgingen, waren wie ein sicheres Netz, das mich davon abhalten würde, auf dem harten Boden der Tatsachen aufzukommen und an meiner Trauer zu ersticken.

Ich wollte mehr davon. Viel mehr.

Kapitel 23

Ellie

Mit einem seligen Lächeln auf den Lippen wachte ich an diesem Mittwochmorgen wenige Tage vor Weihnachten auf.

Wider Erwarten war das gestrige Dinner mit Mum und Max gut verlaufen. Ich hatte schon befürchtet, Mum würde die Gelegenheit erneut nutzen und Max stellvertretend für den ganzen Adelsstand zurechtweisen, doch sie hielt sich zurück, lachte dann und wann sogar über seine Scherze.

Ich streckte mich genüsslich, ehe ich die Augen aufschlug und diesen Tag willkommen hieß. Tief in mir hatte ich das Bedürfnis, Bäume auszureißen und neue Projekte anzugehen.

Seit ich Max geküsst hatte, stand ich regelrecht unter Strom. In jeder Sekunde, in der er nicht bei mir war, sehnte ich mich danach, ihm nahe zu sein. Ungeduldig wartete ich schon auf den nächsten Kuss, während ich inständig hoffte, dass Max ihn nicht bereute.

Es bestand schließlich immer noch die Möglichkeit, dass das gestern nur so etwas wie eine Übersprunghandlung gewesen war. Vielleicht hatte ich ihm nur leidgetan und er wollte mir auf diese Weise zeigen, dass ich nicht allein war.

Das Unterfangen war ihm wahrlich geglückt. Allein fühlte ich mich nicht mehr. Eher wie am Ziel meiner Reise. Einer

Reise, die lange in der Vergangenheit begonnen und endlich zu einem guten Ende gefunden hatte.

»Das ist ja wohl nicht euer Ernst.«

Mums markerschütternder Schrei jagte wie ein Blitz durch meinen Körper und ließ ihn sogleich in die Senkrechte fahren. Noch ehe ich michs versah, stand ich neben meinem Bett und hastete barfuß zur Tür.

Ich öffnete sie in meinem Die-Schöne-und-das-Biest-Pyjama, rannte durch den Flur zur Treppe und sauste wie der Wind hinunter. Inständig betete ich unterdessen dafür, dass ich mir alles nur eingebildet hatte, dass Mum noch immer schlafend in ihrem Bett lag. Doch als ich ihren blonden Lockenkopf in der Empfangshalle erblickte, wusste ich, dass alles Hoffen gegen meine Mutter nichts brachte.

Sie war eine Naturgewalt, und ich war mit absoluter Gewissheit nicht dazu in der Lage, sie in irgendeiner Hinsicht zu bändigen. Aber das mit Max und mir würde ich mir von ihr nicht kaputtmachen lassen. Jedenfalls nicht, bevor es überhaupt beginnen konnte, bevor wir eine wirkliche Chance hatten.

Als sie mich in meinem Schlafanzug die Treppe hinunterrennen sah, warf Mum die Hände in die Höhe und mir anklagend entgegen: »Wusstest du das?«

Schlaftrunken und völlig neben mir stehend, hetzte mein Blick durch die Halle. Wo war nur Max? Was war hier los? Hatte er ihr womöglich von meinem Vater erzählt? Meine Gedanken überschlugen sich, während ich mich darum bemühte, mir beim Treppeheruntersausen nicht das Genick zu brechen.

»Ich kann dir alles erklären«, faselte ich in der Hoffnung, sie irgendwie besänftigen zu können, auch wenn ich keinen blassen Schimmer hatte, was sie derart in Rage gebracht hatte.

Als ich auf dem kalten Marmorboden im Erdgeschoss angekommen war, sah ich rechts von mir mittig in der Halle eine riesige Tanne stehen.

»Mach dich doch nicht lächerlich. Was willst du mir denn erklären? Dass es irgendeinem wahnsinnig wichtigen christlichen Brauch entspricht, kurz vor Weihnachten Bäume zu töten und ihren Leichnam aufgebahrt und mit viel Bling-Bling bis zur Ankunft der Heiligen Drei Könige stehen zu lassen?«

Kaum hörbar atmete ich erleichtert auf. Es ging also gar nicht um mich, sondern um den schätzungsweise fünf Meter hohen Baum, der hier wie aus dem Nichts aufgetaucht war.

»Wir haben seit jeher einen Weihnachtsbaum im Eingangsbereich von *Rosehill Manor* stehen. Es ist eine langjährige Tradition«, erklärte Mr O'Donnell ganz sachlich.

Ich hatte seine Anwesenheit gar nicht bemerkt, so sehr war ich auf meine Mutter fixiert gewesen.

»Was ist denn hier los?«, fragte Max, der ebenfalls die Treppe herunterkam und gerade im Begriff war, die Bändel seines Morgenmantels zuzubinden.

»Nichts weiter«, versuchte ich, ihn zu beruhigen. »Mum hat nur …«

Doch diese ließ mich gar nicht erst aussprechen.

»Max, wie kannst du es nur zulassen, dass dieser arme Baum sein Leben lassen musste?«

Max zog verunsichert die Augenbrauen nach oben und blickte hektisch zwischen Mum und mir hin und her.

Ich hauchte ihm ein »Sorry« entgegen, während er sich mit der Hand durch sein wirres Haar fuhr.

»Wie wäre es mit Frühstück? Dabei können wir ausgiebig darüber debattieren, ob der Baum zu Weihnachten aus Plastik bestehen sollte oder …«

»Um Himmels willen«, grätschte Mum ihm dazwischen.

Max musste wirklich noch viel lernen, wenn er es mit meiner Mutter aufnehmen wollte.

»Am besten wäre überhaupt kein Baum. Kein Lametta, keine Weihnachtskugeln, keine Geschenke und keine dicken Männer mit weißem Rauschebart und in rotem Morgenmantel.«

Mum sprach eine sehr deutliche Sprache. Und das noch vor dem Frühstück.

Als mir die Kälte langsam in die Glieder kroch, hüpfte ich von einem auf das andere Bein.

»Aber so ein Plastikbaum hat eine ziemlich gute Ökobilanz. Und die Dekomaterialien, die Sie ansprechen, können doch mehrere Jahre verwendet werden.«

Mum schwenkte anerkennend den Kopf.

»Frühstück klingt nach dieser kleinen Aufregung am Morgen vielleicht doch gar nicht so verkehrt. Dabei könnt ihr mir auch gleich erklären, warum ihr nicht in einem Bett schlaft.«

Ein süffisantes Lächeln breitete sich auf den Lippen meiner Mum aus, während Max und ich uns ertappte Blicke zuwarfen.

»Er schnarcht«, »Sie wollte noch lesen«, behaupteten wir beide mal wieder ziemlich ungünstig gleichzeitig.

»Und ihr seid sicher, dass ihr euch erst wenige Wochen kennt? Auf mich macht ihr den Eindruck eines Paares, das schon seit Jahrzehnten zusammen ist. Zieht euch etwas an, und dann sehen wir uns in fünfzehn Minuten beim Frühstück«, forderte meine Mutter uns auf und ließ dabei keinen Zweifel daran, wie ernst es ihr mit dieser Sache war.

Mittlerweile hatte ich nur keine Ahnung mehr, was ihr wichtiger erschien: der Baum oder unser vermeintliches Liebesleben. Aber ein untrügliches Gefühl sagte mir, dass ich es schneller erfahren würde, als mir lieb war.

»Was sollen wir ihr sagen?«

Ohne anzuklopfen, platzte Max in mein Zimmer, während ich nur in Unterhose und BH dastand.

Hastig griff ich mir das Oberteil meines Schlafanzuges und hielt es mir notdürftig vor den Körper.

»Schon mal was von Anklopfen gehört?«, schnaubte ich meinen Verbündeten an.

Dabei war er doch schon zu diesem Zeitpunkt so viel mehr für mich. Und dennoch: Max hatte nicht einfach wie eine spanische Armada in meinen sicheren Hafen einzufallen. Das hier war das Zimmer meines Vaters. Mein kleines

Reich am Rande des Abgrunds.

Max drehte sich wie ein Gentleman um. »Entschuldige bitte. Ich dachte, du wärst schon längst fertig.«

Das wäre ich sicher auch, wenn mir meine quälenden Gedanken nicht einen Strich durch die Rechnung gemacht und mich davon abgehalten hätten.

Die Sache war die: Ich verstrickte mich zunehmend mehr in ein Netz aus Lügen, und ich hatte keine Ahnung, wie ich da je wieder rauskommen sollte. Es war das eine, meiner Mum einen Mann als meinen Freund zu präsentieren. Aber es war etwas ganz anderes, ein wirkliches Zusammenleben vorzuspielen, so zu tun, als würden wir uns in- und auswendig kennen.

Über diesen Gedanken musste ich lachen. Wie sollte ich schon eine andere Person so gut kennen, wenn ich nicht einmal behaupten konnte, mich selbst auch nur ansatzweise zu verstehen? Das ganze Unterfangen war von vornherein zum Scheitern verurteilt gewesen, und ich hätte gut daran getan, meiner Mutter beim Übertreten der Schwelle dieses Hauses die Wahrheit zu sagen.

Doch der Moment war wie der erste Schnee des Jahres an mir vorbeigezogen. Jetzt stand ich wie ein begossener Pudel da, musste mich indirekt für die fünf Meter hohe Nordmann-Tanne im Eingangsbereich des Hauses meines Freundes rechtfertigen und die überglückliche Jungverliebte spielen.

Dabei war ich mir sicher, dass mir der letzte Punkt ganz

gut gelingen würde, wenn nur meine Mum dabei nicht anwesend wäre. Dieses Knistern zwischen Max und mir. Der erste zaghafte Kuss im Garten. Wir hätten wirklich eine Chance verdient, wenn da die widrigen Umstände nicht wären.

»Alles okay bei dir?«

Max klang besorgt. Verschwunden war der egozentrische Wichtigtuer, der mich nicht schnell genug hatte wieder loswerden können. Vor mir stand ein besorgter, gut aussehender Mann, der mich mit einer Wärme im Blick bedachte, auf die ich nicht vorbereitet war.

»Die Sache mit meiner Mutter nimmt Ausmaße an, die ich dir nicht länger zumuten möchte.«

Beherzt warf ich das Pyjamaoberteil aufs Bett, zog mir Jeans und einen Pulli über, während Max verstohlen zu mir sah und seinen begierigen Blick über meinen Körper fahren ließ. Noch vor wenigen Tagen hätte ich Stein und Bein geschworen, dass es nie so weit kommen würde, dass Max und ich uns derart annähern. Wie sich die Dinge doch ändern konnten.

»Wir könnten auch einfach behaupten, dass wir mit dem Sex noch bis zur Ehe warten wollen«, schlug Max vor, während ich laut losprustete.

»Dieser Grund würde uns endlose Therapiesitzungen bei meiner Mutter einbringen. Komm bloß nicht auf die Idee, ihr gegenüber andeuten zu wollen, wir hätten kein geregeltes Sexleben.«

Max hob verwundert die Augenbrauen. »Okay, was

schlägst du dann vor?«

Ich zuckte mit den Schultern. »Ganz ehrlich? Ich habe keinen blassen Schimmer. Das Beste wird wohl sein, wenn ich ihr die Wahrheit sage.«

Max überwand die wenigen Schritte, die uns noch voneinander trennten, und zog mich in eine feste Umarmung. Meine Wange lag sanft auf seinem weichen grau melierten Wollpullover, während ich den unverkennbaren Maxgeruch tief einatmete und mich dazu hinreißen ließ, meine Augen für den Moment zu schließen.

In der Gegenwart dieses Mannes fühlte ich mich so geborgen. Nicht das Zimmer war mein sicherer Hafen. Nein, Max war es. Er war der Mensch, in dessen Nähe ich mich ein Stück weit fallen lassen konnte, ohne Sorge zu haben, es schon im nächsten Augenblick wieder zu bereuen.

Ein gellender Schrei riss uns keine Sekunde später auseinander. Mit weit aufgerissenen Augen starrten wir uns an, während ich fieberhaft überlegte, was Mums Unmut nun wieder hervorgerufen haben könnte.

»Ich denke, wir sollten runtergehen«, meinte Max mit einem Grinsen auf den Lippen.

Ich schlug ihm sanft gegen die Brust. »Das ist nicht lustig.«

Max versuchte, das Grinsen mit nur sehr mäßigem Erfolg einzustellen, während er seinen Mund in meine Richtung bewegte. Ich konnte seinen warmen Atem auf meiner Haut spüren, ehe er seine Lippen auf meine legte. Ein unbekanntes Gefühl von Sehnsucht und Leidenschaft mischte sich in diesen Kuss, dem ein weiterer, beinahe hysterisch klingender Schrei meiner Mutter ein viel zu frühes Ende bereitete.

Kapitel 24

Max

»Was zum Teufel macht das Porträt deines Vaters hier an der Wand?«

Ellies Mutter sah aus, als hätte sie soeben einen Geist gesehen. Sie zitterte am ganzen Leib, während ihr Gesicht bedenkliche Ähnlichkeit mit der Wandfarbe angenommen hatte, auf der das Bild von George zu sehen war.

Ellies Vater war schon vor einigen Jahren verstorben. Doch nun, da ich ihn aufmerksam betrachtete, fiel mir erst auf, dass Ellie sein Ebenbild war.

Zur Salzsäule neben mir erstarrt, blickte sie derweil so fassungslos auf das Bild ihres Vaters, als hätte sie ihn nie zuvor gesehen. Und schlagartig wurde ich mir dessen bewusst, dass es wohl so sein musste.

Ellie war zwar mit dem festen Vorsatz nach *Rosehill Manor* gekommen, ihrem toten Vater näherzukommen, doch bisher hatte sie nicht einmal den Mut gehabt, sein Tagebuch zu öffnen, geschweige denn, mich zu fragen, ob es Bilder von ihm gab.

»Das hier ist Dads Zuhause gewesen«, flüsterte Ellie kaum hörbar. Auch Ellie musste jetzt ihre Ähnlichkeit mit dem Bildnis ihres Vaters, das sich in einem kleinen Flur zwischen Esszimmer und Kaminzimmer befand, aufgefallen sein.

Ellies Mum wandte sich mit leicht geöffnetem Mund zu ihrer Tochter um.

»Dann hast du ihn gefunden?«, fragte sie ganz leise.

Verschwunden war die energische Frau, die sich für Nordmann-Tannen einsetzte, als hinge ihr Leben davon ab, und offen ihre Meinung zu allem und jedem kundtat. Ob man sie nun hören wollte oder nicht. Vor mir stand ein Häufchen Elend, das sich den Schatten der Vergangenheit gegenüberstehen sah und in dessen Augen sich ein Hauch von Hoffnung widerspiegelte.

Ellie schüttelte den Kopf. »Er hat mich gefunden. Oder, besser gesagt, mein Großvater.« Dann hielt sie kurz inne, blickte zu mir, ehe sie den Mut fand, weiterzusprechen und ihrer Mutter die ganze Wahrheit zu sagen. »Es tut mir leid, dir sagen zu müssen, dass … Mum, Dad ist schon vor vielen Jahren gestorben.« Mit brüchiger Stimme beendete sie ihren Satz.

Ihre Mum taumelte. Ich bekam sie gerade noch zu fassen, ehe sie fallen konnte.

»George ist tot?«, fragte sie ungläubig, während sie ihrer Tochter fest in die Augen sah.

Ellies Augen schimmerten wässrig, während sie nickte und sich die Hand vor den Mund schlug.

Plötzlich kam ich mir ziemlich deplatziert vor. Bis vor wenigen Minuten stand ich noch als Ellies vermeintlicher Freund berechtigterweise ihrer an Seite. Doch unter den gegebenen Umständen hatte sich das Blatt gewendet. Ihrer

Mutter würde schnell klar werden, dass Ellie ihr eine Beziehung mit mir nur vorgespielt hatte, um den wahren Grund für ihren Aufenthalt in diesem Haus zu verschleiern.

Ich sollte diesen intimen Mutter-Tochter-Moment nicht länger stören, auch wenn ich Ellie am liebsten in meine Arme gezogen hätte, um ihr zu zeigen, dass ich immer für sie da war.

Aber konnte ich das überhaupt? Durfte ich ihr das Gefühl vermitteln, sie vor allem Bösen beschützen zu können, während ich bei Eleonore so kläglich versagt hatte?

Die quälenden Bilder der letzten Monate sprangen mir unvermittelt ins Gedächtnis und breiteten sich dort wie eine Epidemie aus. In rasender Abfolge sah ich Blut, viel Blut, den verdrehten Körper meiner Frau und die vielen Gaffer vor mir, die es mir erschwert hatten, mir einen Weg zu Eleonore zu bahnen.

Ich schluckte schwer und half Ellies Mum auf einen Stuhl im Esszimmer, ehe ich mich unter einem Vorwand von den beiden Frauen verabschiedete, um ihnen etwas Raum zu geben.

Während meine Dämonen mich hinterlistig heimsuchten, überreichte mir O'Donnell auf dem Flur einen Brief, in dem mir der Notar Mr Hobbs mitteilte, dass Ellie das zugeteilte Wohnrecht aberkannt werden könnte. *Rosehill Manor* war der Stammsitz der Cunninghams, erklärte er mir, und damit mein zum Titel gehörender Besitz, über den der alte Earl nicht derart verfügen konnte, wie er es getan hatte.

Ein Gedanke blitzte in meinem Kopf auf. Ich musste Ellies Anwesenheit in meinem Haus nicht länger hinnehmen. Und ich musste damit nicht länger Verantwortung für sie übernehmen. Mir keine Sorgen mehr um sie machen, wenn sie sich mal wieder in unmöglichem Schuhwerk aufs Eis wagte und fiel.

Mein Herz verneinte vehement meine rationalen Überlegungen und verteufelte sie als das, was sie waren. Ein hoffnungsloser Versuch, mich nicht Hals über Kopf in Ellie zu verlieben.

Ich war noch nicht so weit, einen anderen Menschen wieder so sehr zu lieben, wie ich Eleonore geliebt hatte. Und zum jetzigen Zeitpunkt war ich mir nicht einmal sicher, ob ich je wieder so für eine andere Frau empfinden konnte.

Ungeachtet der Gefühle, die ich für Ellie hatte, rannte ich die Treppe Stufe für Stufe ins Obergeschoss und fasste einen Entschluss.

Kapitel 25

Ellie

»Barnie? Kannst du kommen? Mum hatte einen Nervenzusammenbruch.«

Nie im Leben hätte ich es für möglich gehalten, dass ich den letzten Satz einmal laut in Verbindung mit meiner Mutter aussprechen würde. Ein Nervenzusammenbruch war im Leben von Carry Willoughby so unwahrscheinlich wie Schnee in Florida zur Weihnachtszeit.

»Ich fahre gleich los«, vermeldete Barnie wie selbstverständlich, ehe er sich unsere genauen Daten durchgeben ließ.

»Und Barnie …« Wie konnte ich den besten Freund meiner Mutter auf das vorbereiten, was ihn hier erwarten würde? Die beiden kannten sich zwar schon eine Ewigkeit, doch ich bezweifelte, dass er Mum je so niedergeschlagen und verletzlich erlebt hatte.

»Deine Mum ist eine starke Frau. Aber glaub nicht, dass ich nicht wüsste, wie es an ihren dunklen Tagen aussieht«, berichtete Barnie und schlug dabei eine neue Seite in der Beziehung zwischen mir und meiner Mutter auf.

War das Bild, das ich mir von meiner Mum gemacht hatte, am Ende womöglich nicht so stimmig, wie ich immer gedacht hatte? Meine Mutter war natürlich auch nur ein Mensch aus Fleisch und Blut. Sie hatte mit Sicherheit auch ihre traurigen und in sich gekehrten Momente, von denen ich in der Vergangenheit allerdings nichts mitbekommen hatte.

Verlegen blickte ich zu der Zimmertür, hinter der ich meiner Mum gerade ins Bett geholfen hatte.

»Hat sie denn viele von diesen Tagen?«, hakte ich bei Barnie nach, als mir bewusst wurde, wie wenig ich doch über meine Mutter wusste.

»Nicht mehr als wir anderen auch. Mach dir deshalb keine Sorgen, Schätzchen. Aber bei ihr stehen sie einfach im krassen Gegensatz zu ihrem sonst so aufgeschlossenen und unbeugsamen Wesen.«

Ich wusste genau, was Barnie damit sagen wollte. Und das erste Mal in meinem Leben machte ich mir wirklich Sorgen um meine Mutter.

Sie war die Mutigere von uns beiden. Sie war diejenige, die notfalls mit dem Kopf durch die Wand ging, um für ihre Überzeugungen einzustehen. Ohne Rücksicht auf Verluste. In meinen Augen war Mum eine so starke Frau, dass ich ihr offensichtlich irgendwann das Recht aberkannt hatte, eine verletzliche Seite zu haben.

Sie beim Anblick meines auf eine Leinwand gemalten Vaters so außer sich zu sehen, hatte mich wachgerüttelt, mir gezeigt, wie sehr ich mich doch in ihr getäuscht hatte. Und wie eigennützig ich handelte, seit mich Großvaters Päckchen erreicht hatte.

Anstatt geradewegs zu meiner Mum zu gehen, hatte ich Pläne geschmiedet, um sie auf eine andere Fährte zu locken.

Ich hatte sie blindlings angelogen und mir dabei selbst vorgemacht, dass das hier nur meine Angelegenheit sei und ich ein Recht darauf hätte, den Vater, den sie mir nicht zugestehen wollte, zu finden.

»Sie hat sich ein wenig hingelegt.«

»Das ist gut. Ich bin in spätestens zwei Stunden bei euch. Und Ellie …«

Langsam lief ich zu meinem Zimmer. Jedoch nicht, ohne mich dabei alle paar Schritte nach Mums Tür umzusehen und mich zu fragen, ob ich nicht hätte bleiben und ihr erklären sollen, wie es zu allem hatte kommen können. Außerdem war wohl eine Entschuldigung angebracht.

»Ja?«, fragte ich nach, als Barnie nicht weitersprach.

»Das ist nicht deine Schuld. Hörst du? Ich kann verstehen, was dich dazu bewogen hat, deiner Mutter nichts von dem Vermächtnis deines Großvaters zu erzählen. Aber Carry hat wohl zeit ihres Lebens darauf gehofft, deinen Vater irgendwann wiederzusehen. Er war ihre ganz große Liebe, musst du wissen. Und wenn sie eines von dieser ganz großen Liebe nicht erwartet hätte, dann wohl, dass sie einem alten englischen Adelsgeschlecht entstammte.«

»Und dass sie mittlerweile tot ist«, ergänzte ich.

Als ich meinen Blick erneut zum Zimmer meiner Mutter gleiten ließ, überkam mich so etwas wie Bedauern und tiefes Mitgefühl für die Frau, von der ich noch bis vor wenigen Minuten geglaubt hatte, nichts und niemand wäre dazu in der Lage, sie zu brechen.

Die Liebe war mit das mächtigste Gefühl auf Erden. Sie

konnte uns warm einhüllen wie eine dicke Daunendecke bei Schnee und Eis. Sie konnte uns aber auch mit nur einem Fingerzeig vernichten. Denn Liebe war keine Krankheit, die man heilen konnte. Es gab kein Medikament dagegen. Sie blieb, auch wenn man sich mit Händen und Füßen dagegen wehrte.

»Carry schafft das.«

Ich nickte, auch wenn ich wusste, dass Barnie mich nicht sehen konnte.

»Wenn du kommst, wird es ihr besser gehen«, sagte ich wahrheitsgetreu, während mir ein unschöner Gedanke durch den Kopf schoss.

Ich bedauerte es zutiefst, dass nicht ich der Mensch war, der sie von ihrem Leid befreien, der sie in den Arm nehmen und für sie da sein konnte. Was war bei uns nur schiefgelaufen, dass diese Option kategorisch ausgeschlossen war? Warum hatte ich mich nicht mehr um sie bemüht, ihr das Gefühl gegeben, dass ich sie liebte und sie immer auf mich zählen konnte?

Barnie hatte ein untrügliches Gespür für das Empfinden anderer Menschen.

»Du hast nichts falsch gemacht, Ellie. Du bist nicht schuld daran, dass es in der Vergangenheit oft Spannungen zwischen dir und deiner Mutter gegeben hat. Aber vielleicht könnt ihr diese eines Tages einfach hinter euch lassen und euch gemeinsam einer neuen, ja unbeschwerten Zukunft zuwenden. Ich packe jetzt meine Sachen und fahre los. Bis bald, Ellie.«

»Bis bald, Barnie.«

Ich stand noch einige Minuten unschlüssig im Flur. Sollte ich noch einmal zu ihr gehen und ihr alles erklären? Oder war es nicht sinnvoller, sie nach dem Schreck ausruhen und Barnie nach dessen Ankunft erst mal vorsichtig vorfühlen zu lassen?

Gedankenversunken streifte ich die Ärmel meines Pullovers über meine Hände. In den Korridoren des riesigen Hauses war es bitterkalt. Es fröstelte mich so sehr, dass ich leicht zu zittern begann. Dennoch blieb ich an Ort und Stelle wie festgewurzelt stehen.

Ich hätte nicht kommen dürfen. Ich hätte Mum nicht belügen dürfen. Und ich hätte Max mein Herz nicht öffnen sollen. Plötzlich kamen mir seine Küsse und seine Nähe falsch vor. Wie ein weiterer Fehler, den ich begangen hatte, um meine Mutter zu verletzen, um ihr unterschwellig eins dafür auszuwischen, dass sie mir nie gesagt hat, wer mein Vater ist. Dabei kannte ich ihre Abneigung dem englischen Adel gegenüber hinreichend.

Erst jetzt wurde mir klar, dass Mum es nicht vermieden hatte, von Dad zu sprechen, weil sie ihn so sehr hasste, dass sie ihm keinen Raum zwischen uns geben wollte. Sie liebte ihn. So sehr, dass es ihr sogar schwerfiel, offen mit ihrer Tochter über ihn zu sprechen.

Tränen lösten sich aus meinen Augen. Manchmal musste man hart gegen eine Backsteinmauer laufen, um den Dingen auf den Grund zu gehen. Dabei war die Erkenntnis viel schmerzvoller, als es der Aufprall je hätte sein können.

Kapitel 26

Max

»Sie sind also Max«, stellte der Mann mir gegenüber fest, den ich nicht kannte, der allerdings offensichtlich bereits über mich Bescheid wusste.

Er musterte mich unverhohlen, während ich noch immer nicht wusste, mit wem ich es denn überhaupt zu tun hatte.

O'Donnell hatte mir den Mann als Barnie Patmore aus London vorgestellt, der Ellies Mum besuchen wollte. Nicht mehr und nicht weniger.

»Ellie hat mich angerufen und mich gebeten, heute zu kommen«, offenbarte er schließlich den Grund für sein Erscheinen, als er meinen fragenden Blick nicht länger auf sich spüren wollte.

»Okay«, antwortete ich wenig eloquent, während ich mich in dem Chesterfield-Sessel im Kaminzimmer etwas zurücklehnte.

Den Sessel würde ich bei nächster Gelegenheit ersetzen müssen. Er war schlichtweg unbequem, ständig bekam ich darin irgendwelche Hiobsbotschaften übermittelt. So konnte das auf keinen Fall weitergehen.

Dann kniff er sein eines Auge etwas zusammen und sah mich skeptisch an.

»Wie stehen Sie zu Ellie?«

»Ich denke nicht, dass ich mit Ihnen darüber sprechen

möchte«, erwiderte ich schroff, während ich meine Arme vor der Brust verschränkte.

Mr Patmore sah mich für einen Moment tiefsinnig an.

»Ellies Wohl liegt mir sehr am Herzen. Sie ist für mich wie die Tochter, die ich nie hatte. Ich gebe Ihnen also nur einmal diesen gut gemeinten Rat: Vermasseln Sie es nicht! Denn wenn Sie es vermasseln und meiner Ellie das Herz brechen sollten, komme ich wieder und reiße Ihnen Ihres aus dem Leib. Verstanden?«

Ein Mann der klaren Worte. Das musste man ihm lassen. Mr Patmore sprach nicht lange um den heißen Brei herum, sondern machte Nägel mit Köpfen. Unter anderen Umständen hätte ich den Mann durchaus sympathisch finden können.

»Das zwischen Ellie und mir geht nur uns beide etwas an.«

»Exakt.« Mr Patmore hob einen Finger in die Höhe. »Zumindest bis zu dem Zeitpunkt, in dem Sie sie für eine andere Frau verlassen, die vielleicht mehr Ihrem Stand entspricht. Ich habe mir das in der Vergangenheit schon einmal angesehen und geschwiegen. Heute werde ich nicht mehr tatenlos danebenstehen, während eine Frau, die mir sehr viel bedeutet, verletzt wird.«

Ich bekam eine ungefähre Vorstellung davon, wovon er sprach und wie sehr ihm Ellies Wohl am Herzen liegen musste.

»Ich habe nicht vor, Ellies Gefühle mit Füßen zu treten.«

Ein Lächeln breitete sich auf seinen Lippen aus.

»Ich habe nicht mal vor, Ellie für mich zu gewinnen. Wir beide sind zu verschieden. Das zwischen uns hätte keine Zukunft.«

Mit weit aufgerissenen Augen sah er mich an. »Dann war das alles nur inszeniert, um Carry auf eine falsche Fährte zu locken?«, hakte er nach, und das erste Mal, seit ich eingewilligt hatte, Ellies Freund zu spielen, gefiel mir die Tatsache. Half sie mir jetzt doch aus der Misere.

Ich nickte und hatte mich damit hinreichend erklärt.

Zumindest nach außen hin. In mir drinnen sah es da ganz anders aus. Mein Verstand focht einen unerbittlichen Kampf gegen mein Herz aus. Während meine Vernunft mit dem Argument ins Feld zog, dass Ellie etwas Besseres als mich verdient hatte, bat mich mein Herz, die Sorge um das Was-wäre-Wenn achtlos über Bord zu werfen und mich dem Moment hinzugeben, dem Gefühl nachzuspüren, das Ellies Gegenwart in mir auslöste.

Wenn Ellie bei mir war, dann war es Frühling mitten im Dezember. Ich konnte die Blumen im Garten riechen, die Vögel zwitschern hören und hatte das Gefühl, alles würde gut werden.

Doch da war auch diese sorgenvolle andere Seite an mir, die jeden Meter Abstand zwischen uns beiden mehr als guthieß. Sie befeuerte mich mit Bildern von Eleonores Unfall und führte mir mein Versagen überdeutlich vor Augen. Immer wieder!

Wenn ich mich nur nicht verspätet hätte, dann wäre Eleonore nicht zu diesem Zeitpunkt über die Straße gegangen.

Drei Minuten zuvor war der betrunkene Autofahrer, der wie aus dem Nichts plötzlich aufgetaucht und mir die Liebe meines Lebens vor meinen Augen aus dem Leben gerissen hatte, noch weit genug von ihr entfernt gewesen.

Wie oft ich auch blinzelte, die quälenden Bilder wollten einfach nicht vor meinem geistigen Auge verschwinden. Ich hörte den Aufprall. Den gellenden Schrei einer Passantin, den Rettungswagen, der wenige Minuten später eintraf, die Fragen der Polizei, das Wehklagen des Mannes, der den Unfall verursacht hatte. Nur Eleonore blieb stumm und reglos am Boden liegen.

»Mr Cunningham?«

»Ja, bitte?«

Mr Patmore sah mich nachdenklich an.

»Sind Sie sicher, dass alles in Ordnung mit Ihnen ist?«

Ich winkte ab. »Alles bestens.«

»Dann werde ich mal nach Carry sehen. Doch bevor ich gehe, noch ein weiterer gut gemeinter Rat: Am Ende eines langen Lebens bereut man meist nur die Dinge, die man nicht gemacht hat.«

Damit legte er die Hand schon auf die Türklinke.

Ich war sauer auf ihn, weil er sich in Dinge einmischte, von denen er keine Ahnung hatte. Schließlich hatte der Mann gut reden. Er kannte meinen Schmerz nicht, wusste nichts von meinem Verlust. Wie sollte ich ihm auch nur ansatzweise erklären, wie es in meinem Inneren aussah?

In meiner Brust toste ein Sturm, der so wild war, dass ich ihn nur selten gebändigt bekam, seit Eleonore gestorben war. Nachts schreckte ich schweißgebadet auf, weil ich die Bilder in Endlosschleife vor mir sah. Eleonores Lächeln, als sie mich auf der gegenüberliegenden Straßenseite erblickt hatte und zu mir hinübereilen wollte.

Jede Nacht rief ich ihr zu, sie solle stehen bleiben. Nur einen kurzen Augenblick noch warten. Dann wäre die Gefahr gebannt. Aber sie blieb nie stehen. Sie lief unbeirrt mit diesem Lächeln auf den Lippen auf mich zu, und mein Herz brach jede Nacht aufs Neue, während der Sturm sich eisig nahm, was ihm zustand.

Seit ich Ellie kannte, hatte der Sturm an Kraft verloren. In ihrer Gegenwart wurde er immer mehr zu einem milden Lüftchen. Aber für wie lange? Und was würde passieren, wenn mir abermals das Liebste auf der Welt genommen wurde? Wie sollte ich diesen Verlust je überstehen, nachdem ich nach Eleonores Tod schon das Gefühl hatte, nie wieder frei atmen zu können?

Mr Patmore hatte vielleicht insoweit recht, dass man am Ende eines Lebens zurückblickte und sich darüber ärgerte, Chancen nicht rechtzeitig ergriffen zu haben. Oft traf man in seinem Leben Entscheidungen, die, rückblickend betrachtet, falsch waren oder nur halbherzig gefällt wurden. Aber dabei ging es meiner Meinung nach um rationale Dinge, nicht um Angelegenheiten des Herzens.

Als Mr Patmore sich ein letztes Mal zu mir umdrehte, erkannte ich die Sorge in seinem Blick. Ich wusste nicht, ob sie mir oder Ellies Mum galt, doch ich wusste, dass dieser

Mann einer von den Guten war. Einer, der seinen Mitmenschen half und dafür sogar durch Schnee und Eis fuhr.

»Ellie hat ein bisschen Glück verdient. Und mir scheint es so, als seien Sie selbst schon seit einer längeren Zeit auf der Suche danach.«

Warum konnte er nicht einfach gehen, wie er es gesagt hatte?

Was war schon Glück?

Ein unberechenbarer Faktor im kosmischen Gefüge von Raum und Zeit, auf den wir keinen Einfluss hatten. Wir waren nicht unseres eigenen Glückes Schmied, auch wenn man uns das weismachen wollte. Und wir konnten es schon gar nicht festhalten. Auch wenn wir alles dafür taten.

»Mir geht es gut«, behauptete ich abermals.

Langsam war mir Mr Patmores Freundlichkeit zu anstrengend, zu banal, zu unreflektiert. Ich ertrug es nicht länger, mit ihm über etwas zu sprechen, das mir längst genommen worden war.

Was auch immer das zwischen Ellie und mir war, ich war zum jetzigen Zeitpunkt nicht in der Lage, es zu deuten, geschweige denn zu sagen, wo es hinführen könnte. Nur eins stand außer Frage: Wenn ich mich diesem Gefühl öffnen sollte, das frischen Wind in mein beklommenes Herz brachte, dann brauchte ich viel Zeit, um darüber nachzudenken.

»Machen Sie es gut«, verabschiedete sich Mr Patmore und zog die Tür ins Schloss.

Stille umfing mich, während meine Gedanken zu schweifen begannen und mein Herz abermals Partei für seinen Standpunkt ergriff. Nicht mehr lange, und meine Vernunft würde schwinden. Schon jetzt hatte ich Angst vor diesem Moment, der alles verändern würde.

Kapitel 27

Ellie

Je länger ich in diesem Zimmer saß, desto bedrängter fühlte ich mich. Zeitweise hatte ich sogar das Gefühl, die Wände würden sich immer näher auf mich zubewegen und mich schon im nächsten Augenblick wie eine Ameise zerquetschen.

Stundenlang starrte ich auf die Bücher meines Vaters, die seine Gedanken und Gefühle beinhalteten. Ich brauchte sie nur zu öffnen, um darin meinem Dad ein erstes und zugleich letztes Mal zu begegnen. Rückfragen waren keine Option. Ich würde nie erfahren, wie er einen Satz gemeint hatte oder was er von anderen Dingen hielt, die in den beiden Notizbüchern nicht aufgeführt waren.

Und das Schlimmste: Was, wenn er mich mit keiner Silbe in diesen Büchern erwähnt hatte? Was, wenn er entschieden hatte, dass es besser so war?

Sorgen und Ängste zermürbten mich, noch ehe ich den Buchdeckel geöffnet hatte. Ebenso wie die Gedanken an meine Mum.

Schließlich fasste ich einen Entschluss, schwang mich vom Bett und überließ die Eiskristalle an meinen Fenstern für eine Weile sich selbst. So schön sie auch anzusehen waren, irgendwann musste ich mich wieder der Realität stellen. Auch wenn das nicht ganz einfach war.

Als ich die Tür ins Schloss gezogen hatte, hielt ich auf dem Flur kurz inne, atmete einmal tief durch und machte mich sodann auf den Weg nach unten. Ohne genaueres Ziel vor Augen steuerte ich auf die Empfangshalle zu, in der ein reges Treiben herrschte.

Mr O'Donnell stand vor dem üppigen Weihnachtsbaum und gab zwei Männern in meinem Alter, die links und rechts der Tanne Position bezogen hatten, genaue Anweisungen, an welchen Zweig welche Kugel gehängt werden durfte.

Auf dem Boden standen Kisten mit Lametta und Kerzenhaltern sowie weitere Kartons mit Christbaumkugeln. Diese waren so groß, dass ich vermutete, es handelte sich dabei um eine Sonderanfertigung.

Auch wenn meiner Mutter der tote Baum in der Empfangshalle ein Dorn im Auge war, so konnte ich nicht leugnen, was für eine Anziehungskraft er auf mich ausübte. Wie ein kleines Kind stand ich davor und beobachtete jeden Handgriff der beiden Männer, während ich mir ausmalte, wie der Baum wohl aussehen würde, wenn die Kerzen daran hingen und angezündet waren.

Weihnachten hatte in meinem Leben immer eine untergeordnete Rolle gespielt. Als ich noch ein Kind war, hatte Mum nie mit mir gefeiert. Das Unbekannte übte damals einen besonderen Reiz auf ein junges Mädchen aus, das von seinen Mitschülern stets gesagt bekam, Weihnachten sei die schönste Zeit des Jahres. Und das nicht nur wegen der vielen Geschenke.

Wenn ich mir den Baum, der einen wohligen Geruch nach Natur und Frische in der Halle verströmte, so ansah, bekam ich ein Gefühl davon, was ich in all den Jahren verpasst hatte.

Ich hätte in diesem Haus Weihnachten mit meinem Vater und meinem Großvater feiern können. Wenn das Leben ein wenig anders verlaufen wäre, dann hätte sogar Mum Gefallen an dem Fest gefunden. Vielleicht wären Mum und Dad sogar ein Paar geworden und würden heute hier gemeinsam leben.

Als sich meine Augen mit Tränen füllten, blinzelte ich einige Male, um wieder klare Sicht zu bekommen.

»Oh, Ms Willoughby, entschuldigen Sie bitte. Ich habe Ihre Anwesenheit gar nicht bemerkt. Kann ich etwas für Sie tun?«, fragte Mr O'Donnell bestürzt.

Ihm war deutlich anzusehen, wie sehr ihm sein Versäumnis missfiel.

Darum beeilte ich mich zu sagen: »Nein, nein, ich musste mir den Baum nur mal aus der Nähe ansehen und wollte auch gar nicht bei der Arbeit stören.«

Ein Lächeln umspannte seine sonst so gefassten Züge, und Fältchen fächerten sich um seine Augen.

»Sie sind Ihrem Vater sehr ähnlich, Ms Willoughby«, erklärte mir der Butler wie aus dem Nichts heraus.

Ich war nicht vorbereitet auf eine solche Aussage. Plötzlich stand ich einem Menschen gegenüber, der mir sehr wohl Antworten auf meine Fragen liefern konnte, dessen Meinung nicht nur zwischen den vergilbten Seiten eines

Buches zu finden war.

Und so sehr ich mir genau diese Situation herbeigesehnt hatte, ebenso sehr verunsicherte sie mich nun.

»Entschuldigen Sie bitte, wenn ich Ihnen zu nahe getreten bin«, ruderte er zurück.

Und schon tat es mir wieder leid, dass ich diesem netten Mann das Gefühl gab, er hätte etwas Falsches gesagt oder getan.

»Nein, bitte, entschuldigen Sie sich nicht. Es ist nur … Es ist nicht ganz einfach, über einen Menschen zu sprechen, der mir besonders nahegestanden haben müsste, von dem ich aber rein gar nichts weiß. Mein Vater hat in meinem Leben nie eine Rolle gespielt, und nun, da ich mich auf Spurensuche nach ihm mache, weiß ich nicht, was mich am Ende meiner Reise erwarten wird.«

Viel offener, als ich es zunächst wollte, offenbarte ich Mr O'Donnell meine Sorgen und Gedanken auf dem Silbertablett. Aber ich war es leid, diese nur mit mir allein auszumachen. Holly ständig damit zu belästigen, war auch keine Option. Und Mum hatte schon beim Anblick eines Porträts meines Vaters einen Nervenzusammenbruch erlitten. Es würde noch eine lange Zeit dauern, bevor sie sich in der Lage dazu sah, mit mir über ihn und ihre gemeinsame Zeit zu sprechen. Wenn überhaupt. Das war alles noch unkomponierte Zukunftsmusik und lag damit weit hinter den Sternen im Dunstkreis des Kosmos verborgen.

»Wenn Sie Fragen haben oder ich Ihnen irgendwie bei etwas behilflich sein kann, dann zögern Sie bitte nicht, mich darauf anzusprechen«, bestärkte mich der ältere Mann mit dem schütteren Haupthaar darin, meine Suche fortzusetzen.

Ich dankte ihm mit einem Lächeln und bemühte mich inständig darum, nicht wieder in Tränen auszubrechen.

Ein lauter Knall ertönte und forderte unsere ganze Aufmerksamkeit. Abertausende kleine goldene Weihnachtskugelscherben lagen unter der Tanne auf dem Marmorboden und glitzerten wie Schnee, der von der Sonne angeschienen wurde.

»Hab ich euch nicht gesagt, dass ihr äußerst sorgsam mit den Kugeln umgehen sollt? Sie sind uralt und zudem ist jede davon ein Unikat. Als Queen Elisabeth II. in ihren jüngeren Jahren in diesem Hause zu Gast war, fielen sie ihr sogleich ins Auge. Wollt ihr beiden Stümper jetzt eure Arbeit machen, oder soll ich mir erfahreneres Personal suchen, das sich imstande dazu fühlt, meine Anweisungen zu befolgen?«

Mr O'Donnells rauer Ton brachte zerknirschte Mienen auf den Gesichtern der beiden Männer zum Vorschein. Der Jüngere, der links des Baumes stand, beeilte sich, von seiner Leiter herunterzukommen, griff nach einem Besen und einer Schaufel, die neben den Kartons für ein derartiges Malheur bereitstanden, und fegte das Scherbenmeer eilig zusammen. Hie und da waren noch ein paar Partikel zu erkennen. Sie funkelten wie die Sterne in der Nacht, und ich fragte mich unweigerlich, ob Scherben nicht auch etwas Gutes an sich haben konnten.

»Entschuldigen Sie, Ms Willoughby, aber Sie sehen ja, wie es hier zugeht. Wenn Sie allerdings bis nach dem Schmücken des Baumes warten könnten, stehe ich Ihnen sehr gerne zu all Ihren Fragen Rede und Antwort.«

Ich lächelte ihm freundlich zu. »Das ist sehr nett von Ihnen. Ich werde sehr gerne auf das großzügige Angebot zurückkommen.«

Dann hielt ich es für vernünftiger, die drei Männer ihre Arbeit machen zu lassen. Ich wollte nicht schuld daran sein, dass Mr O'Donnell das Gefühl hatte, er wäre seiner Pflicht nicht ausreichend nachgekommen. Und nicht tatenlos danebenstehen, während die drei an der Fertigstellung des Baumes arbeiteten.

Als ich den Korridor entlanglief und das Kaminzimmer längst hinter mir gelassen hatte, wagte ich es schließlich, an eine der Türen zu klopfen. Als mich niemand hereinbat, nahm ich an, der Raum sei frei.

Dennoch wartete ich noch einen Moment, bis ich die Tür öffnete. Kaum dass ich dazu Mut gefasst hatte, den Raum zu betreten, blickte ich auf ein Meer aus Büchern, und mein Herz machte einen kleinen Satz. Schon seit ich ein kleines Kind war, liebte ich es, mich in den Geschichten zwischen zwei Buchdeckeln zu verstecken und mir meine eigene kleine Welt zu erschaffen.

In den letzten Jahren hatte ich jedoch immer weniger gelesen. Der Alltag, meine Selbstständigkeit und leidige Tätigkeiten wie die Buchhaltung ließen mir immer weniger Zeit für das Wesentliche im Leben.

Ich sog den Duft aus Büchern tief in meine Lungen ein, während ich die Tür in meinem Rücken schloss und mit meinen Augen die Regalwände, die sich einmal um den ganzen Raum wanden, entlangfuhr.

In Gedanken versunken erblickte ich eine Erstausgabe von Jane Austens Stolz und Vorurteil, etwas abseits lagen ein paar Kinderbücher von Beatrix Potter. Sie war eine der bedeutsamsten englischen Kinderbuchautorinnen vom Anfang des 20. Jahrhunderts gewesen.

Mit den Fingern glitt ich ganz vorsichtig über die Buchrücken, ehe ich eines der Exemplare aus dem Regal zog und es wie einen kleinen Schatz an meine Brust presste. Neben mir stand eine Leiter, mit der man auch an die oberen Regalreihen herankam. Wie viele Bücher hier wohl standen? Tausend? Fünftausend? Zehntausend? Ich war in diesen Schätzdingen schon immer eine Niete gewesen. Was ich aber mit Gewissheit sagen konnte, war, dass es verdammt viele Bücher waren und ich mir nicht sicher war, ob ich schon einmal zuvor so viele in einer privaten Sammlung gesehen hatte.

Mutig kletterte ich an der Leiter empor. Das alte Teil knirschte und wirkte auf den ersten Eindruck nicht besonders vertrauenswürdig. Dennoch nahm ich es mit ihr auf. Zu neugierig war ich auf die vielen bunten Buchrücken, die sich weit nach oben erstreckten.

Ein Bücherwurm mit sehr viel Zeit konnte hier sein Leben fristen, denn ihm würde nie langweilig werden. Dickens, Goethe und Hemingway waren ebenso vertreten wie

Joanne K. Rowling, Cornelia Funke und Dan Brown. Die Bibliothek war also keine antiquierte Einrichtung aus den letzten Jahrhunderten, auch wenn das Interieur eine deutliche Sprache sprach, sondern ihr Bestand wurde fortgeführt, aufgefrischt mit neuen Büchern, die man unbedingt gelesen haben musste.

Diese Tatsache fand ich in gewisser Hinsicht sehr fortschrittlich. Für gewöhnlich hielten die Besitzer dieser altehrwürdigen Herrenhäuser auf Biegen und Brechen an allem fest, was zu einer längst vergangenen Zeit gehörte. Sie ließen sich nur ungern auf den winzigen Umstand hinweisen, dass wir mittlerweile schon das Jahr 2019 schrieben, sondern lebten lieber in ihrer eigenen Welt fort.

Das war insofern ein Frevel, da Bücher unserer Zeit damit keinen Zufluchtsort mehr in heimischen Bibliotheken fanden. So würde man in diesen privaten Sammlungen wahrscheinlich noch in Hunderten von Jahren von Jane Austen sprechen, während J.K. Rowling längst in Vergessenheit geraten war.

Ich beugte mich auf der Leiter etwas hinüber, um mir den ersten Band von Harry Potter zu angeln. In meinen Augen war man für Harry Potter nie zu alt. Wer das Gegenteil behauptete, kannte entweder die Geschichten nicht oder verschloss die Augen vor den Tatsachen. So oder so waren das Menschen, mit denen ich vermutlich nie auf einen Nenner kommen würde.

Als ich den Buchrücken endlich mit den Fingerspitzen zu fassen bekam, stand ich bereits auf den Zehenspitzen. Ein schrilles Geräusch entfuhr meiner Kehle, als ich ins Wanken geriet. Panisch ruderte ich wie wild mit den Armen, als sich meine Finger von dem Buchrücken lösten, und hoffte dabei inständig, nicht auf mein geschundenes Steißbein zu fallen. Doch Pustekuchen!

Ich fiel. Und landete doch ganz sanft. Als ich meine Lider wieder öffnete, befand ich mich in Max' Armen, der mich mit einem mehr als schrägen Grinsen bedachte.

»Das war knapp. Was hat dich auf die Leiter gebracht?«, wollte er wissen, während er mich mit zittrigen Knien auf dem Boden abstellte.

»Harry Potter«, offenbarte ich und strich mir dabei verlegen eine Strähne hinters Ohr.

»Gute Wahl. Die Bücher habe ich aus London mitgebracht und in die Bibliothek einpflegen lassen.«

Kaum sprachen wir über Harry Potter, schon war da wieder diese Leichtigkeit zwischen uns, die ich wegen all der Probleme achtlos beiseitegeschoben hatte. Doch ich konnte mich noch gut an den verschlossenen Ausdruck in Max' Augen während des Zwischenfalls mit Mum erinnern. Er hatte dabei so abweisend auf mich gewirkt, dass ich nicht wusste, was ich von den Küssen und den vertrauten Momenten halten sollte.

»Wollen wir uns dahinten am Fenster in die Nische setzen? Sie ist nur spärlich gepolstert, aber in naher Zukunft will ich dort noch Kissen hinlegen. Dann könnte der Ort zum Wohlfühlort in diesem Haus werden. Was meinst du?«

Das Interesse, das Max so plötzlich an meiner Meinung

zeigte, war mir unangenehm. Auch wenn das Haus meiner Familie gehört hatte, war er nun mal der Earl of Cunningham und nicht ich. Ihm gehörte jedes einzelne Zimmer in diesem Haus mitsamt der Einrichtung. Ich war hier nur Gast. Und daran würde sich wohl auch in Zukunft nichts ändern.

Mit einem »Er hätte gute Chancen dazu« ließ ich mich auf der Bank nieder und wich Max' Blick aus.

Ich wollte mich nicht in Grundsätzen verlieren und die Kälte ansprechen, die wieder zwischen uns Einzug gehalten hatte und draußen vor der Tür den gefallenen Schnee in Eisblöcke verwandelte. Ferner wollte ich nicht nachfragen, was passiert war. Ich hatte schließlich Augen im Kopf. Ich konnte seine Abneigung mir gegenüber spüren, auch wenn ich keinen blassen Schimmer hatte, was sie hervorgerufen hatte.

Viel zu unsicher darüber, was das nun zwischen uns war, warf ich frühzeitig die Flinte ins Korn und gab mich mit den Gegebenheiten zufrieden. Wie hätte das zwischen uns auch enden sollen? Ich als Countess of Cunningham? Nie im Leben! Mum würde schon bei der Aussicht auf solch einen Titel einen Herzinfarkt erleiden. Und mal ehrlich! Das hier war nicht meine Welt.

Ich gehörte nach London in meinen Tearoom. Das quirlige Treiben der Großstadt fehlte mir. Die Gerüche und Geräusche, die vielen Menschen um mich herum. George am Klavier. Holly an der Theke. Meine Küchencrew. Sie alle fehlten mir. Und so fasste ich schließlich einen Entschluss.

»Ich fahre heute Nachmittag mit Barnie und meiner Mum zurück in die Stadt«, erklärte ich Max, ohne ihm dabei in die Augen zu sehen.

Ein enttäuschtes »Oh« schlich sich über seine Lippen. »Dann werden wir uns wohl eine Zeit lang nicht sehen?« Seine Worte sollten vielmehr wie eine Aussage klingen. Dennoch hörte ich den fragenden Unterton darin.

»Ich weiß noch nicht, ob und wann ich je wiederkommen werde. Mich hat der Besuch in diesem Haus mehr aus der Bahn geworfen, als ich es noch vor wenigen Tagen für möglich gehalten hätte.«

Unsere Blicke trafen sich bei meinen Worten und verkeilten sich ineinander. Es dauerte einen Moment, bis ich die Kraft fand, wegzusehen, und mir einredete, dass es so das Beste für uns beide war.

»Ob überhaupt«, wiederholte Max mit einer Traurigkeit in der Stimme, die ich ihm nicht zugetraut hätte.

Auch sein Blick sprach Bände. Doch ich konnte nicht anders. Das hier war viel zu viel auf einmal. Dann die Sache mit Mum. Der Tearoom. Ich hatte ein Leben, um das ich mich kümmern musste. Ich konnte keiner Seifenblase nachjagen, die sich auf den Horizont zubewegte. Die Umstände waren einfach nicht gut genug für das, was wir in einer anderen Zeit oder an einem anderen Ort hätten sein können.

»Hast du draußen den geschmückten Weihnachtsbaum

gesehen?«, wechselte Max unvermittelt das Thema.

Er wollte offenbar auch nicht länger über das Was-wäre-Wenn nachdenken.

»Er ist wunderschön. Als ich noch klein war, hätte ich alles für diesen Baum gegeben.« Dann musste ich lachen. »Okay, ich würde auch heute noch alles dafür geben, wenn ich unter diesem Baum Weihnachten feiern dürfte. Für Mum war das Fest der Liebe nur ein Vorwand der geldgeilen Marktwirtschaft, um massig Konsumgüter unter die Leute zu bringen.«

Max nickte verstehend. »Die Sache mit dem Weihnachtsbaum in der Halle und deiner Mum wird mir auf ewig im Gedächtnis bleiben.« Dabei deutete er an seine Schläfe, und ich musste grinsen.

»Mum ist echt okay. Aber im Gegensatz zu den meisten weichgespülten Menschen unserer Generation, die äußerst konform durchs Leben gehen und nirgends anecken wollen, hat sie eben so etwas wie Prinzipien, für die sie einsteht und an denen auch nur schwer zu rütteln ist. Nichtsdestotrotz ist sie meine Mutter und ich liebe sie.«

Max sah mich durchdringend an. Ich war mir nicht sicher, wie lange ich seinem Blick noch standhalten würde. Da waren Enttäuschung und Hoffnung in seinen Augen abzulesen und der stille Wunsch, ich würde bleiben. Aber wenn ihm daran gelegen war, dann musste er es offen aussprechen und mich bitten, bei ihm zu bleiben.

Ich schüttelte leicht mit dem Kopf. Vielleicht bildete ich mir das alles auch nur ein und er war froh, wenn er mich wieder los war. Noch vor wenigen Tagen hätte er viel dafür gegeben, wenn ich meine Sachen wieder gepackt hätte und so schnell verschwunden wäre, wie ich gekommen war.

»Was ist dein Lieblingsbuch?«, wollte er nun von mir wissen, während ich das Gefühl tief in mir zurückdrängte, meine Entscheidung könnte mir schnell leidtun.

»Oh, da gibt es viele.« Ich lächelte, auch wenn mir zum Heulen zumute war. »Aber Märchen gehören wohl mit zu meinen liebsten Geschichten. Die werde ich noch lesen, wenn ich hundert bin. Gesetzt den Fall natürlich, ich werde überhaupt so alt.«

Max sah mich wieder mit diesem schiefen Grinsen und den beiden Grübchen in den Wangen an. Ich bemühte mich mit aller Kraft, die Bilder von unserem ersten Kuss aus meinem Kopf zu verjagen.

»Märchen, also. Warum gerade Geschichten für Kinder?«

Max sah mich neugierig an, während wir uns auf der schmalen Bank plötzlich viel zu nahe waren. Die Wärme, die von seinem Körper ausging, war wie ein Feuer, das alles um sich herum verschlang. Ich wollte darin verglühen, doch gleichzeitig war da diese Angst um das Danach.

»Nun, erst einmal bin ich der Ansicht, dass Märchen nicht nur etwas für Kinder sind. Ich finde, es verhält sich mit Märchen ähnlich wie mit Harry Potter.«

Max schien über meine Worte nachzudenken.

»Was ist dann dein Lieblingsmärchen?«

Ich überlegte kurz. »Aschenputtel«, offenbarte ich mit verklärtem Blick zu der Märchensammlung der Brüder

Grimm, die sich links von mir in der Regalwand befand und einen ungewöhnlichen Reiz auf mich ausübte.

»Dann haben es dir also die Zaubertricks und Wunder angetan, nicht die kämpfenden Ritter und Königssöhne, die sich durch Dornenhecken zu ihren Liebsten durchschlagen?«

Ich zuckte mit den Achseln. »Muss wohl so sein. Aber so 'ne gute Fee hilft einem ja in jeder Lebenslage, während ein Prinz sich wieder vom Acker machen kann oder sich anderweitig umsieht.« Ich grinste. »Nein, ganz im Ernst, ich stehe natürlich auch auf die Prinzen aus den Märchen, die all die Gefahren einzig und allein auf sich nehmen, um ihre Herzdame zu retten. Das hat was ziemlich Romantisches, wie ich finde.«

Während ich das sagte, berührten sich unsere Hände wie zufällig und ein elektrischer Schlag fuhr mir durch den Körper, der mich schlagartig auf die Beine zwang.

»Ich werde dann wohl besser mal meine Sachen packen gehen. Barnie und Mum wollen in knapp einer Stunde aufbrechen, ich will sie nicht warten lassen.«

Die eben noch so weichen Züge in Max' Gesicht versteinerten sich. »Ich verstehe. Nun, wie hat schon immer mein Vater gesagt: Reisende soll man nicht aufhalten. Gott hab ihn selig, der Mann war zu seinen Lebzeiten ständig unterwegs. Wenn er gekonnt hätte, wäre er nicht mal an Weihnachten nach Hause gekommen. Aber Mum hatte ihre Mittel und Wege.«

»Das klingt spannend«, sagte ich und klang dabei trauriger, als ich es eigentlich hatte sein wollen.

Max erhob sich ebenfalls von seinem Platz, schob die Hände in die Hosentaschen und hielt einen Sicherheitsabstand von zwei Metern zu mir.

»Ich wünsche dir alles Gute, Ellie.«

Tränen bahnten sich bei seinen Worten einen Weg aus meinen Augen, doch ich zwang sie zurück, wollte keine Schwäche zeigen. Es klang wie ein Abschied für immer. Max hatte recht. Ich würde so bald nicht wiederkommen. Wenn überhaupt.

Ich hatte schmerzvoll lernen müssen, dass meine Vergangenheit hinter mir lag und ich mich auf die Gegenwart und die Zukunft konzentrieren musste, wenn ich mein Leben leben wollte.

»Das wünsche ich dir auch, Max«, erwiderte ich und sehnte mich im selben Moment danach, er hätte etwas anderes gesagt, mich gebeten, bei ihm zu bleiben oder bald wiederzukommen. Eine naive, ja kindliche Stimme in mir hatte sich sogar erhofft, dass er mich bitten würde, mit ihm Weihnachten zu feiern.

Das war lächerlich. Warum sollte Max mich an Weihnachten um sich haben wollen? Wir kannten uns schließlich kaum, und das, was ich glaubte, zwischen uns gefühlt zu haben, entpuppte sich trotz der leidenschaftlichen Küsse immer mehr als eine Wunschvorstellung, die mehr Ähnlichkeit mit einem Traum als mit der Wirklichkeit hatte.

Dennoch waren da mein verräterisches Herz, das in seiner Gegenwart immer einen Tick zu schnell schlug, und die Hoffnung, eine gute Fee könnte mir einen kleinen Wunsch von riesiger Bedeutung erfüllen.

Als wir beide uns unsicher ansahen und der Worte genug gewechselt waren, war es an der Zeit, endlich zu gehen. Es dauerte einen Moment, bis ich mich von dem Anblick des Mannes lösen konnte, den ich in wenigen Tagen viel zu tief in mein Herz gelassen hatte. Doch als auch Max keine Anstalten machte, noch etwas zu sagen, entschied ich mich, dass es so besser war.

Mit einem Stechschritt, auf den jeder Soldat neidisch gewesen wäre, lief ich auf die Tür zu, öffnete sie und ging schließlich durch sie hindurch, ohne mich ein letztes Mal zu Max umzudrehen. Es war besser so, redete ich mir weiter ein, während ich die Tränen zurückkämpfte.

Morgen im Tearoom würde die Welt schon ganz anders aussehen. Wenn uns ein paar Meilen voneinander trennten, würde sich das Bild seines Gesichtes in meinem Kopf bald auflösen, ehe ich ihn gänzlich vergessen hatte.

Ich rannte förmlich auf die Treppe zu, während Tränen meinen Blick verschleierten. Im Augenwinkel erkannte ich den fertig geschmückten Baum, die vielen Kerzen, die die eher nüchtern und dunkel anmutende Eingangshalle erleuchteten, und hielt für den Moment inne. Das war so unglaublich schön, dass ich nicht bemerkte, wie Mr O'Donnell neben mich trat.

»Das Licht ist elektrisch. Früher waren es noch echte

Kerzen. Aber ich muss sagen, der Fortschritt ist nicht immer schlecht. Dieses neumodische Zeug tut seinen Zweck, und man muss nicht ständig Angst haben, dass das Haus bei nächster Gelegenheit abbrennt.« Ein zufriedener Ausdruck machte sich auf seinem Gesicht breit, während ich mir eilig die Tränen aus den Augen wischte. »Die beiden Stümper haben dann doch noch ganz passable Arbeit geleistet. Finden Sie nicht? Aber lassen Sie das die beiden bloß nicht hören.« Der alte Mann zwinkerte mir verschwörerisch zu.

»Ich kann schweigen wie ein Grab.«

Mr O'Donnell nickte. »Das dachte ich mir.«

»Ich muss leider schon heute abreisen«, offenbarte ich ihm, als ich mich schlagartig daran erinnerte, dass ich eigentlich vorgehabt hatte, mich mit ihm über meine Familie zu unterhalten.

»Ich verstehe«, erwiderte der Butler förmlich.

Es stand ihm nicht zu, nach dem Grund meines überhasteten Aufbruchs zu fragen. Und das allererste Mal, seit ich diesen merkwürdigen Gepflogenheiten von anno dazumal gegenüberstand, konnte ich mich für sie erwärmen.

»Machen Sie es gut, Mr O'Donnell. Sie werden mir fehlen.«

»Sie mir auch, Ms Willoughby. Sie mir auch.«

Wenn ich es nicht besser wüsste, müsste ich glauben, Mr O'Donnell würde sich ebenfalls eine Träne aus den Augen wischen. Eine Geste, die ich dem sonst so haltungsstarken Mann nie zugetraut hätte.

Kapitel 28

Ellie

»In zwei Tagen ist Weihnachten.«

Holly sah mich mitleidig von der Seite an, während ich die Teetassen auf Hochglanz polierte. Es war ja nicht so, dass sie Wasserflecken oder andere Verschmutzungen aufwiesen. Auch die Spülmaschine arbeitete tadellos. Aber irgendwie musste ich mich ja ablenken. Und das gelang mir nach wie vor noch immer am besten mit Arbeit. Mit viel Arbeit.

Ich warf das Handtuch auf den Tresen und stützte mich mit beiden Händen daran ab.

»Ich weiß, dass es nicht mehr lange hin ist.«

Dieses Jahr schien jeder noch mehr in Weihnachtsstimmung zu sein als in den Jahren zuvor. Viele unserer Gäste trugen ihre ausgefallensten Weihnachtspullover. Rentiere sowie Weihnachts- und Schneemänner lachten mir freudig entgegen, wenn ich die Bestellungen aufnahm. Und jeder dieser Momente katapultierte mich ohne Vorwarnung nach *Rosehill Manor* vor den überdimensionierten Weihnachtsbaum mit den elektrischen Kerzen.

»Du solltest den Laden für ein paar Tage schließen. Über die Feiertage sind die Leute doch eh für sich. Mum wird nicht müde, mich darum zu bitten, dich zu uns mitzunehmen.«

Ich schenkte meiner Freundin ein Lächeln, auch wenn es mir nicht besonders leichtfiel.

Seit ich vor einigen Tagen aus Brighton zurückgekommen war, war ich nicht mehr die Alte. Ganz so, als wäre ein Teil von mir dortgeblieben. Egal, wie sehr ich mich bemühte, es gelang mir einfach nicht, die Bilder aus meinem Kopf zu vertreiben. Sie quälten mich und ließen mich keinen klaren Gedanken fassen. Insoweit hatte meine Flucht nach London also nichts gebracht.

Wenn überhaupt möglich, dachte ich jetzt noch viel häufiger an Max und unsere kurze gemeinsame Zeit. Ungewollt fragte ich mich ständig, ob es einen anderen Weg für uns gegeben hätte. Ob ich einfach ein wenig mutiger hätte sein müssen. Dann wieder dachte ich an Max' verschlossene Seite, den eisigen Blick aus seinen grünblauen Augen, der mich heftiger traf als ein Eisregen.

Ich wusste nicht, was es war, und ich würde es wahrscheinlich nie in Erfahrung bringen, aber Max verbarg etwas vor mir. Etwas, das ihm sehr viel bedeutete. In meinem Kopf blitzte ein Gedanke auf, dem ich schon allzu oft ausgeliefert war. Der Gedanke an eine mir unbekannte Frau, die in Max' Herzen eine wichtige Rolle spielte und dabei keinen Platz für mich ließ.

Ich schüttelte mit dem Kopf. Das alles war so lächerlich. Ich war lächerlich. Noch vor wenigen Tagen hatte ich Max nicht einmal ansatzweise leiden können, und nun verhielt ich mich so, als hätte man mir mit unserer Trennung das Herz aus der Brust gerissen. Vermutlich war das alles nur

Wunschdenken, nichts weiter als die Hoffnung auf ein Happy End, wie ich es aus den Märchen, die ich so liebte, kannte.

»Ist ja schon gut. Ich habe verstanden«, hörte ich Holly sagen, die mein Kopfschütteln offenbar auf sich bezogen hatte.

Noch ehe ich die Situation aufklären konnte, kam meine Mum mit Barnie im Schlepptau in den Laden und lief schnurstracks auf uns zu.

»Hey Schätzchen, hast du noch einen Tee für uns beide und Scones mit ein wenig Clotted Cream und Erdbeermarmelade?«

Mum war wieder die Alte. Zumindest teilweise. Sie hatte ihren Lebensmut wiedergefunden und lernte gerade, damit umzugehen, dass es für sie und George keine zweite Chance geben würde. Ferner besuchte sie mich im Tearoom, lobte mich sogar hie und da für das Essen oder den Tee und nahm mich ab und an in den Arm.

Diese neue Seite an Mum war mir noch nicht ganz geheuer, auch wenn ich nicht behaupten konnte, dass es mir missfiel, von meiner Mutter diese Anerkennung für meine Arbeit zu bekommen. Ganz im Gegenteil. Ich hatte sogar zeitweise das Gefühl, dass sie stolz auf das war, was ich leistete. Eigentlich hätte ich mich damit zufriedengeben und nicht weiter über Dinge nachgrübeln sollen, die mir nicht guttaten.

»Aber klar doch, Mum.« Ich schenkte ihr ein Lächeln, das mir heute noch eine Spur schwerer fiel als in den letzten

Tagen.

Die eintönigen Abläufe im Laden schafften es einfach nicht, mich von meinen Gedanken an Max abzulenken. Auch wenn ich mir das noch so sehr einzureden versuchte.

Als ich die Scones auf einen Teller legen wollte, fiel mir dieser ohne Vorwarnung herunter. Die Splitter des weißen Porzellans verteilten sich auf dem dunklen Boden in alle Richtungen. Und als wäre der Teller ein Sinnbild meiner inneren Zerrissenheit, begann ich plötzlich zu weinen. Über einen Teller. Über mich selbst. Über die Chance, die ich ungenutzt hatte vorbeiziehen lassen, und über die Sorge um die Zukunft.

Holly legte einen Arm um mich, während Mum mir einfühlsam über den Rücken strich.

»Es ist doch nur ein Teller«, behauptete sie, während ich es besser wusste.

Es war nicht nur der Teller. Es war mein beschissenes Leben. Und wenn ich nicht bald etwas änderte, dann würde auch ich so enden wie die vielen Porzellanpartikel dort auf dem Boden.

»Überleg es dir noch mal mit Weihnachten«, hauchte mir Holly zu.

»Wir könnten ein paar Tage verreisen«, meinte nun auch Mum. »In den kommenden Tagen sind die meisten Menschen eh bei ihren Familien. Da wird dir nicht sonderlich viel Geld durch die Lappen gehen. Und dein Personal würde sich sicher auch freuen. Was sagst du?«

Das erste Mal konnte ich einen Hauch von Wehmut in

Mums Stimme hören, während sie über die Familien der anderen sprach. Und in diesem Moment wurde ich mir der Bedeutung bewusst, die das Fest der Liebe für sie haben musste. Es ging ihr nicht um den massigen und in vielerlei Hinsicht unnötigen Konsum. Um Barbiepuppen und Rennautos, Rasierapparate und Bügeleisen.

Mum verabscheute das Fest, da sie keinen Partner hatte, mit dem sie es hätte feiern können. In diesen Tagen musste ihr besonders deutlich werden, wie allein sie wirklich war. Trotz der vielen Bekannten und engen Freunde hatte Mum, seit sie ein junges Mädchen war, keine eigene Familie mehr. Die Hoffnung, die sie gehabt haben musste, als ich mich ankündigte, verblasste, sobald mein Vater sich für immer von ihr verabschiedet hatte.

Ich sah ihr nach, dass sie nicht die Kraft gefunden hatte, mit mir Weihnachten zu feiern. Und ich konnte sie sogar ein Stück weit verstehen. Das erste Mal, seit ich mich mit dem Thema auseinandersetzte, begriff ich, was Mum davon abhielt, einen Baum zu kaufen, ihn im Wohnzimmer aufzustellen, ihn zu schmücken und bei Weihnachtsmusik Plätzchen zu backen. Nie im Leben hatte ich mich meiner Mutter so nahe gefühlt. Wenn diese ganze Odyssee nach Brighton etwas Gutes an sich gehabt hatte, dann das.

Wieder schüttelte ich den Kopf. Weglaufen war noch nie eine gute Idee gewesen. Das hatte ich erst vor wenigen Tagen am eigenen Leib erfahren müssen. Und die Folgen davon hingen mir noch immer nach. Ich konnte nicht schon wieder meine Sachen packen und Hals über Kopf davonrennen. Mein Körper, meine Seele brauchten etwas Ruhe und meine vertraute Umgebung, damit ich mich langsam wieder in meinem Leben in London einfinden konnte.

Es war schon verrückt. Nur wenige Tage auf *Rosehill Manor* hatten gereicht, um mein Leben komplett auf den Kopf zu stellen. Dabei wusste ich doch ganz genau, dass das alte Herrenhaus aus dem 19. Jahrhundert herzlich wenig für meinen inneren Aufruhr konnte.

Mum nickte mir verstehend zu.

Die meisten Gäste waren bereits gegangen. An diesen gemütlichen Winterabenden rund um Weihnachten gingen sie oft früher nach Hause, um bei ihren Liebsten zu sein. Aber wer konnte ihnen das schon verdenken? Ich hätte schließlich selbst alles dafür gegeben, für nur ein Weihnachtsfest miterleben zu dürfen, wie sich das anfühlen musste.

Auch wenn ich mir noch so sehr einzureden versuchte, dass alles gut war und mein Leben eben so war, wie es nun mal war, fehlte mir etwas. Das konnte ich auch nicht durch die viele Arbeit im Tearoom kompensieren. Nicht einmal dann, wenn ich ihn vierundzwanzig Stunden öffnen würde.

»Hast du noch mal etwas von ihm gehört?«

Mums Stimme war ganz leise, sie flüsterte beinahe. In ihren Worten lag so viel Vorsicht, wie ich sie noch nie darin gehört hatte.

Sie sorgte sich um mich. Und sie verstand offenbar, dass es mir bei meinem Gefühlschaos nicht in erster Linie um die Sache mit meinem Dad ging. Meine Mutter verstand mich viel besser, als ich immer geglaubt hatte. Dinge veränderten sich. Oder die Wahrnehmung auf diese Dinge.

»Nein«, antwortete ich schroff. »Warum auch? Schließlich bin ich gegangen. Warum sollte er sich jetzt bei mir melden?«

Ich wagte es nicht, Mum dabei in die Augen zu sehen, und schielte an ihr vorbei zu Barnie, der sich an einem der Tische am Fenster niedergelassen hatte. Er war Mums Fels in der Brandung. Und ich hoffte wirklich inständig, dass sie irgendwann erkennen würde, wie sehr er sie liebte.

»Ich verstehe.«

Beneidenswert, dachte ich mir. Denn ich verstand rein gar nichts. Ich verstand weder mich noch Max. Was war passiert, dass wir den einen magischen Moment einfach hatten vorbeiziehen lassen, ohne ihn festzuhalten und mit unser beider Leben zu verteidigen?

Ich hatte doch dieses Glimmen in seinen Augen gesehen, die Geborgenheit und Wärme in seiner Nähe gespürt. Oder galt sie gar nicht mir? Hatte er eine andere, die er sich in diesen Augenblicken herbeigesehnt hatte? War ich nichts als Mittel zum Zweck gewesen?

Diese zermarternden Gedanken mussten ein Ende finden. Ich konnte nicht mehr Tag und Nacht nur an ihn denken. Das war zu viel. Viel zu viel. Voller Angst schloss ich abends die Augen, nur um die ganze Nacht von Max zu träumen. Egal, was ich auch anstellte, ich konnte nichts daran ändern. Er war überall. In meinem Kopf. In meinem

Herzen. In meiner Seele.

»Zahlen bitte«, meldete sich ein älterer Herr mit weißem Rauschebart und Brille. Holly packte die Gelegenheit beim Schopf, um den Tisch abzukassieren.

Ich mutete ihr viel mehr zu, als gut für unsere Freundschaft war. Mittlerweile hätte ich mir einen Ruck geben und einwilligen sollen, Weihnachten mit ihr bei ihrer Familie zu verbringen. Aber die Vorstellung von glücklichen Gesichtern, alten Geschichten und dem vielen Lachen aus tiefstem Herzen bekümmerte mich. Ich konnte das nicht. Ganz egal, wie sehr ich es auch wollte.

Ich reichte Mum einen neuen Teller mit Scones. »Den Rest bringe ich euch gleich an den Tisch.«

Es lag mir nichts ferner, als sie vor den Kopf zu stoßen. Aber ich wollte nicht auch noch über Max reden müssen, während er bereits meine Gedanken dominierte.

»Wenn ich irgendetwas für dich tun kann, dann zögere bitte nicht, es mir zu sagen.« Meine Mum legte ihre Hand auf meine und sah mich eindringlich an. »Ich habe in der Vergangenheit viele Fehler gemacht, meine Trauer und den Schmerz versteckt, anstatt darüber hinwegzukommen. Und ich muss mir wohl eingestehen, dass ich für mein kleines Mädchen keine besonders gute Mutter gewesen bin. Dafür möchte ich mich aufrichtig bei dir entschuldigen.«

»Aber Mum …«

Völlig geplättet von ihrem Bekenntnis, starrte ich meine Mutter mit offen stehendem Mund an.

Doch sie schüttelte leicht den Kopf und bat mich damit,

ihr noch für einen Moment Gehör zu schenken.

»Mach nur nicht denselben Fehler wie ich. Lass die Liebe deines Lebens nicht einfach ziehen, ohne wirklich um sie gekämpft zu haben. Glaub mir, ich weiß ganz genau, wie es sich anfühlt, wenn du plötzlich einsehen musst, dass es zu spät ist.«

Ich schluckte bei ihren Worten. Irgendwie hatte sie recht. Und irgendwie auch nicht. Sie und Dad hatten ein Kind erwartet. Es hatte für sie beide etwas gegeben, wofür es sich zu kämpfen gelohnt hätte. Aber was hatte ich denn schon im Kampf um Max vorzubringen? Ich wusste ja nicht einmal, ob er genauso für mich empfand wie ich für ihn.

Vielleicht war dieses Gefühl, das ich glaubte, in seiner Gegenwart zu verspüren, auch nur pures Wunschdenken gewesen. Und der verträumte Ausdruck in Max' Augen nichts weiter als ein Produkt meiner blühenden Fantasie.

Ich steigerte mich da nur in etwas rein. Es brauchte offenbar noch mehr Ablenkung, um auf andere Gedanken zu kommen.

»Zwischen Max und mir war nichts. Ich habe dir doch schon so oft erklärt, dass wir beide dir das glückliche Paar nur vorgespielt haben. Wann wirst du mir endlich glauben?« Meine Worte klangen viel harscher, als ich es beabsichtigt hatte. Schließlich meinte sie es ja nur gut mit mir.

»Entschuldige, Mum, ich …«

Dann hob sie abwehrend eine Hand in die Höhe.

»Wir wissen beide, dass da mehr war. Ich hab es in deinen

Augen gesehen. Und in seinen. Also tu dir selbst den Gefallen und sei klüger als deine Mutter. Ich weiß, dass du das schaffst. Ich liebe dich und werde immer für dich da sein.«

Tränen lösten sich aus ihren Augen. Ich konnte nicht anders und fing erneut an zu weinen. Wo sollte das alles nur hinführen?

Kapitel 29

Max

Wie war das eigentlich mit den Prinzen und Helden in Märchen? Was dachten die, bevor sie sich durch Dornenhecken hindurchkämpften, Drachen besiegten oder auf Tuchfühlung mit bösen Stiefschwestern gehen mussten?

Was würde in ihnen vorgehen, wenn sie sich auf der gegenüberliegenden Straßenseite eines Tearooms postiert hätten? Von außen war er vielleicht ganz nett anzusehen, was aber, wenn darin ein nie da gewesener Sturm auf sie warten würde, von dem sie nicht wussten, ob sie ihm gewachsen waren?

Meine Gedanken kreisten, und je länger ich über alles nachdachte, desto leichter verließ mich der Mut, meinen Plan in die Tat umzusetzen. Ein Auto rauschte mit überhöhter Geschwindigkeit an mir vorbei, und wie ein Blitz durchzuckten mich die Bilder von Eleonores Unfall.

Doch das erste Mal, seit sie mich heimsuchten, stellte ich mich ihnen entgegen. Ich musste es tun. So konnte es auf keinen Fall weitergehen. Und ich musste mich auf den Grund meiner Reise nach London konzentrieren: Ellie.

Kaum dass sie *Rosehill Manor* mit ihrer Mutter und Mr Patmore verlassen hatte, hatte die Einsamkeit auch schon Besitz von mir ergriffen. Keine Minute war seither vergangen, in der ich es nicht bereut hatte, Ellie nicht offen und ehrlich gesagt zu haben, was ich für sie empfand, wie wichtig sie mir in den wenigen Tagen geworden war.

Je länger ich mich mit ihrer Abwesenheit abzufinden versuchte, desto mehr wurde ich mir dessen bewusst, wie sehr ich Ellie brauchte. Ich war längst nicht mehr in der Lage, das Kapitel der letzten Tage abzuhaken und Ellie aus meinem Leben zu streichen. Sosehr ich es mir auch eingebildet hatte, ich konnte, nein wollte nicht mehr ohne sie leben.

Mein wummerndes Herz war wie ein Kraftwerk, das immer mehr Blut durch meine Adern pumpte. Das Rauschen in meinen Ohren vermischte sich mit dem Londoner Stadtverkehr zu einem lauten Brummen, unterbrochen vom Hupen der Autos und Quietschen abgewetzter Bremsbeläge.

Nur wenige Schritte von mir entfernt, dort auf der anderen Straßenseite, stand Ellie an einem der Tische ihres Tearooms und nahm die Bestellung zweier junger Mädchen entgegen. Ich beobachtete sie dabei, so gut es ging, während Lastwagen und Autos an mir vorbeifuhren.

Doch auch auf die Entfernung hin konnte ich gut erkennen, wie müde und traurig sie aussah. Hoffnung keimte in mir, auch wenn ich nicht wusste, ob ich etwas damit zu tun hatte.

»Wenn ich Ihnen einen guten Rat geben darf?«

Wie aus dem Nichts stand plötzlich Mr Patmore neben mir. Ich erschrak dermaßen, dass ich einen Fuß nach vorne setzte, das Gleichgewicht verlor und sicher gefallen wäre, wenn er mich nicht in letzter Sekunde noch an meinem Wintermantel zu fassen bekommen hätte.

»Na, na, na, wer wird denn gleich so schreckhaft sein?«

Ein kehliges Lachen war zu hören, während mein Herz ein paar Takte aussetzte und nicht nur sprichwörtlich aus dem Takt geraten war.

»Was zur Hölle …!«, blaffte ich den Mann an und sandte funkelnde Blitze in seine Richtung.

Dieser klopfte mir statt einer Antwort beherzt auf den Rücken. »Vermasseln Sie es nicht!«

Ich schüttelte über den alten Mann, der mir gerade mal bis zur Schulter ging und mich im Moment irgendwie an einen kleinen Mafioso erinnerte, den Kopf.

»Was sonst? Schubsen Sie mich vor ein fahrendes Auto?«

Mr Patmore konnte nicht wissen, welche Erinnerungen ich mit genau diesem Szenario verband. Er konnte nicht einmal ansatzweise erahnen, was diese Bilder mit mir anrichteten. Und er hatte keinen blassen Schimmer davon, wie viel Mut es mich kostete, diese Straße zu überqueren und mein Vorhaben endlich anzugehen.

»Schon möglich.«

Als ich mein Gegenüber nach dieser Aussage mit offenem Mund anstarrte, begann er abermals zu lachen.

»Ellie ist seit unserer Rückkehr nach London nicht mehr dieselbe. Sie stürzt sich wie eine Wahnsinnige in die Arbeit, hört auf niemanden und grübelt für mein Empfinden zu viel.«

Das erste Mal war so etwas wie Verunsicherung in Mr Patmores Gesicht zu erkennen. Er wich meinem Blick aus, als ich ihm direkt in die Augen sah, ganz so, als könnte er ihm nicht standhalten.

»Ellie ist in ihrem Leben nur allzu oft enttäuscht worden. Ihre Mum hat zu sehr in der Vergangenheit gelebt, um so für ihre Tochter da zu sein, wie diese es gebraucht hätte. Auch wenn Carry mittlerweile die Einsicht kam, ist Ellie heute das schüchterne, unsichere Mädchen, das nicht weiß, wie schön, wie begabt und wie klug es ist.« Er verstummte kurz, als ich das Gefühl hatte, seine Stimme würde ein wenig brüchig klingen. »Meine Kleine will um jeden Preis geliebt werden. Wie die meisten von uns, so hat sie ihr Herz schon oft an den Falschen verschenkt. Sie ist vorsichtig geworden. Irgendetwas hat sie davon abgehalten, auf *Rosehill Manor* zu bleiben, auch wenn sie Ihnen ihr Herz längst überlassen hatte.« Nun klang er wieder viel gefestigter. »Ich werde Sie das nur ein einziges Mal fragen, Eure Lordschaft.«

Die letzten beiden Worte klangen wie eine Anklage, und ich zuckte unwillkürlich zusammen. Mr Patmore war mindestens so furchteinflößend wie eine Dornenhecke oder ein Drache. Ich konnte mittlerweile also gut nachempfinden, wie sich meine märchenhaften Pendants gefühlt haben mussten.

»Sind Sie an eine andere Frau gebunden?«

Mr Patmore beobachtete mich bei dieser Frage aufs Genaueste. Er wagte es, währenddessen nicht einmal mit der Wimper zu zucken.

»Ja. Nein. Ich …«

»Ja, was denn jetzt?«, unterbrach mich der kleine Mafioso

forsch.

Es dauerte einige Sekunden, bis ich mir im Klaren darüber war, dass ich Mr Patmore nicht anlügen konnte, sondern ihm von Eleonore erzählen musste. Die Erkenntnis fiel mir nicht leicht. Doch noch viel schwerer fiel es mir, ihm tatsächlich von der Frau zu erzählen, die ich über alles geliebt hatte.

Als ich geendet hatte, sah mich Mr Patmore mit großen Augen an. Er nickte verhalten, während er seine Hände in die Manteltaschen steckte.

»Also ist Ellie nur Mittel zum Zweck, um über diese große Liebe hinwegzukommen.«

Es war keine Frage. Es war eine verdammte Feststellung. Und diese Feststellung machte mich so wütend, dass ich am liebsten aus der Haut gefahren wäre, mit Worten um mich geworfen hätte, die mir später leidtun könnten, und im Anschluss daran den alten Mann einfach stehen gelassen hätte.

Doch so einfach war es nicht. Trotz der grollenden Wut in meinem Bauch wusste ich das. Und wenn ich ein wenig über Mr Patmores Worte nachdachte, dann musste ich ihm sogar zugestehen, dass er diese Aussage wie selbstverständlich getroffen hatte.

»Ellie ist wie der erste Frühlingstag nach einem langen dunklen Winter. Sie hat mir die Augen für die Schönheit meiner Welt geöffnet und sie hat mich zum Lachen gebracht. Etwas, was ich vor wenigen Wochen noch nicht einmal im Traum für möglich gehalten hätte. Sie ist wie ein Geschenk für mich. Das müssen Sie mir glauben.«

Eleonore nickte mir in meinen Gedanken heftig zu, während sie sich vor Rührung die Hände auf die Brust legte. Danke, mein Engel!

»Aber da ist doch noch etwas! Ich bin mir ganz sicher, dass Sie mir noch nicht die ganze Wahrheit gesagt haben. Was verheimlichen Sie vor mir?«

Mr Patmore war wirklich ein zäher Brocken. Während die nasse Kälte des späten Nachmittags mir langsam in die Knochen stieg, stand mein Gegenüber unbeeindruckt neben mir und wartete ungeduldig auf meine Antwort.

»Ich …«, begann ich schließlich zögerlich zu sprechen, atmete ein letztes Mal tief durch und offenbarte schließlich dem ersten Menschen meine tiefsten Ängste. Bis vor wenigen Minuten hatte ich noch geglaubt, die Person würde weiblich, ungefähr ein Meter siebzig groß sein, dunkles Haar und noch viel dunklere Augen haben.

»Nun?«, bedrängte mich Mr Patmore.

»Ich habe Angst davor, ich könnte Ellie auch wieder verlieren.«

Ich wartete einen Moment ab, was meine Worte in ihm verursachten. Als ich keine Regung an ihm feststellen konnte, fuhr ich schließlich fort.

»Seit Eleonore unmittelbar vor meinen Augen umgefahren wurde, verfolgen mich diese Bilder Tag und Nacht. Als Ellie in mein Leben trat, wurden sie weniger. Doch als mir bewusst wurde, wie viel sie mir bedeutet, sah ich plötzlich nicht mehr vor mir, wie Eleonore von diesem betrunkenen Mistkerl überfahren wurde, sondern Ellie.« Atemlos strich

ich mir durchs Haar. »Was, wenn sie nach einigen Wochen mit mir merkt, dass sie mich doch nicht liebt? Was, wenn sie mich verlässt oder ebenso wie Eleonore bei einem Unfall ums Leben kommt? Ich könnte damit nicht umgehen. Ich kann es nicht.«

Mr Patmore schwieg und sah mich wieder eindringlich an. Der eisige Londoner Wind kroch mir in die Glieder und ließ mich erschaudern. Der Verkehr in meinem Rücken hatte wieder zugenommen. Die Rushhour in London war turbulent und nervenaufreibend. Nichts im Vergleich zu der inneren Unruhe, die noch immer Besitz von mir ergriffen hatte und einfach nicht abebben wollte.

Als wäre dieser Mr Patmore meine eigentliche Prüfung, bevor ich meine holde Prinzessin für mich gewinnen durfte.

Seit Ellie mir von ihrer Liebe zu Märchen berichtet hatte, war meine Fantasie mit mir durchgegangen. Ich sehnte mich danach, ihr eigenes Märchen wahr werden zu lassen. Und ich wollte ihr ein Weihnachtsfest schenken, wie sie es bisher noch nie erlebt hatte. Was nicht weiter schwer sein dürfte, da sie Weihnachten bisher noch nie gefeiert hatte.

Dennoch hatte ich in den letzten Tagen Vorkehrungen getroffen. Ich hatte O'Donnell veranlasst, das Haus auch in den anderen Räumlichkeiten zu schmücken, ihm den weihnachtlichen Touch zu verleihen, der es stilvoll, aber nicht kitschig wirken ließ.

Im Kaminzimmer hingen die Weihnachtsstrümpfe, im

Esszimmer war ein weiterer kleiner Baum aufgestellt worden. Dieser war allerdings aus Kunststoff. Ich hatte mir Carrys Bedenken zu Herzen genommen und darauf geachtet, einen Baum mit guter Ökobilanz zu kaufen. Ich zeigte guten Willen und erhoffte mir auf diese Weise, das Herz meiner Angebeteten für mich zu gewinnen.

Auch wenn ich es eigentlich besser wissen müsste. Denn es brauchte so viel mehr, um Ellie davon zu überzeugen, dass ich der Richtige für sie war. Und es brauchte Mut, die Bilder aus vergangenen Tagen beiseitezuschieben und hoffnungsfroh in die Zukunft zu blicken.

»Ich verstehe nun Ihre Bedenken und Zweifel. Wenn Sie allerdings zulassen, dass diese Ihr Leben dominieren, haben Sie die Zeit vergeudet, die Ihnen bleibt. Ob unser Schicksal in gewisser Hinsicht vorbestimmt ist oder gewisse Faktoren eine Rolle dabei spielen, entzieht sich unserer Kenntnis. Was wir aber wissen, ist, dass wir den Moment haben. Und den kann uns niemand nehmen.«

Dabei deutete er hinüber zu Ellies Tearoom. Ich folgte seinem Fingerzeig und blickte unvermittelt in Ellies Augen. Mit zusammengekniffenen Augen machte sie den Eindruck, als könnte sie nicht glauben, wer dort vor ihr stand.

Nun war es an der Zeit, selbst zu handeln. Ich ließ die vermeintlich gute Fee in meinem Rücken zurück und wappnete mich für ein ganz neues Abenteuer. Eines mit ungewissem Ausgang. Doch die Hoffnung verlieh mir Flügel.

Kapitel 30

Ellie

Als ich Max dort drüben am Regent's Park erblickte, wäre mir beinahe die Etagere aus der Hand gefallen. Wie versteinert stand ich da, während Mrs Benson gerade dabei war, mir feierlich eine Flasche Limoncello zu überreichen.

»… Trudy, hab ich zu mir gesagt, die beiden netten Mädchen aus dem Tearoom warten sicher schon auf dein Weihnachtsgeschenk. Also hab ich Harry schnell das Mittagessen gemacht und bin sogleich zum *Golden Tearoom* aufgebrochen …«

Ich nahm nur Fetzen von dem wahr, was sie mir erzählte. Mrs Benson war eine überaus freundliche alte Dame, der ich dringend mehr Aufmerksamkeit schenken sollte. Schließlich war sie gerade im Begriff, mir ein Weihnachtspräsent zu überreichen. Und was tat ich? Ich starrte noch immer durch die große Schaufensterfront nach draußen.

Aus dem Schnee, der vor einigen Tagen gefallen war, war längst grauer Matsch geworden. Die Straßenlaternen schalteten sich ein und hüllten Max in ein angenehm warmes Licht. Auch auf die Entfernung hin konnte ich ihn gut erkennen.

»… dann hatte der Bus Verspätung und dank der vielen Touristen, die London zu einer Art ewigem Jahrmarkt ernannt haben, musste ich zwei Stationen zu Fuß gehen …«

Noch immer rauschten Mrs Bensons Worte an mir vorbei. Ich hatte nur Augen für Max. Was machte er dort drüben? Wenn er zu mir wollte, warum kam er nicht herüber? Oder stand er dort nur rein zufällig herum, wartete er womöglich auf eine andere Frau?

Meine Gedanken kreisten, fuhren Achterbahn und gehorchten mir kein bisschen. Es war überaus unhöflich, Mrs Benson gänzlich links liegen zu lassen. Aber ich konnte einfach nicht anders. Schließlich stand dort Max.

Unsere erste Begegnung kam mir in den Sinn, und ein Lächeln bog meine Mundwinkel nach oben. Eine ungewohnte Bewegung. Ich konnte mich nicht daran erinnern, wann ich das letzte Mal gelacht hatte. Es musste auf *Rosehill Manor* gewesen sein.

Und ohne es zu wollen, war ich wieder in Gedanken an diesem heimeligen Ort, den ich Tag für Tag mehr zu schätzen gelernt hatte. Ich durchstreifte die Flure, lief in der Empfangshalle an dem grandiosen Weihnachtsbaum vorbei, ließ das Kaminzimmer hinter mir und steuerte schließlich auf die Bibliothek zu.

Wenn ich die Augen schloss, konnte ich Max dort in der Nische sitzen sehen, umringt von einer Vielzahl an Kissen, die die eher nüchtern anmutende Bank von meinem letzten Besuch in eine wahre Wohlfühloase verwandelt hatten. Er lächelte mich mit diesem Grübchen-Lächeln an und forderte mich nur mit seinen Augen dazu auf, endlich zu ihm zu kommen. Wie in Zeitlupe rannte ich in meinem dünnen

Sommerkleid – Wunschvorstellung und Realität divergierten im Hinblick auf die aktuelle Jahreszeit ungemein – auf ihn zu und ließ mich schließlich schwer in seine Arme fallen.

»… den Limoncello im letzten Jahr haben Sie doch sehr gemocht. Ich erinnere mich auf jeden Fall, dass Ihre Kollegin mir berichtete, Sie hätten einen wundervollen Abend mit ihm verbracht. Oder täusche ich mich? Ms Willoughby?«

Mrs Bensons Stimme wurde lauter, als ich ihr noch immer nicht antwortete. Sie sah mich besorgt an und legte sodann ihre kalte Hand auf meinen Arm. Ihre Berührung war wie ein Weckruf, der mich mit heftiger Sogwirkung in das Hier und Jetzt zurückkatapultierte. In den kleinen Tearoom, den ich mir aufgebaut, in dem ich eine sichere Zufluchtsstätte gefunden hatte. Zumindest war ich bis zum heutigen Tag davon ausgegangen.

»Ist denn alles in Ordnung mit Ihnen? Sie sind ja ganz blass um die Nase.« Dann drehte sie sich von mir weg und winkte jemandem. »Holly? Kommen Sie doch bitte mal zu uns.«

Ihre Worte klangen nicht panisch. Eher ruhig und besonnen – wie die einer Krankenschwester. Sie erhob sich von ihrem Platz, nahm mir beherzt die Etagere, die ich noch immer in Händen hielt, ab und stellte sie auf ihren Tisch. Danach zwang sie mich unter sanftem Druck, auf einem freien Stuhl Platz zu nehmen.

»Was ist passiert?«, fragte Holly im Flüsterton, um die übrigen Gäste nicht zu stören.

»Es ist nichts«, versuchte ich, tough abzuwinken, während der Klang meiner Stimme etwas ganz anderes sagte.

Weder Holly noch Mrs Benson glaubten mir. Ich konnte es an den Blicken erkennen, die sie austauschten. Mrs Benson reichte mir als Antwort eine Tasse Tee und schaute mich eindringlich an, bis ich sie endlich an die Lippen führte und einen Schluck daraus trank.

Mit einem lauten Scheppern ließ ich das Porzellan zurück auf den Teller fallen. Ich hatte mich ablenken lassen. Hastig warf ich einen Blick zurück auf die Straße, schlängelte mich mit den Augen an den Autos vorbei bis zur gegenüberliegenden Seite. Doch da stand er nicht mehr. Max war gegangen, ohne dass ich je erfahren würde, weshalb er überhaupt gekommen war.

Mein Herz zog sich zu einem eisigen Klumpen zusammen, der furchtbare Ähnlichkeit mit der Matschepampe vor meinem Fenster hatte. Der Schnee rieselte in einem leisen Reigen auf die schwarzen, roten und blauen Autos. Im Schein der Laterne hatte das Bild etwas Anheimelndes an sich. Doch das wohlige Gefühl wollte sich nicht einstellen.

»Ist alles in Ordnung mit dir?«, fragte nun auch Holly, während ich abwesend nach draußen starrte.

Einfühlsam strich sie mir mit der Hand über den Rücken, und ich löste meinen Blick von der Stelle, an der ich glaubte, Max gesehen zu haben. Vielleicht hatte mir meine Fantasie ja auch nur einen Streich gespielt. Vielleicht war der Mann dort drüben am Regent's Park überhaupt nicht Max gewesen und ich hatte mir das alles nur eingebildet.

Müde fuhr ich mir mit den Händen übers Gesicht, schloss für einen Moment die Augen und wartete auf die Ernüchterung, die Leere, die sich nun wieder in meinem Inneren einstellen würde.

Vielleicht war es doch an der Zeit, für einige Tage zu verreisen, alles mal hinter mir zu lassen.

»Holly, ich denke, ich werde den Tearoom über Weihnachten schließen.«

Ein freudiges Lächeln breitete sich auf ihren Lippen aus. Wahrscheinlich ging sie davon aus, dass ich nun mit zu ihrer Familie fahren würde.

»Ich muss für ein paar Tage raus aus London, um den Kopf freizubekommen. Allein.«

Zunächst stand die Enttäuschung über die Zurückweisung offen in Hollys Gesicht geschrieben, dann nickte sie verstehend.

»Ich drucke ein Schild für die Ladentür aus und mache einen Vermerk auf der Homepage für die drei Leute, die vielleicht doch gekommen wären.«

Schon bekam ich diesen Menschen gegenüber, die sich durch Schnee und Eis kämpften, um in den *Golden Tearoom* zu kommen, ein schlechtes Gewissen. Meine beste Freundin bemerkte es.

»Mach dir keine Gedanken, Süße. Niemand wird dir böse sein, wenn du das erste Mal in deinem Leben einfach mal nur an dich denkst.«

»Nehmen Sie den Limoncello mit«, meinte Mrs Benson. »Der tut Wunder, wenn man ihn nur lässt.«

»Hab ich da etwas von einem Wunder gehört?«, hörte ich plötzlich eine Stimme in meinem Nacken sagen.

Mein vormals so eisiges Herz erwärmte sich allein bei ihrem wohlbekannten Klang und machte sogleich einen Satz nach vorne, sodass ich Angst hatte, es würde mir jeden Moment aus dem Brustkorb springen.

Abermals tauschten Mrs Benson und Holly Blicke, ehe sie sich entschlossen, das Feld zu räumen.

»Darf ich mich setzen?«, fragte Max, während die Dame an Tisch fünf zahlen wollte und Holly zu ihr eilte.

Mrs Benson erkannte in ihr eine alte Bekannte und setzte sich lachend zu ihr.

»Ich weiß nicht«, gab ich Max meine ehrliche Antwort.

Wir waren nicht im Streit auseinandergegangen, aber wir hatten beide gespürt, dass da mehr war. Ich wusste nicht, ob wir es nicht wahrhaben wollten oder ob es so einfach leichter war.

»Warum bist du gekommen?«, gab ich der drängenden Frage in mir nach.

Max räusperte sich. »Ich habe mich durch Dornenhecken durchgeschlagen«, sagte er und deutete dabei auf den Regent's Park, »und mich mit Drachen aus Stahl angelegt.«

Ich musste über Max' Worte schmunzeln. »Wo ist dein Schwert, holder Prinz?«

Max wirkte bei meiner Frage erleichtert und deutete mit seiner Hand eine Verbeugung an. »Für Euch, meine edle

Prinzessin, habe ich mich mit meinen bloßen Händen gewehrt und bin als Sieger vom Feld gegangen.«

»Und nun?« Verlegen biss ich mir bei dieser Frage auf die Lippe.

Max beugte sich ein wenig zu mir herüber. Mein Atem stockte, während ich händeringend versuchte, mein Herz davon zu überzeugen, die Arbeit nicht einzustellen.

»In den Märchen bekommt der Prinz seine Prinzessin, nachdem er sich als würdig erwiesen hat.«

Max grinste verlegen. Die beiden Grübchen in seinen Wangen waren, wie nach Hause zu kommen, den sicheren Hafen endlich erreicht zu haben. Ich verlor mich in seinen grünblauen Augen und vergaß alles um mich herum. Die Gäste, Holly, Mrs Benson – das alles befand sich plötzlich in einer anderen Welt. Hier zählten nur Max und ich.

Ich verschränkte die Arme vor der Brust und musste mich schwer zurückhalten, ihn nicht anzugrinsen.

»Und du meinst also, du hättest dich als würdig erwiesen?« Meine Stimme klang zu meiner eigenen Überraschung fest und sicher.

Max kam mir zur Antwort noch ein Stück näher. Ich konnte die Wärme seines Körpers greifbar spüren. Den intensiven Duft nach einer frischen Meeresbrise, vermischt mit einer fruchtigen Nuance, sog ich tief in meine Lungen ein. Seine Lippen waren nur wenige Zentimeter von meinen entfernt und ich konnte dem Drang nicht widerstehen, meinen Blick starr darauf zu richten.

»O ja, das habe ich.«

Als sich unsere Lippen trafen, wusste ich das erste Mal wirklich, was Weinachten ist.

Epilog

Max

»Wie läuft die Arbeit an deinem ersten Thriller?«

Ich musste grinsen, als Ben mich nach meinem Buch fragte. Tatsächlich hatte ich den Plot schon neben mir auf dem Schreibtisch liegen. Direkt neben dem Telegramm, das ich von Ellie bekommen hatte.

»Du meinst, ob meine Schwiegermutter in spe mir schon an die Gurgel gegangen ist, weil ich es gewagt habe, sie, Mr Patmore und Ellie in meinem Bentley vom Bahnhof abzuholen?«

Ben lachte schallend. »Carry klingt ganz nach der Herausforderung, die dir noch gefehlt hat, um endlich mit deinem Buch zu beginnen. Findest du nicht?«

»Ich glaube, in der nächsten Zeit wartet so einiges an Neuem auf mich. Aber weißt du was? Ich kann nicht behaupten, dass es mir Angst macht oder mich trübsinnig stimmt. Ganz im Gegenteil.«

»Das freut mich von Herzen für dich, Max. Du kannst dir gar nicht vorstellen, wie glücklich mich deine Neuigkeiten machen.«

Aufgeregte Kinderstimmen waren im Hintergrund zu hören. Eine Frauenstimme versuchte derweil, sich lautstark Gehör zu verschaffen. Mit nur mäßigem Erfolg.

»Entschuldige bitte, Max. Bei uns bricht gerade das alljährliche Weihnachtschaos aus. Die Kinder sind furchtbar aufgeregt und wollen endlich ihre Geschenke. Mal sehen, ob sie es dieses Jahr bis zum Weihnachtsmorgen aushalten oder wieder Mittel und Wege finden, um uns davon zu überzeugen, ihnen die Geschenke schon heute, am Heiligen Abend, auszuhändigen.«

Nun war ich derjenige, der schallend zu lachen begann. »So schlimm kann es doch nicht sein.«

»Hast du eine Ahnung«, echauffierte sich mein Freund. »Im letzten Jahr haben sie Emilys Handy versteckt und es erst herausgegeben, als wir ihnen die Geschenke überreicht haben.«

Es klopfte an meiner Tür. »Ich muss leider Schluss machen, Ben. Ich wünsche dir und deiner Familie ein wundervolles Weihnachtsfest und kann es kaum noch erwarten, Emily, die Kinder und notgedrungen auch dich im Januar wiederzusehen.«

Ben lachte. »Komm du mir nur! Nein, im Ernst: Ich freue mich auf Ellie und dich. Feiert schön und habt Nachsicht mit Carry. Sie macht das mit dem Fest der Liebe wahrscheinlich zum ersten Mal.«

»Ich würde ihr ja die Hand halten, wenn sie O'Donnell nicht vorhin einen ellenlangen Monolog über Plastiktüten gehalten und ihm Bilder von Walen gezeigt hätte, deren Kadaver an Land gespült wurden und voller Plastikmüll waren. Der arme Mann sah danach ganz grün im Gesicht aus. Und das alles nur, weil er ihr angeboten hat, die Geschenke, die sie bei ihrer Ankunft in der Hand trug, in eine Tüte zu packen. Dass diese Taschen mehrfach genutzt werden, hat sie gar nicht interessiert.«

»Der arme O'Donnell. Wir hören uns!« Ein Scheppern war zu hören, ein gellender Schrei und dann Stille.

Hoffentlich würde Ben bis Januar überleben. Wäre doch zu schade um die Bahntickets, die ich bereits für Ellie und mich gekauft hatte.

»Herein!«, rief ich schließlich, nachdem ich das Telefonat beendet hatte.

O'Donnell öffnete die Tür. »Das Gesinde hat sich in der Halle versammelt. Wir können mit dem Singen beginnen.«

Ich sprang vom Stuhl auf, löschte meine Schreibtischlampe und warf einen letzten Blick nach draußen. Es war schon längst dunkel geworden. Doch draußen am Himmel war ein besonders heller Stern zu sehen. Eleonore winkte mir zu und sandte mir einen Luftkuss, den ich nur zu bereitwillig mit meiner Hand auffing.

Hab es schön, mein Engel! Ich vermisse dich!

Neben der hohen Tanne standen bereits alle bereit. Mr Patmore und Carry warfen sich ungewohnt intime Blicke zu. Na, das war ja schneller gegangen als erhofft. Ellie hatte schon überlegt, wie sie den beiden etwas auf die Sprünge helfen könnte. Wie schön, dass sie ganz von allein drauf gekommen waren.

»Meine Lieben, ich wünsche euch allen ein besinnliches Weihnachtsfest, viel Gesundheit und dass all eure Wünsche in Erfüllung gehen.«

Die Ansprache für diesen feierlichen Teil des Abends lag bei mir, und dennoch zog ich Ellie ganz fest in meine Umarmung, um sie an allem teilhaben zu lassen, was zu diesem wundervollen Fest gehörte. Als Dank schenkte sie mir das glücklichste Lächeln, das ich je an einem Menschen gesehen hatte. Und als wir gemeinsam *O Holy Night* anstimmten, leuchteten ihre Augen mit den Kerzen an der Tanne um die Wette.

Ellie

Nach dem unglaublichen Weihnachtsdinner, bestehend aus einem gigantischen Truthahn, unzähligen Beilagen und einem Christmas Pudding, der seinesgleichen suchte, wälzte ich mich mit letzter Kraft in die Bibliothek.

Es war nicht so, dass mir die anderen zu viel waren. Aber ich brauchte einen Moment, um zu verinnerlichen, was da gerade vor sich ging.

Ich hatte nicht nur den Mann meines Lebens gefunden, nein, ich feierte auch das erste Mal Weihnachten mit Mum und Barnie. Das war so unglaublich, dass ich jemanden verrückt geschimpft hätte, wenn er mir das noch vor wenigen Wochen erzählt hätte.

Mum hatte es sich sogar nicht nehmen lassen, mir etwas zu schenken. Ich war gleichermaßen gerührt und irritiert gewesen, als sie mir das Päckchen überreicht hatte. Wie in Zeitlupe hatte ich es ausgepackt. Tränen waren mir über die

Wangen gelaufen, als ich das Schneidebrett aus Olivenholz in Händen hielt. Nicht weil ich es mir so sehnlichst gewünscht hätte. Aber das Päckchen hatte so viel mehr enthalten als nur einen nachhaltigen Gebrauchsgegenstand für die Küche meiner neuen Eigentumswohnung in London. Etwas, was mir für immer bleiben würde: die bedingungslose Liebe meiner Mutter.

Mein Blick schweifte über die vielen Bücherrücken, während ich spürte, dass die Leere in meinem Herzen nun mehr als ausreichend gefüllt war. Ich dachte nicht mehr mit Wehmut an das Pärchen am Regent's Park zurück, das ich an dem Tag beobachtet hatte, als ich die Post meines Großvaters geöffnet hatte. Nein, ich erinnerte mich gerne an sie und neidete ihnen nichts.

Neben einem Stapel mit Weihnachtsbriefen hatte ich auch Dads Tagebücher bei mir. Ich befand diesen Moment für perfekt, um einen ersten Blick hineinzuwerfen. Ein letztes Mal atmete ich tief durch, ehe ich den Mut fand, Buch Nummer eins zu öffnen.

Liebes Tagebuch,
meine Gedanken kreisen jeden Tag um dieses wundervolle kleine Mädchen, das in London bei seiner Mutter aufwachsen wird. Ich hoffe, sie wird mich eines Tages verstehen, auch wenn ich mich selbst nicht verstehen kann. Eines soll sie wissen: Ich liebe sie. Bedingungslos. Und für immer.

Tränen schossen mir bei den ersten Zeilen in die Augen

und es gelang mir einfach nicht, sie zurückzuhalten. Ich hatte inständig gehofft, dass ich in Dads Tagebuch Erwähnung finden würde. Doch gleich zu Beginn über mich zu lesen, war die Erfüllung eines lang gehegten Traums, fast wie die Ankunft nach einer mühevollen Reise.

Ich schloss das kleine Büchlein und presste es an die Brust, ehe ich es neben mich auf die Bank legte und einen Brief von einem Mr Hobbs öffnete.

»Hey, mein Schatz, da hast du dich versteckt. Ist es dir zu viel geworden?«

Max sah mich mit Sorge im Blick an, nachdem er mir einen Kuss auf die Stirn gegeben hatte.

»Nein, nein, ich brauchte nur einen Augenblick für mich.«

Seine Lippen bildeten eine großes O. »Störe ich dich?« Dann deutete er in Richtung der Tür. »Soll ich wieder gehen?«

»Nein, bitte bleib und sag mir, was dieser Notar hier von mir will.«

Max überflog den Brief. »Dein Großvater hat dir ein Wohnrecht für ein Haus überschrieben, das zum Stammsitz der Familie gehört.«

Ich zog meine Augenbrauen nach oben. »Und was heißt das jetzt?«

»Das bedeutet, dass ich dich jederzeit hier rausschmeißen kann.«

Max grinste überheblich. Als Antwort knuffte ich ihn in die Seite.

»Aua!«, jammerte er und rieb sich über die Stelle.

»Du willst mich also loswerden?«, hakte ich nach.

»Ellie Willoughby, ich wäre der größte Idiot jenseits des Äquators, wenn ich auch nur mit dem Gedanken spielen würde. Du bist mein Licht, meine Freude, mein blühender Rosengarten im tiefsten Winter. Ich werde mich mit Sicherheit nicht freiwillig von meinem Überlebenselixier trennen.«

»Das hast du schön gesagt.« Ich küsste Max zum gefühlt hundertsten Mal an diesem Tag.

Aber wir waren ganze drei Tage voneinander getrennt gewesen, bis ich den Tearoom schließen und endlich zu ihm nach *Rosehill Manor* fahren konnte.

»Hast du eigentlich was von Holly gehört?«

Max küsste meinen Nacken und jagte dabei abertausende Schauer über meinen Rücken.

»Holly ist fix und fertig. Sie musste heute den ganzen Vormittag in der Küche stehen und ihrer Mum bei den Vorbereitungen helfen. Aber sie lässt dich schön grüßen.«

»Hast du schon mit ihr geredet, wie es nach Weihnachten mit dem *Golden Tearoom* weitergehen soll? Ich kann nicht die ganze Woche über hier sitzen und auf dich warten.«

Max klang wie ein kleiner Schuljunge, dem man das Pausenbrot weggenommen hatte.

»London ist gerade mal eine Stunde mit dem Zug entfernt. Holly und ich wollen uns gleich nach Weihnachten zusammensetzen und einen Plan ausarbeiten. Vielleicht stellen wir noch jemanden ein. Keine Sorge, du bekommst deine tägliche Dosis Ellie. Irgendwie. Zufrieden?«

»Mehr als das«, hauchte mir Max ins Ohr, ehe er sich von der Bank erhob.

»Ich muss mich um meine Gäste kümmern, nachdem es die Frau an meiner Seite vorgezogen hat, sich in der Bibliothek zu verschanzen.« Grübchen bohrten sich bei diesen Worten in seine Wangen.

»Ach, komm schon. Sei doch nicht so.«

Max winkte ab. »Ich mache doch nur Spaß. Nimm dir alle Zeit der Welt. Ich liebe dich, mein Schatz.«

»Und ich liebe dich.«

Als Max die Tür ins Schloss gezogen hatte, hörte ich in mich hinein. Ich war allein, aber ich war nicht mehr einsam. Und irgendetwas sagte mir, dass ich das auch nie wieder sein würde.

Dieses Weihnachten hatte mein Herz endlich ankommen lassen. Bei meinem ganz persönlichen Weihnachtswunder. Max war mein zauberhaftes Weihnachtsgeschenk.

Frohe Weihnachten!

Danksagung

Liebe Leserinnen und Leser,
vielen lieben DANK für das Interesse an meinen Büchern.
Es hat mir außerordentlich viel Spaß gemacht, die Weihnachtsgeschichte über Ellie & Max zu Papier zu bringen. Wenn ich es ebenso geschafft habe, euch mit meiner Geschichte in Weihnachtsstimmung zu versetzen, dann bin ich sehr glücklich darüber.
Bedanken möchte ich mich an dieser Stelle ganz herzlich bei meinen engagierten und wunderbaren Testleserinnen. DANKE für eure ehrlichen Worte, eure Begeisterung und euer Mitfiebern. Ohne euch wäre das Ganze nur halb so schön. Vielen lieben DANK, dass ihr den Weg mit mir gegangen seid! Ich freue mich bereits heute über euer Feedback zum nächsten Buch.
Liebe Doro, ein ganz besonderer Motivationsschub in diesem Buch war die Freude, die dir die Geschichte bereitet hat. DANKE hierfür.
Vielen DANK, liebe Jil, dass du mein Manuskript mit so viel Sorgfalt korrigiert hast.
Vielen DANK an meine Leser und Leserinnen, dass ihr mit mir in die Geschichte von Ellie und Max abgetaucht seid

Eure Mila

Außerdem freue ich mich sehr auf regen Austausch mit euch:

Newsletter https://mila-summers.de/

E-Mail: **mila.summers@outlook.de**

Facebook: **Mila Summers**
Instagram: **books_by_mila_summers**
Twitter: **BooksbyMila**

PS: Wenn euch meine Geschichte gefallen hat, würdet ihr mir unglaublich helfen, indem ihr eine Rezension auf dem Buchportal eurer Wahl schreibt. Dann bekommen vielleicht noch weitere Leser und Leserinnen die Möglichkeit, meine Geschichten kennenzulernen. Vielen DANK hierfür!